PICKPOCKET EN JUPONS

JULIE ANNE LONG

PICKPOCKET EN JUPONS

Traduit de l'américain par Maïca Corrèze

J'AI LU
POUR elle

Titre original :
To Love a Thief
Warner Forever, a registered trademark of Warner Books,
published by Time Warner Book Group

À Ken, pour sa patience peu commune face à l'angoisse que représente l'écriture d'un deuxième livre. Je crois bien te devoir au moins un dîner !

Remerciements

Toute ma gratitude à Melanie Murray, pour son énergie ; à Bill Reiter et à David Blackburn, qui, par une chance extraordinaire, possèdent et m'ont prêté de bonne grâce les livres qu'il me fallait, au moment précis où je commençais à croire qu'ils n'existaient pas ; aux amis et aux êtres chers qui m'ont crue quand j'ai juré sur l'honneur que je ne les fuyais pas – oui, j'étais vraiment, *vraiment* occupée ! ; à Elizabeth Pomada, pour avoir cru en moi sans faillir ; à toutes les personnes adorables qui m'ont écrit à propos de *Rebecca la rebelle* – vos réactions chaleureuses et votre enthousiasme m'ont encouragée à écrire *Pickpocket en jupons*, et j'espère que vous l'apprécierez tout autant : à Elizabeth Fulton, pour sa gentillesse et sa sagesse ; et à Cecil, qui, de son perchoir sur mon bureau, contrôlait chacun des mots que j'écrivais… tu me manques, cher camarade !

1

Venez sur-le-champ, disait la missive. *Oncle Edward est mourant.*

Le problème, songea Gideon Cole en soupirant, c'était qu'oncle Edward était *constamment* mourant !

— S'il continue à faire semblant d'agoniser, il se pourrait bien que je l'étrangle moi-même, déclara-t-il à son ami Lawrence avant de froisser la note dans son poing.

Personne ne savait exactement de quelle maladie souffrait oncle Edward, si ce n'est qu'elle le contraignait à garder le lit, et obligeait tout le monde à le dorloter. Il appréciait tant le médecin de la paroisse qu'il avait donné de fort jolies dots à chacune de ses cinq filles. En fait, depuis cinq ans, lord Edward Lindsey était le malade le plus jovial que Gideon ait jamais vu. Et parce qu'il devait hériter du titre de baron et de son extraordinaire domaine d'Aster Park, son oncle l'envoyait chercher dès qu'il ressentait la moindre douleur.

Ce qui arrivait souvent, et toujours aux plus mauvais moments.

Gideon ôta son chapeau et se passa nerveusement la main dans les cheveux. Il faisait tellement chaud ! La foule qui grouillait autour d'eux dans Bond Street lui paraissait aussi oppressante que sa situation financière. Il n'était pas vraiment pressé de retourner au tribunal de Westminster Hall, d'enfiler sa perruque et sa robe, et de plaider en sentant la sueur lui couler sur la nuque. Même s'il était certain de gagner facilement ce procès.

Son ami Lawrence Mowbry, lord Kilmartin, poussa un long soupir exaspéré.

— Va donc voir ton oncle au lieu d'aller au bal de lady Gilchrist ! Je suis sûr que Jarvis sera ravi de danser toutes les valses avec Constance à ta place. Une fois de plus.

— Tu ne m'aides pas, Lawrence.

— Et toi, tu ne m'écoutes pas, Gideon. Tu ne peux pas te permettre de quitter Londres maintenant, alors que Jarvis semble tenter sa chance auprès de Constance. Jarvis, qui a *déjà* un titre et une fortune. Et dont le physique est loin d'être repoussant.

D'ordinaire, Gideon trouvait la franchise de Kilmartin très stimulante. Mais aujourd'hui, il avait les nerfs à fleur de peau.

— Constance m'aime beaucoup, protesta-t-il.

— Toi, les splendides demeures, les attelages dernier cri, les belles robes, les admirateurs…

— Ah ! Bonjour, Cole ! Quel plaisir de vous voir ! Comment allez… Oh ! Bonjour, Kilmartin.

Gideon et Lawrence pivotèrent d'un même mouvement, et se retrouvèrent nez à nez avec lord Wolford, qui balançait joyeusement sa canne. Gideon eut un instant de panique, puis se rappela : il avait remboursé Wolford.

Le père de Gideon avait emprunté des sommes énormes à pratiquement tous les membres de la Chambre des lords. Après sa mort, Gideon s'était fait un devoir de les rendre à chacun. Par ordre alphabétique, parce que cela lui avait semblé la seule façon de procéder. Avec un nom commençant par W, lord Wolford avait été l'un des derniers. Il ne lui en avait pas tenu rigueur, car il avait fait remarquer avec une certaine bienveillance : « On dirait que la pomme est tombée loin de l'arbre dans votre cas, mon garçon. »

— Félicitations pour le procès Griffith, déclara Wolford en flanquant une tape virile dans le dos de Gideon. Vous avez fait un travail remarquable.

— Merci, monsieur. J'ai plaisir à relever les défis.

Le marquis entreprit de compter sur ses doigts gantés.

— Tout d'abord le litige sur la propriété de Shrewsbury, puis le délicat problème de lord Culpepper avec l'administrateur de son domaine, et maintenant, Griffith… Vous êtes en train de vous faire une réputation, mon garçon. Shawcross va bientôt nommer le ministre des Finances, et votre nom a été cité. Parmi d'autres, bien sûr. Avez-vous songé à faire carrière dans la politique ?

Kilmartin s'efforçait visiblement de ne pas sourire, et Gideon lutta pour ne pas lui donner un coup de coude. Il avait parlé à son ami deux, trois, voire quatre mille fois de son intention de devenir ministre des Finances.

En outre, le *marquis* Shawcross était le père de Constance.

— Cela m'a traversé l'esprit, répondit-il nonchalamment.

— Vous me ferez savoir si je peux vous être utile, n'est-ce pas ?

Gideon fut sur le point de lancer : « Demandez donc à Shrewsbury, à Culpepper ou à Griffith s'ils ont l'intention de me payer un jour ! » Mais il ne dit rien. La bonne société londonienne tenait Gideon Cole en haute estime pour de nombreuses raisons, dont sa discrétion.

— Je le ferai, monsieur, merci.

— Bien, je dois partir, mais il faut absolument que nous bavardions un de ces jours au *White's*. Avec vous aussi, naturellement, Kilmartin, ajouta Wolford avant de s'éloigner.

— « Avec vous aussi, naturellement, Kilmartin », répéta ce dernier en secouant la tête. Quel empressement ! Cela me donne presque envie de travailler pour gagner ma vie, moi aussi. Au moins, j'aurais l'impression d'exister.

Gideon se contenta de hausser les sourcils.

Kilmartin s'efforça en vain de garder une expression sérieuse.

— Oh, bon ! J'exagère ! Mais on n'a cessé de te féliciter de toute la matinée pour le procès Griffith. Je me demande ce que l'on ressent lorsqu'on est aussi populaire ?

Gideon s'éclaircit la voix.

— Si cela peut te rassurer, Lawrence, j'aimerais mieux être riche que populaire. Ainsi, je ne serais pas dans la situation... absurde qui est la mienne aujourd'hui.

— Gideon, je sais que tu aimes beaucoup ton oncle, mais tu sais bien qu'il n'est pas *vraiment* mourant. As-tu songé que la patience de Constance pouvait avoir des limites ? Peut-être préférerait-elle un mari déjà pourvu d'un titre. Peut-être n'est-elle pas certaine de tes intentions ?

— C'est ridicule ! J'ai tout prévu, Lawrence. Je vais même acheter l'hôtel particulier – celui qui est au coin de Grosvenor Square et dont Constance rêve...

— Parce que c'est le plus grand et le plus cher de la capitale.

— Naturellement, répliqua Gideon. Constance ne veut que le meilleur.

— Y compris toi, j'imagine.

Cette fois, Gideon sourit. De ce sourire lent et sensuel qui séduisait immanquablement toutes les femmes de huit à quatre-vingt-huit ans.

— Bien sûr, répliqua-t-il, provoquant un petit grognement de la part de Kilmartin. Comme je te le disais, je compte acheter cet hôtel particulier, et l'offrir à Constance assorti d'un petit discours du style : « Constance, je serai profondément honoré si vous consentiez à passer toutes les saisons de votre vie avec moi dans cette maison. Voulez-vous être ma femme ? »

— Très romantique, Gideon, observa Kilmartin avec flegme. Tu oublies juste que Jarvis convoite aussi cet hôtel particulier.

Gideon lui jeta un regard stupéfait.

— Comment le sais-tu ? demanda-t-il d'un ton coupant.

— Je crains que *tout le monde* ne le sache, mon vieux. Figure-toi que les paris vont bon train au *White's*. On joue des sommes coquettes sur la possibilité que lord Jarvis se fiance à lady Constance Clary avant la fin de la saison. Lui aussi semble désireux de passer toutes les saisons de *sa* vie avec Constance. Tu as un rival sérieux.

Gideon réfléchit, tandis qu'autour d'eux retentissaient les bruits familiers de Bond Street : le tintement des selleries, le fracas des sabots, les voix des passants ou des passagers des voitures qui s'interpellaient. Il inspira à fond et résista à l'envie d'ôter de nouveau son chapeau pour se passer la main dans les cheveux.

— Bon sang ! marmonna-t-il enfin d'un air sombre, tous les paris étaient en ma faveur jusqu'à présent.

Kilmartin aquiesça, l'air compatissant.

— Jusqu'à présent.

— Mais tu n'as pas entendu Wolford ? insista Gideon, irrité par le désespoir perceptible dans sa voix. Il a mentionné mon nom pour le ministère des Finances. Le père de Constance, Lawrence ! À coup sûr, cela signifie que sa fille pense que nous sommes près de… de conclure.

— Wolford a dit que ton nom figurait *parmi d'autres*. Qui sait ? Jarvis fait peut-être partie de ces « autres ».

— Je doute que Jarvis ait travaillé un seul jour de sa vie, déclara Gideon, incapable de dissimuler son amertume.

— Je doute qu'on s'en soucie outre mesure en haut lieu, mon vieux.

Sa réponse irrita d'autant plus Gideon que personne ne le savait mieux que lui. Là comme ailleurs, seuls comptaient l'argent et les titres. Et Jarvis possédait les deux : une famille prestigieuse, une fortune, et un titre. Gideon, lui, n'avait rien de tout cela. Le seul héritage que lui ait légué son père, c'était un charme inné doublé d'un physique inoubliable. Sa haute taille attirait immanquablement l'attention, puis les regards se portaient sur son beau visage ténébreux aux yeux sombres impénétrables, et devenaient franchement admiratifs. L'étrange mélange de force et de sensibilité qui émanait de sa personne, à quoi s'ajoutait un petit quelque chose d'inquiétant, était pour beaucoup dans la fascination qu'il exerçait sur autrui.

Mais si ces qualités lui avaient ouvert bien des portes, des années de travail acharné et de choix prudents tandis qu'il gravissait un à un les échelons dans l'armée, puis dans la justice, lui avaient valu la considération de l'élite. C'est pourquoi l'idée d'un mariage entre lady Constance Clary, fille d'un riche marquis et joyau incontesté de la haute société, et Gideon Cole, ancien soldat et avocat quasiment sans le sou, avait été accueillie sinon avec joie du moins avec indulgence.

Évidemment, personne ne se doutait de l'état de ses finances. Et encore une fois, il ne pouvait s'en prendre qu'à lui-même s'il ne gagnait pas d'argent.

Jarvis, en revanche, n'avait aucun effort à faire pour être jugé digne de Constance et d'un poste au ministère des Finances. C'était ainsi, tout simplement.

N'y tenant plus, Gideon arracha son chapeau et se passa les doigts dans les cheveux.

— Tout ce qu'il me faut, Lawrence, ce sont les trente livres qui me permettront de régler le premier versement pour l'achat de l'hôtel particulier.

— Il doit coûter au moins mille livres, Gideon. De combien disposes-tu exactement ?

Comme Gideon observait un silence obstiné (et pour cause !), ce fut au tour de Kilmartin de hausser les sourcils d'un air entendu. Malheureusement, les sourcils de Kilmartin étaient si clairs qu'ils en étaient presque invisibles, ce qui ôtait à sa mimique un peu de son éloquence.

— J'ai Aster Park, répliqua Gideon, très professionnel. Constance convoite ce domaine.

Tout le monde le convoitait, à vrai dire. C'était l'une des plus somptueuses propriétés d'Angleterre. Ainsi qu'un gouffre financier. Les revenus que procurait l'élevage de bovins et de moutons à laine parvenaient tout juste à payer les frais d'entretien et de fonctionnement. L'oncle Edward en avait hérité quelques années après la mort des parents de Gideon. Jusque-là, le domaine appartenait à un lointain parent.

— Tu ne l'as pas encore, rétorqua Kilmartin, implacable. Si tu veux mon avis, tu ferais mieux de rester à Londres et d'aller au bal de lady Gilchrist afin de rappeler à Constance qu'elle... *t'aime beaucoup*.

Gideon demeura silencieux, considérant le problème sous tous les angles. Il était très attaché à son oncle, si agaçant soit-il, et craignait qu'il n'aille vraiment mal, cette fois. Et s'il mourait pendant qu'il valsait avec une belle héritière ?

— Que dirais-tu de flanquer une bonne raclée à Jarvis ? suggéra Kilmartin, plaisantant à demi. Histoire de le mettre hors jeu.

Gideon eut un rire bref.

— Je ne fais plus ce genre de choses, Lawrence.

Voilà longtemps qu'il avait décidé de ne plus se battre. C'était pourtant ainsi qu'il s'était lié avec Kilmartin. Une dizaine d'années auparavant, il avait foncé sur les deux costauds qui tourmentaient un garçon rondouillard. Une heure plus tard, il avait un coquard et Kilmartin, le gamin potelé, était devenu son ami pour la vie. Les quatre élèves avaient écopé d'un blâme pour s'être battus, ce dont Kilmartin était assez fier, car c'était sa première, et unique, bagarre.

Kilmartin n'était plus ni petit ni rondouillard depuis longtemps, mais il était toujours obligé d'incliner la tête en arrière pour croiser le regard de Gideon. Ce qu'il faisait en ce moment même, clignant des yeux à cause du soleil.

— Réfléchis, mon vieux ; même si Constance en épouse un autre, tu n'auras aucun mal à dénicher une autre riche et belle aristocrate.

— Certes, admit Gideon, qui n'avait pas la force de se montrer faussement modeste, aujourd'hui. Mais c'est Constance que je veux.

Kilmartin eut un soupir exaspéré.

— Pourquoi choisir la femme la plus difficile à conquérir ?

— Lawrence, depuis le temps, tu devrais savoir que je choisis *toujours* ce qu'il y a de plus difficile ! répondit-il en souriant.

Mais ce dernier n'avait pas envie de plaisanter. Il étudia Gideon un instant, puis lâcha :

— Bon sang, Gideon ! C'est toujours ton fameux plan de carrière, c'est ça ?

Gideon ne répondit pas tout de suite. Parfois, c'était vraiment gênant que Kilmartin le connaisse aussi bien.

— J'ai besoin de Constance, Lawrence.

« Je l'ai gagnée », faillit-il ajouter.

Il n'en fit rien parce qu'il n'était pas certain que son ami comprendrait. Celui-ci était le fils d'un vicomte. Il appartenait à une vieille famille et sa fortune semblait permanente. À la différence de Gideon, il n'avait jamais vu son père gagner une fortune sur un simple coup de dés, puis plonger sa famille dans le dénuement par le même moyen. Il n'avait jamais vu sa mère et sa sœur subir l'humiliation de se voir fermer des portes. Et il n'avait jamais reçu une note l'informant que le navire qui transportait ses parents en Inde (où Alistair Cole comptait refaire fortune) s'était abîmé en mer et qu'il n'y avait pas eu de survivants.

Gideon n'avait que dix-huit ans et étudiait encore à Oxford à l'époque ; sa sœur en avait dix-sept. Se retrouvant pratiquement sans un sou, ils avaient vendu la maison de famille, et Helen avait épousé un riche fermier du Yorkshire.

Gideon avait parlé de son plan de carrière à Kilmartin, un soir à Oxford, au cours d'une soirée un peu arrosée, et le regrettait amèrement depuis. Il n'était pas certain que Lawrence comprenne pleinement son besoin de se garantir un avenir.

— Dans ce cas, dit Kilmartin, j'espère que tu pourras persuader ton oncle de mourir pendant que Constance ira voir ses cousins à la campagne... Lorsqu'elle reviendra pour le bal des Braxton, tu serais baron et propriétaire d'Aster Park, et Jarvis perdra tout intérêt à ses yeux.

Gideon ne put s'empêcher de rire.

— Oh, oncle Edward ne sera jamais aussi arrangeant! Il fe...

Gideon n'aurait su dire ce qui lui fit faire volte-face précisément à cet instant. Peut-être était-ce le même instinct que celui qui lui avait permis d'échapper aux balles à Waterloo, et de rentrer entier et sain d'esprit. Quoi qu'il en soit, il réagit au quart de tour et surprit la fille au moment où elle plongeait la main dans la poche de sa veste.

Il lui agrippa le poignet. Elle se figea, et leva les yeux sur lui, le souffle court.

Un flot d'impressions diverses le submergea. Le poignet de la demoiselle, aussi fin que celui d'un enfant, sa peau incroyablement soyeuse, et son pouls qu'il sentit s'emballer sous son pouce. Le haut front pâle, la bouche aussi délicate qu'un bouton de rose, les extraordinaires yeux aigue-marine reflétant la panique et l'indignation. Et les taches de rousseur sur son nez. Une collection de petites éclaboussures d'or. Inconsciemment, il se mit à les compter. Un, deux, trois, quatre...

— Aïe!

Gideon se plia en deux, le souffle coupé. La belle voleuse avait profité de ce qu'il comptait ses taches de rousseur pour lui flanquer un coup de genou redoutablement efficace dans l'entrejambe.

Avant de disparaître dans la foule.

Lily courait. Tenant sa jupe à deux mains, ses pieds nus martelant le sol, elle se faufila dans la foule, esquivant hommes, femmes et chevaux, ainsi que les tas fumants que ces derniers laissaient derrière eux. Elle courut jusqu'à ce que ses poumons se transforment en forge brûlante, jusqu'à ce que son cœur frappe à grands coups dans sa poitrine, jusqu'à ce que, enfin, elle se retrouve dans Saint-Giles. Chez elle.

Son quartier et Bond Street étaient aussi différents que le jour et la nuit. Ici, on trouvait des hommes et des femmes étendus sur le sol qui empestaient le gin. Des gamins les enjambaient et disparaissaient dans des bâtisses à moitié effondrées. Des rires bruyants résonnaient au milieu des cris de gens qui se querellaient ou de vendeurs des rues.

Bon sang, elle l'avait échappé belle !

C'étaient les cheveux du gentleman qui avaient attiré son attention lorsqu'il avait ôté son chapeau. Ils étaient plus longs que ne l'exigeait la mode, très foncés, avec des reflets acajou. Elle avait vu l'éclat doré dans sa poche lorsqu'il y avait plongé la main. « Une montre ! » avait-elle pensé.

Elle s'était approchée discrètement. Il dominait la foule de sa haute taille, et semblait très agité. Très absorbé, aussi, dans sa conversation avec son ami, dont le visage ouvert était celui d'une personne sans souci ni responsabilité…

Elle avait cru que c'était le moment idéal.

Elle s'était trompée.

Et ses *yeux*…

Elle y songerait plus tard.

Elle tournait au coin de la ruelle où McBride avait sa boutique lorsqu'une main lui étreignit l'épaule.

— Eh, Lily, un p'tit baiser, ma colom…

Elle envoya un coup de coude en arrière, entendit un grognement et un flot de jurons, mais ne se retourna pas. La main l'avait lâchée.

— Tu donnes toujours du coude, à ce que je vois, Lily Masters ! Un baiser, c'est pas trop demander pourtant !

— T'es trop lent, Tom, riposta-t-elle, moqueuse.

Les coudes de Lily pouvaient se révéler des armes presque aussi redoutables que ses genoux…

Les garçons essayaient toujours, mais personne ne parvenait à l'attraper – à moins qu'elle ne le veuille, bien sûr. Et elle l'avait voulu, un jour. C'était en partie la faute de McBride : il lui avait donné un exemplaire d'*Orgueil et Préjugés*, de Jane Austen, ainsi qu'un recueil d'histoires érotiques en français (ce qu'il ignorait car il ne savait pas lire). Lily n'était pas certaine que sa mère aurait approuvé qu'elle utilise le peu de français qu'elle lui avait inculqué pour ce genre de lecture, mais elle avait été fascinée. Les deux ouvrages faisaient paraître le commerce entre hommes et femmes tellement plus compliqué et intéressant que les brèves étreintes dans les coins sombres de Saint-Giles, ou que ce que faisait Fanny, leur voisine, contre de l'argent. Lily avait voulu savoir ce qu'il en était vraiment.

Le garçon s'appelait Nick. Il avait les yeux bleus, l'esprit vif et les lèvres plus vives encore. Il savait ce qu'il faisait. Le baiser, bien que bref, avait été comme une allumette touchée par une flamme : Lily s'était embrasée, et s'était sentie totalement sans défense. Prise de court, elle avait aussitôt repoussé Nick. Elle avait trop vu d'appartements grouillant d'enfants affamés et de bébés malades. Il n'était pas question de laisser la curiosité, ou une tentation passagère, la piéger pour toujours dans une vie de misère. « Ne te mets jamais de ton plein gré à la merci d'un homme », lui avait recommandé sa mère.

De plus, Nick n'avait rien du M. Darcy du roman de Jane Austen.

Mais Lily était contente de l'avoir embrassé. Il lui semblait utile de savoir qu'un simple baiser pouvait vous ôter toute volonté. Et elle pensait comprendre, à présent, pourquoi sa mère, qui était une dame, avait pu épouser un homme tel que son père, et rester avec lui alors même qu'ils avaient tout perdu.

Lily s'arrêta devant la boutique de McBride pour reprendre haleine, puis poussa la porte.

McBride était en train de frotter vigoureusement le comptoir avec un chiffon. Le mouvement faisait virevolter ses rares cheveux comme des banderoles sur un mât. Il leva la tête en entendant la porte s'ouvrir et lorsqu'il vit Lily, son visage s'éclaira d'un sourire qui révélait une bouche en partie édentée.

— B'soir Lily ! Dis donc, ma douce, quand c'est'y que tu m'épouses ?

— B'soir, McBride. Je m'en va rassembler mon trousseau tout de suite.

— Ton trousseau, coassa-t-il. Ah, Lily ! C'est que t'as de l'esprit ! Dis-moi encore des choses, avec ta belle voix. On dirait de la fumée qui sort d'un bon cigare. Un homme en oublierait ses ennuis rien qu'à t'écouter parler.

— Et depuis quand que vous vous y connaissez en bons cigares, McBride ? le taquina Lily. Ou en ennuis ?

McBride faisait toujours grand cas de la voix basse et distinguée de Lily. Il prétendait qu'elle appartenait au corps d'une courtisane de haute volée, et non à un petit bout de fille comme elle.

— Ah ! Lily ! J'en ai connu, des choses…

Son regard se fit rêveur comme si des souvenirs lui revenaient en mémoire, à moins que ce ne soit la conséquence de la bouteille de gin qu'il avait bue au déjeuner.

— Bon, et qu'est-ce que tu m'apportes aujourd'hui ? Non, touche pas le bois, ajouta-t-il hâtivement lorsque Lily fit mine de poser les coudes sur le comptoir. J'ai renversé un truc qui t'écorcherait la peau.

McBride était receleur par nécessité, mais sa vocation première était d'être apothicaire. Il s'était notamment spécialisé dans le traitement des maladies provoquées par les rapports sexuels, mais proposait aussi toutes sortes de potions pour ceux qui se trouvaient dans l'impossibilité d'avoir de tels rapports. « J'ai que'que chose pour ce qui va trop fort et que'que chose pour ce qui va pas assez fort », expliquait-il joyeusement. Sa clientèle provenait de toutes les classes sociales et déboursait des sommes exorbitantes pour ses remèdes. Ils étaient trop désespérés pour rechigner, et trop mortifiés pour se plaindre si les effets n'étaient pas ceux escomptés.

Lily huma en grimaçant la vapeur nauséabonde qui s'élevait d'une petite flaque sur le comptoir. Apparemment, cette potion serait radicale ! Elle éliminerait maladie et malade pour l'éternité...

— C'est un remède pour les zémoroïdes ? s'enquit-elle sans trop savoir en quoi consistait cette affection au nom exotique

— Pour la vérole. Faut que j'y travaille encore un peu. C'est'y que tu m'as apporté des choses, aujourd'hui, ma colombe ?

McBride gagnait aussi de coquettes sommes en revendant des objets volés.

Lily plongea la main dans la poche de son tablier et jeta son maigre butin sur le comptoir, à distance raisonnable de la flaque et de ses fumerolles. Elle avait récolté deux boutons d'argent et une montre de gousset.

— C'est de l'or ? demanda-t-elle à McBride lorsqu'il posa le doigt sur le rebord de la montre pour l'ouvrir.

— Hum... C'est pas sûr, ma douce. J't'en donne quat'shillings.

— Quat'shillings ! répéta Lily, indignée. Vous me prenez pour une idiote, McBride ?

Ils prenaient tous deux beaucoup de plaisir à marchander.

— Quat'shillings et six pence, alors.

— Cinq shillings, insista Lily.

McBride lui décocha un regard outré, qu'elle lui retourna.

— Va pour cinq shillings, soupira-t-il. Lily, ma colombe, je savais pas que t'étais si cruelle.

Lily tendit la main, soupçonnant McBride de s'être laissé attendrir. Ce n'était pas la première fois qu'il lui proposait plus que ce que valait son butin. Mais elle n'avait pas le courage de protester, aujourd'hui. Alice et elle avaient besoin de manger. En outre, vu les tarifs que McBride pratiquait pour ses potions, il devait avoir les moyens de s'offrir un hôtel particulier à Saint-James Square !

— Et un shilling pour les boutons, ajouta-t-elle pour faire bonne mesure.

McBride soupira de nouveau, puis compta les pièces à contrecœur avant de les déposer dans la main de la jeune femme. Non sans marmonner qu'elle le dépouillait.

Elle lui rendit un shilling avec un sourire espiègle.

— Un p'tit pourboire, mon brave.

Il sourit en retour, et empocha la pièce.

— J'ai un livre pour toi, aujourd'hui, ma belle.

Que Lily sache lire le fascinait, aussi lui gardait-il tous les livres qui lui tombaient sous la main. Elle possédait ainsi une bibliothèque très éclectique comprenant une encyclopédie sur les animaux, un volume sur les mythes grecs, les œuvres de Shakespeare et, bien sûr, *Orgueil et Préjugés,* ainsi que le livre d'histoires coquines.

Elle s'empara de l'ouvrage en question et lut le titre à haute voix :

— *Robinson Crusoé*. Merci, McBride, j'apprécie.

— J'espère bien, dit-il d'un air sévère, soudain gêné par sa propre générosité.

Lily sourit, se haussa sur la pointe des pieds pour se pencher par-dessus le comptoir, et déposa un baiser sur la joue mal rasée de son ami avant de filer.

Gideon était retourné à Westminster Hall en boitant.

Cette maudite voleuse ne l'avait pas loupé ! Cela dit, il s'était montré encore plus éloquent que d'ordinaire à la barre si bien qu'un juré avait été ému aux larmes. Peut-être devrait-il remercier la jolie pickpocket, après tout.

— Bravo, Cole.

— Toujours aussi impressionnant, mon cher.

— Excellente plaidoirie, Cole.

Gideon remercia ses collègues tout en se frayant un passage dans la petite foule qui se pressait à Westminster

Hall. Il s'accordait toujours un moment pour savourer une victoire avant d'aller à la rencontre des hommes de loi qui cherchaient un avocat à qui confier leurs procès. Rançon du succès, il était toujours très demandé. Surtout par un certain M. Dodge...

Il l'aperçut, et réprima un soupir.

M. Dodge était un petit homme au torse bombé et aux jambes maigrelettes. Une frange de cheveux grisonnants encerclait son crâne luisant, et son nez crochu soutenait une paire de lunettes à travers les verres desquelles il scrutait le tribunal à la recherche de sa proie : Gideon Cole.

Gideon avait affronté les hordes de Napoléon. Il avait pris part à nombre de combats à mains nues, et s'était même battu en duel. Et cependant, M. Dodge avait le don de lui nouer les intestins de terreur.

Car il connaissait ses faiblesses.

Aussi subrepticement que le lui permettait sa haute taille, Gideon se dirigea vers la porte de la salle d'audience.

— Ah ! Monsieur Cole...

Gideon accéléra l'allure, obligeant M. Dodge à courir derrière lui d'une façon qui portait atteinte à sa dignité.

— Monsieur Cole ! J'aimerais m'entretenir un instant avec vous, s'il vous plaît ! Je ne vous demande qu'une minute.

— Je n'ai plus de minutes à vous accorder, riposta Gideon par-dessus son épaule. Vous avez épuisé votre compte et ma patience.

M. Dodge parvint à le contourner et se planta au beau milieu de son chemin.

— C'est que je suis persuadé d'avoir un procès qui vous intéressera, s'entêta-t-il en levant son nez crochu vers Gideon.

Ce dernier gémit et se cacha le visage entre les mains. C'était précisément ce qu'il craignait : un procès intéressant !

— Monsieur Dodge, je ne veux plus entendre parler d'orphelins qu'on a dépouillés de leur héritage ni d'aucune tragédie de ce genre.

— Mais il ne s'agit pas d'un orphelin, cette fois, monsieur Cole.

Gideon écarta prudemment deux doigts pour dévisager son interlocuteur.

— C'est une veuve, expliqua Dodge d'un air jovial.

Gideon recula d'un bond.

— Allez-vous-en, monsieur Dodge !

— Mais, monsieur Cole…

— Trouvez-vous un autre crétin d'avocat au grand cœur à torturer.

— Je crains que vous ne soyez le seul, répondit Dodge avec bienveillance. Et vous êtes excellent. Vous gagnez toujours. Toujours.

— Et je ne suis jamais payé. Jamais.

— Oh, allons donc ! Les gentlemen tels que vous n'ont pas besoin d'argent ! Vous avez des billets de banque qui poussent sur un arbre dans votre domaine, c'est sûr, ajouta-t-il en fourrant une liasse de papiers dans les mains de Gideon.

— Très drôle, marmotta Gideon. Qui est cette veuve ?

— Une couturière professionnelle. Elle a travaillé dur toute sa vie et s'est bâti une belle petite affaire. Et voilà que le frère de son défunt mari essaye de lui voler sa maison. Il prétend en être le propriétaire légal.

— A-t-elle de l'argent ? Est-ce que j'ai la moindre chance de gagner plus d'un shilling en la défendant ?

Dodge lui décocha un sourire éblouissant.

— Pas un sou.

— Je vous déteste, monsieur Dodge.

— Je sais, monsieur Cole ! Alors, vous acceptez de la défendre ?

— Je vais examiner le dossier, grommela Gideon.

Mais ils savaient tous deux qu'il accepterait l'affaire.

Ce qui l'empêcherait d'en prendre d'autres plus lucratives. Et prouvait que c'était vraiment sa faute s'il n'était pas encore riche.

— Vous êtes un homme bien, monsieur Cole, fit remarquer Dodge avec douceur.

Gideon ricana et le chassa d'un geste, mais déjà il esquissait un sourire, et Dodge s'éloigna en sifflotant.

Des veuves, des orphelins, des personnes âgées… Gideon ignorait pourquoi Dodge prenait ce genre de clients. Évidemment, il n'avait pas l'obligation de soutenir le train de vie d'un gentleman fréquentant la haute société. Dodge était déjà marié. Il n'avait pas besoin de courtiser la fille d'un marquis en lui promettant un hôtel particulier sur Grosvenor Square. Et, Gideon l'aurait parié, il n'avait pas de plan de carrière…

Gideon jeta un regard sombre au dossier. Il pensa à Helen, dans le Yorkshire, et à la dernière lettre qu'elle lui avait envoyée. En dépit de ses efforts pour paraître enjouée, il voyait bien que sa sœur souffrait.

Il songea à Constance. Que penserait-elle si elle savait qu'il travaillait gratuitement ? Elle qui le croyait en train d'amasser une fortune pour subvenir à ses besoins de fille de marquis… Il imagina l'étonnement, la confusion, puis le mépris apparaître tour à tour dans ses beaux yeux gris. Nul doute qu'elle se sentirait trahie. Et elle aurait raison.

Gideon releva la tête et se frotta les yeux d'un geste las. Dix ans plus tôt, à Oxford, il se portait volontiers au secours des plus faibles. Et qu'est-ce que cela lui avait rapporté ?

Cette couturière devrait se débrouiller seule. C'était décidé, il devait songer à son avenir.

— Monsieur Cole, j'ai oublié de vous parler de quelque chose.

Dodge était revenu ? Gideon lui adressa un regard hostile, mais l'homme de loi n'en sembla pas affecté.

— C'est à propos de votre dernier client, M. Wesley.

Le visage de Gideon s'éclaira. Il avait eu de nombreuses conversations avec ce fermier à propos des Leicester Longwool, une race de moutons à laine frisée qu'il voulait élever à Aster Park.

— Comment va-t-il ?

— J'ai une mauvaise nouvelle, je le crains. M. Wesley nous a quittés.

Gideon sentit la tristesse l'envahir. Eh bien, la journée allait de mal en pis, semblait-il.

— Mais il ne vous a pas oublié sur son testament, poursuivit M. Doge. Avec toute sa gratitude pour l'avoir aidé à garder sa ferme, voilà trente livres.

Dodge glissa la liasse de billets dans la main de Gideon, puis tourna les talons et s'éloigna de son pas chancelant, comme s'il n'était qu'un notaire ordinaire et non un véritable messager des dieux.

— Lily ! s'exclama Alice en se jetant dans les bras de sa sœur.

La fillette avait pour instruction de se méfier de tout le monde sauf de Mme Smythe et de Fanny lorsque sa sœur était sortie. Mais Lily était toujours soulagée lorsqu'elle rentrait et trouvait Alice saine et sauve.

— Ce soir, nous avons du pain et du fromage pour dîner, ma chérie. As-tu faim ?

Dès l'instant où Lily franchissait le seuil de leur pièce, elle se débarrassait de l'argot de Saint-Giles comme d'un manteau en haillons. Leur mère leur avait donné, à sa sœur et à elle, l'éducation qu'elle-même avait reçue, mais cela faisait des années que ni l'une ni l'autre n'avaient parlé à des gens de leur ancien milieu. Lily, en revanche, avait appris le langage des voleurs et des pauvres aussi facilement qu'elle avait appris le français. C'était essentiel pour sa survie.

— Oh, oui ! s'écria Alice. Aujourd'hui, j'ai aidé Mme Smythe à faire la cuisine et la lessive, ajouta-t-elle avec fierté. Regarde, elle m'a donné un penny.

Elle mit la pièce dans la main de sa sœur. Elle était chaude et humide. À l'évidence, la fillette l'avait serrée dans sa paume toute la journée.

— Bravo, ma chérie. Ce n'est pas rien d'arracher un penny à Mme Smythe. Tu ne lui aurais pas jeté un sort, par hasard ?

Alice pouffa.

— Non ! Elle a simplement dit que j'étais une bonne travailleuse. J'aimerais bien savoir jeter un sort.

Une bonne travailleuse… À dix ans ! À cet âge, elle aurait dû *jouer* à travailler, et non s'efforcer de gagner un penny pour avoir de quoi manger. Lily chassa en hâte cette pensée. Mieux valait ne pas trop s'appesantir sur leur situation, car elle n'y pouvait pas grand-chose.

— Tu es une ouvrière qui fait des miracles, alors. Il n'y a pas plus avare que Mme Smythe !

Ni Alice ni Lily n'avaient jamais vu leur corpulente logeuse sourire. Sa qualité première était d'être implacable. Vous pouviez être son locataire depuis la nuit des temps, elle vous jetait à la rue si le loyer était en retard d'une seconde, quelles que soient les circonstances. Cette règle avait pour effet d'éloigner les gredins, découragés à l'idée de louer des chambres à pareille propriétaire, ce qui rendait la maison relativement sûre et les loyers plus élevés que partout ailleurs. Lily avait tout particulièrement perfectionné ses talents de voleuse à la tire pour satisfaire aux exigences de Mme Smythe.

Alice pouffa de nouveau.

— Peut-être que j'ai dit des mots magiques sans le savoir, après tout ! Peut-être que c'était : « Madame Smythe, est-ce que je dois balayer, maintenant ? »

Lily s'esclaffa à son tour.

— Eh bien, désormais, chaque fois que nous aurons besoin qu'il nous arrive quelque chose de bien, nous dirons : « Madame Smythe, est-ce que je dois balayer, maintenant ? » Et nous attendrons le résultat.

Alice éclata de rire, ravie.

— Madame Smythe, est-ce que je dois balayer, maintenant ? Oh, madame Smythe, est-ce que je dois balayer, maintenant ? chantonna-t-elle en sautillant tout autour de la pièce.

Leur mère, fille de vicaire, aurait été atterrée à l'idée qu'elles puissent jeter des sorts, mais Lily se mit à chanter elle aussi tout en coupant le pain et le fromage en tranches. Elles avaient le droit de s'amuser un peu, non ?

Après avoir quitté McBride, elle était allée droit chez le fromager. Elle avait acheté ensuite un petit bouquet de violettes pour Fanny, parce que celle-ci était toujours gentille et lui donnait des conseils utiles, surtout en ce qui concernait l'utilisation des genoux et des coudes en cas de problèmes. Et parce qu'elle ne songerait jamais à s'offrir un petit bouquet.

Tous ces achats avaient vidé le porte-monnaie de Lily, et elle devrait repartir dès le lendemain à la chasse aux pièces et aux montres de gousset...

— Si ta chanson est vraiment magique, demain, il devrait pleuvoir des pennies, déclara-t-elle entre deux bouchées de pain.

— Nous nous achèterons des chaussures ! enchaîna Alice d'un ton rêveur. Et une grande maison comme celle de ton histoire. Raconte-moi une histoire, Lily...

Lily avait l'art d'embellir la réalité, ou de la rendre fantastique. Ainsi, la vieille haridelle qui tirait la charrette de fleurs devenait-elle une licorne. Mme Smythe, une ogresse qui dévorait les enfants, McBride un vieux mage dont les potions n'avaient jamais l'effet escompté. Elle inventait une histoire différente tous les soirs, donnant à chaque personnage une voix et des traits particuliers. Cela les réchauffait toutes deux mieux que du gin. Lily le savait parce qu'elle y avait goûté un jour, et avait eu l'impression d'avaler du feu. Elle n'avait plus jamais renouvelé l'expérience. D'autant que son père en avait bien trop consommé, autrefois.

— Laquelle veux-tu que je raconte ? Celle sur la grande maison ? Ou une nouvelle ?

— Celle sur la grande maison.

— Eh bien, il était une fois deux belles princesses...

— ... qui s'appelaient Lily et Alice.

— Qui s'appelaient Lily et Alice, confirma Lily. Elles vivaient dans une maison ab-so-lu-ment splendide, un véritable palais, suffisamment grand pour loger tous les habitants de Saint-Giles.

Alice fronça les sourcils.

— Mais je ne veux pas que tout le monde vive avec nous ! Pas Mme Smythe, en tout cas.

— Bien sûr que non. Nous choisirons nos invités.

— McBride, peut-être, suggéra Alice, magnanime.

— Oui, certainement, acquiesça Lily. Ce palais, donc, était entouré de pelouses à perte de vue. Il y avait partout des arbres et des fontaines, des cygnes et des paons...

— Parle-moi encore des paons.

— Ce sont de grands oiseaux avec de longues plumes qu'ils déploient ainsi, expliqua Lily en écartant la main au niveau de son postérieur et en agitant les doigts comiquement. Comme dans notre livre.

— On peut les manger ?

— Non. Mais cela n'a pas d'importance. Nos placards seront tellement pleins de rôtis et de fromages que nous ne verrons que leur beauté.

— Ça alors... murmura Alice dans un souffle.

— Et il y a un prince, ajouta brusquement Lily.

— Un prince ? répéta Alice, étonnée. Il n'y en a jamais d'habitude.

« Parce que je n'avais encore jamais vu un homme aussi fascinant », songea Lily, qui poursuivit à voix haute :

— Il est très grand, avec de larges épaules et... d'épais sourcils noirs comme ça, précisa-t-elle en posant les doigts sur les arcs fins de ses propres sourcils. Et des joues... comme ça, ajouta-t-elle en aspirant ses joues pour creuser son visage. Et un nez fier, qui l'empêche d'être trop joli. Et ses cheveux sont pareils à du feu.

— Il a les cheveux en feu ? s'inquiéta Alice.

— Mais non, petite dinde ! Ses cheveux sont très sombres, mais ils brillent au soleil comme des charbons ardents. Ses yeux sont noirs, et il a de très beaux habits. Et une poigne solide, ajouta-t-elle non sans rancune.

— Une poigne solide ? répéta Alice, perplexe. Est-ce qu'il est beau ?

Lily hésita, se rappelant les yeux si sombres chargés d'une colère froide qui s'étaient posés sur elle. À l'évidence, cet homme n'avait pas peur de grand-chose, et certainement pas d'elle. Pourtant, l'espace d'un instant, quelque chose était passé dans son regard. De l'intérêt ? De l'étonnement ? Elle avait perçu ce changement de la même façon qu'elle avait senti les doigts de l'homme sur son poignet. Elle l'avait ressenti jusqu'au tréfonds, une explosion de chaleur, comme une lampe qu'on aurait soudain allumée.

Juste avant qu'elle ne lui flanque un bon coup de genou dans les parties.

Elle sourit faiblement. C'était terrible de faire cela à un homme ! Mais il ne lui avait pas laissé le choix.

— Eh bien, oui, murmura-t-elle. Il est très beau.

— Alors, il peut venir habiter avec nous, concéda Alice. Est-ce que maman et papa vivent dans une maison semblable au paradis, Lily ? ajouta-t-elle, les paupières lourdes soudain.

Lily réfléchit. Nul doute qu'il y avait un lieu pour les propres-à-rien qui épousaient des filles de vicaire orphelines, siphonnaient leur argent, puis mouraient, les abandonnant avec leurs filles sans un sou à Saint-Giles, mais elle n'était pas certaine que ce lieu-là soit le paradis.

Lorsque leur père était mort, leur mère avait cessé de s'intéresser à quoi que ce soit. C'était à Lily qu'était revenue la lourde tâche de leur procurer de la nourriture et un toit. Elle avait bien essayé de travailler dans des boutiques ou dans de grandes maisons, mais personne ne voulait d'elle. Alors elle avait volé sa première montre dans le gousset d'un passant.

Le désespoir avait atténué la peur, puis le succès lui avait donné du courage, et le courage de l'assurance.

Lorsqu'elle avait découvert qu'elle était douée pour soulager les gentlemen de quelques petits objets brillants, elle en avait éprouvé une certaine fierté en dépit de sa honte. C'était une grande satisfaction de savoir qu'elle maintenait sa famille soudée.

Si sa mère avait deviné comment elle les faisait vivre, elle n'en avait jamais dit un mot.

Mais Lily avait aussi d'autres souvenirs, que sa sœur était trop jeune pour partager. Elle se rappelait un logis confortable, des rires doux entre ses parents, des heures passées à jouer sur un piano qui avait disparu plus tard en même temps que la maison et tout ce qu'elle contenait. Des voyages au bord de la mer. Des chaussures...

Lily plongea son regard dans les yeux bleus d'Alice qui ressemblaient tellement à ceux de leur mère. Elle pensait rarement à leur avenir. Seul le présent compte, préférait-elle se répéter.

— Oui, répondit-elle doucement à sa sœur, papa et maman vivent dans une maison semblable.

— Cette petite voleuse t'a frappé en plein dans les... dans les bijoux de famille ! s'exclama lord Kilmartin.

Gideon s'arracha à la contemplation de la salle de bal de lady Gilchrist pour jeter un regard narquois à son ami.

— J'y étais, Lawrence. Inutile de me le rappeler.

— Que voulait-elle ? Ta montre ?

— La montre en or de mon arrière-grand-père, figure-toi.

Les yeux de la jeune fille le hantaient ; leur couleur était tout à fait remarquable. Il avait été surpris d'y lire de l'indignation, comme si sa tentative pour l'empêcher de lui voler cet objet qui lui était cher était la dernière des effronteries.

Il se souvenait d'autant mieux de la scène qu'il avait eu du mal à marcher durant les heures qui avaient suivi.

Il secoua la tête avec un sourire ironique. Les femmes… Quelle espèce cruelle et incompréhensible !

Il reporta le regard sur la salle de bal et les rangées de danseurs aux prises avec un quadrille. Il trouvait toujours les quadrilles gênants. Tous ces claquements de mains et ces pirouettes convenaient mal à un individu qui dépassait allégrement le mètre quatre-vingt-cinq. Lorsqu'il pouvait éviter de les danser sans vexer ses cavalières, il passait son tour.

Constance, cependant, avait l'air de s'amuser.

Peut-être parce que son partenaire était lord Jarvis. « Jarvis, qui a déjà un titre et une fortune. Et dont le physique est loin d'être repoussant », avait dit Kilmartin.

Jarvis était un type plutôt bien, reconnut Gideon à contrecœur. Blond, affable. Dans l'ensemble, complètement inoffensif. Hormis, bien sûr, son intérêt pour Constance.

Kilmartin suivit le regard morose de son ami.

— Constance, murmura-t-il d'un air songeur. Quelle ironie, ce prénom, quand on y pense. Elle ne semble pas précisément « constante » en ce moment, non ?

— Essayerais-tu de me remonter le moral, Lawrence ? Si c'est le cas, je préférerais que tu te taises.

Kilmartin secoua la tête avec compassion et les deux amis contemplèrent de nouveau les danseurs en silence.

— Qu'est-ce qu'elle lui trouve ? murmura enfin Gideon.

— Tu veux dire, en dehors de son argent, de son titre et de tous ses biens ?

Gideon pivota lentement et jeta un regard courroucé à son ami.

— Oh, pardon, mon vieux ! s'exclama Kilmartin. Je suppose que ça ne t'aide pas beaucoup non plus…

Gideon haussa un sourcil pour le lui confirmer, puis reporta son attention sur Constance.

— Au moins, je danserai deux valses avec elle ce soir.

Kilmartin soupira.

— Gideon, en tant qu'ami, je me sens tenu de te dire que ta conversation manque d'attrait, ces derniers temps. Ou plutôt, elle manque de tout en dehors de deux choses : le travail et Constance. Tu étais pourtant drôle jusqu'ici.

— Drôle ? répéta Gideon, surpris. Je n'ai jamais été *drôle* !

— Mais si ! contra Gideon avec assurance. La fois où tu as fourré un lézard dans le lit de Cunnington, tu te rappelles ? Et ce jour où tu as caché les bottes de tout le dortoir ? Et les courses de mules ? Ou – mon préféré – la soirée des danseuses d'opéra ?

Ah ! Cette soirée-là ! Gideon se remémora les flots de champagne et les rires étouffés, suivis par une poursuite coquine autour d'un canapé. Et une conclusion très agréable sur ce même canapé.

Il ne put réprimer un lent sourire. Aussitôt, il y eut des battements de cils et des déploiements d'éventails dans toute la salle de bal.

Kilmartin avait raison. Il ne pensait qu'à son travail et à Constance. Son plan de carrière commençait à ressembler à un interminable escalier.

Au sommet duquel il y avait Constance, qui brillait telle une étoile dans le ciel.

Il serra les poings. Qu'est-ce que Jarvis pouvait bien lui raconter pour qu'elle s'esclaffe ainsi ? Les quadrilles étaient à ce point hilarants ?

— Je comprends ton point de vue, Lawrence, dit-il. Mais… *regarde-la* !

Kilmartin obéit. Comme d'habitude, Constance portait une robe splendide et un rien audacieuse, retenue aux épaules par deux fines bretelles. Grande, blonde, la peau claire, elle irradiait littéralement.

Lorsqu'il la contemplait, Gideon avait l'impression d'être Icare. Il craignait de se brûler les ailes…

— Quoi que tu dises, Gideon, elle me fait plutôt peur, déclara Kilmartin. Elle est tellement… tellement…

Il patinait comme un chariot embourbé, et Gideon vint à son secours :

— C'est *précisément* ce que je ressens.

Finalement, Constance plongea dans une gracieuse révérence, et lord Jarvis la raccompagna, le visage empourpré, mélange de fierté et d'effort. Toutes les têtes se tournèrent tandis qu'ils se frayaient un chemin dans la foule. Jarvis s'inclina brièvement, puis s'éloigna. Trois jeunes femmes – que Kilmartin et Gideon appelaient entre eux les suivantes – surgirent aussitôt au côté de Constance.

Kilmartin chercha des yeux lady Anne Clapham, puis se tourna vers son ami, le visage songeur.

— Tu sais de quoi Constance a besoin, Gideon ? D'une rivale. Quelqu'un d'exotique, de suffisamment différent d'elle pour la désarçonner. Cela devrait faire pencher la balance en ta faveur.

Gideon eut un rire sans joie.

— Dommage qu'une telle créature n'existe pas, murmura-t-il.

Lorsque l'orchestre passa aux valses, Gideon fit tourbillonner Constance tout autour de la salle de bal, ravi de sentir tous les regards rivés sur eux.

Ils étaient bien assortis, et il savait que cela réjouissait Constance autant que lui.

— Constance, me trouveriez-vous ennuyeux si je vous disais à quel point vous êtes belle, ce soir ?

Il prononça son nom d'un ton possessif. Permettait-elle aussi à Jarvis de l'appeler par son prénom ?

— Oh ! Un compliment ne m'ennuiera jamais, Gideon !

— Pourtant, vous avez dû en entendre de semblables toute la soirée.

— Mais pas de votre part, murmura-t-elle en rejetant la tête en arrière pour lui couler un regard provocant.

Gideon reconnaissait un défi quand il en voyait un.

— Peut-être pourrais-je me montrer plus original, suggéra-t-il plaisamment. Que diriez-vous de quelque chose comme : « Vos yeux sont de la couleur du ciel sur la lande un soir d'hiver... »

Il se souvint trop tard que Constance n'appréciait guère les métaphores. Elle préférait de beaucoup le réalisme pur et simple. Son visage angélique dissimulait un esprit dénué de la moindre imagination.

— Vraiment, Gideon ! protesta-t-elle. Sur la *lande* ! Pourquoi ne me complimentez-vous pas plutôt sur ma robe ? Je suis la seule femme de Londres à porter un tel modèle, et il coûte les yeux de la tête.

— La seule, dites-vous ? Comment avez-vous fait ?

— J'ai corrompu la plupart des couturières de la bonne société londonienne ! avoua-t-elle en pouffant d'un air malicieux. C'est ainsi que j'ai appris que Mlle Fortescue avait déjà commandé la même. Alors, je lui ai dit : « Mademoiselle Fortescue, vous avez de si jolis bras *potelés*, ce nouveau style de manches ne vous convient pas du tout. Des manches ballons vous iraient beaucoup mieux, vous ne trouvez pas ? » Croyez-moi, Mlle Fortescue portera des manches ballons jusqu'à la fin de ses jours ! Et elle a annulé sa commande en moins de temps qu'il ne faut pour le dire.

Gideon la considéra d'un air perplexe. Constance prenait la question vestimentaire très au sérieux.

— Ce doit être une terrible responsabilité d'exercer une telle influence sur les jeunes filles de la bonne société, observa-t-il, plaisantant à moitié.

— Oh, oui ! répondit-elle gravement Mais c'est aussi très important de *gagner*.

Gideon ne pouvait le nier, lui qui consacrait la plus grande partie de son temps à s'efforcer de gagner procès sur procès. Il n'en était pas encore à corrompre des couturières, mais qui sait quelles mesures il prendrait si les circonstances l'exigeaient ?

— En tout cas, personne ne pourrait porter cette robe aussi bien que vous, déclara-t-il. Vous êtes exquise.

Bien qu'elle parût ravie, Gideon eut le sentiment qu'il ne faisait que confirmer ce qu'elle savait déjà.

Il se creusa aussitôt la tête à la recherche d'un nouveau compliment. C'était, après tout, ce qui donnait une certaine fluidité à ses conversations avec Constance.

— Comment va votre oncle, Gideon ? demanda-t-elle soudain.

La question le désarma. Il était très touché.

— Pas très bien, je le crains. Comme d'habitude.

Elle demeura silencieuse quelques secondes, puis :

— Il est malade depuis si longtemps. On en arrive à se demander s'il ne le sera pas… éternellement.

Gideon frissonna d'appréhension. Essayait-elle de lui dire qu'elle était pressée, et que Jarvis avait mieux à lui offrir dans l'immédiat ?

— Oncle Edward risque de rendre l'âme à tout moment, dit-il d'un ton plus sec qu'il ne le souhaitait.

Constance sembla s'illuminer légèrement.

— Quel dommage, murmura-t-elle. Et dire qu'il ne peut pas profiter de sa propriété… Papa a toujours énormément admiré Aster Park.

— Vraiment ?

Gideon le savait fort bien. Tout le monde admirait Aster Park, surtout Constance. Il se rappela cette promenade en sa compagnie durant leur seule et unique visite au domaine. Tout en bavardant, Constance avait examiné les roseraies, les statues, les potagers, les lacs, les fontaines, les labyrinthes et les arbres de ce même œil froid et critique que Wellington avait lorsqu'il inspectait ses régiments. Et Gideon avait vu de la convoitise dans son regard.

— Mais j'ai toujours pensé que les grands arbres américains devraient être plantés de façon plus ordonnée, Gideon. C'est un tel fatras, chez votre oncle. Vous savez, je pourrais bien me découvrir un talent pour l'horticulture.

Un fatras ? Ce jardin dessiné par un paysagiste renommé ?

— Cela ne me surprendrait pas, Constance, répliqua-t-il avec stoïcisme. Vous êtes si douée pour tout.

Elle éclata de rire.

— Voilà que vous me taquinez ! Dites-moi, avez-vous gagné un procès, aujourd'hui ?

— Naturellement, dit-il avec un sourire rassurant.

— Et cela vous a-t-il rapporté beaucoup d'argent ?

Constance ne connaissait pas très bien le fonctionnement du système judiciaire, ce qui convenait tout à fait à Gideon.

— Mais oui, beaucoup, répondit-il évasivement.

Ce n'était pas un mensonge à proprement parler puisqu'il avait hérité de trente livres.

— En fait, je songe à acheter l'hôtel particulier de Grosvenor Square. Vous savez, celui qui fait l'angle ?

— Oh ! s'exclama-t-elle en écarquillant les yeux. Mais je croyais... C'est-à-dire, Malcom... Je veux dire, lord Jarvis s'intéresse aussi à cette maison...

Gideon vit Constance s'empourprer tandis qu'elle prenait conscience de ce qu'elle venait d'avouer par mégarde.

Bon sang ! Elle l'appelait « Malcom », maintenant ?

Les parieurs du *White's* savaient donc ce qu'ils faisaient...

Violons et violoncelles marquèrent la mesure d'un silence particulièrement chargé.

— Je le comprends tout à fait, parvint à articuler Gideon d'un ton neutre. C'est une fort belle demeure.

— N'est-ce pas ? renchérit Constance du même ton détaché. J'ai toujours pensé que cela ferait un merveilleux cadeau de mariage.

Puis elle éclata d'un rire léger, qui contrastait avec ses propos. L'air de rien, elle venait de lui lancer un formidable défi. Gideon nota le message sans cesser de danser en rythme ni changer d'expression. Mais un nœud s'était formé au creux de son estomac. Et ses oreilles bourdonnaient.

— Est-ce que je vous manquerai quand je serai à la campagne ? reprit-elle en inclinant la tête d'un air faussement timide.

Gideon savait qu'un simple compliment ne suffirait pas, cette fois. Il lui fallait une stratégie. En bon avocat, il examina rapidement les faits. Constance ne voulait que le meilleur de tout, et, à l'évidence, elle commençait à croire que Jarvis avait plus à offrir que lui.

Non seulement lady Constance Clary *aimait* gagner, mais elle en avait *besoin*. Parce qu'elle avait toujours gagné. Kilmartin avait raison : tant qu'il n'avait ni titre ni fortune, il lui fallait, pour la conquérir, une rivale digne d'elle.

Une femme capable de la convaincre que ce qu'elle devait gagner, c'était Gideon Cole.

Et si une rivale ne se décidait pas à apparaître comme par magie… il en inventerait une ! Gideon balaya la salle de bal du regard et aperçut Kilmartin en compagnie de lady Anne Clapham. Il irradiait de satisfaction, et Gideon en fut décontenancé. En présence de Constance, il oscillait plutôt entre admiration et incertitude… En tout cas, cela le maintenait en état d'alerte et de tension permanente.

— Pardonnez cet instant de distraction, Constance, dit-il, mais je viens d'apercevoir Kilmartin et je me suis souvenu qu'il désirait me présenter à l'une de ses cousines.

— L'une de ses cousines ? répéta Constance, incrédule.

D'ordinaire, elle était la première à être informée de l'arrivée de nouveaux venus, et la première à les jauger. Elle considérait sans doute comme pratiquement impossible que Kilmartin ait une cousine dont elle ignorait jusqu'à l'existence.

— Oui. Je ne me rappelle pas son nom… murmura Gideon en continuant intentionnellement à parcourir la salle du regard comme s'il cherchait quelqu'un.

Les doigts de Constance se raidirent dans sa main. Elle vibrait de curiosité.

Gideon baissa les yeux sur elle.

— Mais bien sûr que vous me manquerez quand vous serez à la campagne, Constance, répondit-il enfin.

Et bien sûr aussi qu'il achèterait un hôtel particulier pendant son absence.

La valse se termina et Gideon plongea les yeux dans ceux de sa cavalière, où il discernait à présent une petite lueur d'incertitude. Il s'inclina sur sa main et s'éloigna à regret.

Il avait été soldat, il était maintenant avocat. Lui aussi connaissait les ficelles lorsqu'il s'agissait de gagner. Constance n'avait qu'à bien se tenir…

2

Lily était partagée lorsqu'il s'agissait de dépouiller des hommes corpulents : c'étaient souvent des proies faciles parce qu'ils avaient tendance à se mouvoir lentement. Parfois, cependant, leurs vêtements étaient si « ajustés » que cela réduisait le champ de manœuvre…

L'homme particulièrement corpulent qu'elle observait en cet instant semblait prospère. Le pommeau de sa canne était en or massif, et son costume, taillé dans un fort beau tissu, n'était pas trop près du corps. De plus, une chaîne tentatrice pendait à son petit gilet.

Splendide ! Si elle parvenait à s'emparer de cette montre, cela compenserait son échec de la veille.

Sa robe était si fanée qu'on n'aurait su dire si elle était grise ou marron, ce qui était très utile quand il s'agissait de se fondre dans la foule ou de disparaître dans l'ombre. Elle se faufila dans la cohue, tête baissée, jusqu'à ce qu'elle soit assez près du gros monsieur pour le toucher. Le cœur battant, elle tendit la main, la plongea dans sa poche et referma les doigts sur le métal délicieusement lisse. Elle était si habile qu'on ne sentait pratiquement pas son contact.

Et puis soudain…

Tout se passa très vite. Quelqu'un trébucha dans la foule, bousculant la proie de Lily qui trébucha à son tour en laissant échapper un juron. Se redressant gauchement, le gros homme tourna la tête à l'instant précis où Lily sortait délicatement la montre de sa poche. Sa main se referma sur le poignet de la jeune voleuse.

— Non mais dites donc, vous !

Il serrait si fort qu'elle poussa un cri et lâcha la belle montre qui tomba sur le sol. Comme l'homme se penchait pour la ramasser, Lily se mit à se débattre et à lui donner des coups de pied, mais il devenait de plus en plus évident qu'il n'avait pas l'intention de la lâcher.

Un flot de terreur la submergea.

« Mon Dieu, aidez-moi ! » supplia-t-elle. Puis une autre pensée lui vint, absurde : « Madame Smythe, est-ce que je dois balayer, maintenant ? »

D'ici une petite heure, grâce au trente livres de M. Wesley, Gideon serait l'heureux propriétaire d'un hôtel particulier à Londres, à l'angle de Grosvenor Square. Il consulta sa montre et accéléra le pas comme si Jarvis était en train de traverser la ville en courant pour conclure l'affaire avant lui. Pourtant, le notaire du vendeur lui avait assuré que ce n'était pas le cas.

Une explosion soudaine de hurlements et de jurons le fit s'arrêter net au milieu de la rue. Fronçant les sourcils, il balaya la foule du regard. Quelqu'un se débattait pour tenter d'échapper à la poigne d'un homme énorme, et c'était cet homme énorme qui criait si fort.

Spontanément, Gideon s'approcha. La jupe en haillons qui voletait indiquait que la prisonnière était une femme. Une petite créature mal nourrie.

— Eh bien ! Que se passe-t-il, ici ? lança-t-il d'une voix de stentor.

— Cette misérable a essayé de me voler ma montre ! rugit le gros homme au comble de l'indignation.

La jeune fille continuait de se tortiller dans tous les sens pour se dégager si bien que Gideon ne voyait pas son visage. Mais l'homme la serrait comme dans un étau si bien que, à bout de forces, elle cessa de se débattre. Haletante, elle tourna la tête et son regard rencontra celui de Gideon.

Seigneur ces *yeux* ! C'était la fille qui avait tenté de subtiliser sa propre montre, la veille.

— Vous devriez vraiment renoncer à ce genre de choses, lui dit-il avec flegme. Vous n'avez manifestement aucun talent pour le vol.

Elle le fusilla du regard en guise de réponse, et flanqua un coup de pied au gros homme dont les parties intimes, malheureusement pour elle, étaient protégées par de gros bourrelets de graisse. Furieux, ce dernier la secoua comme un prunier.

La colère s'empara de Gideon. C'était peut-être une voleuse, mais ce type faisait trois fois son poids, et il était clair qu'il prenait plaisir à la malmener.

— Lâchez-la ! s'entendit-il articuler froidement. Elle ne recommencera pas.

— La lâcher ? répéta l'homme, stupéfait. Certainement pas ! C'est la montre de mon grand-père ! Cette petite peste va goûter de la prison, je vous le garantis. Je vais d'ailleurs l'y conduire sur-le-champ.

— Je vous comprends, mais…

— Elle a besoin d'une bonne leçon ! brailla l'homme. Il secoua de nouveau la pauvre fille, dont la tête oscilla d'avant en arrière comme celle d'une poupée de chiffon.

Gideon serra les poings. Il mourait d'envie d'envoyer cette brute rouler à terre. Ce serait si facile…

Mais il ne faisait plus ce genre de choses.

— Cinq livres si vous la relâchez, proposa-t-il d'une voix à la fois calme et tranchante.

L'homme s'immobilisa, surpris par une telle offre. La jeune fille en profita pour tenter de se dégager et grimaça de douleur.

C'était plus que Gideon ne pouvait en supporter.

— Non, monsieur ! déclara le gros homme. Je ne sais pas ce que vous lui voulez, mais elle ira en prison, croyez-moi.

— Dix livres.

— Pas pour tout l'or du monde, monsieur.

— Pas même pour trente livres ?

Un silence pesant tomba sur l'étrange trio. L'homme énorme examina Gideon avec curiosité. « Dites non ! le supplia mentalement ce dernier. Ignorez cette folie et je poursuivrai mon chemin… ».

— Faites voir ? exigea l'homme.

Gideon jeta un coup d'œil à la fille. Elle respirait par à-coups et ses yeux papillotaient. La chair de son bras, pourtant mince, jaillissait entre les doigts de l'homme tant il la serrait.

Lentement, comme dans un rêve, Gideon sortit les précieux billets de sa poche.

Le type les lui arracha pratiquement et poussa la jeune voleuse vers lui.

— Voilà votre prise, monsieur ! cracha-t-il avant de tourner les talons.

Lorsque Kilmartin ouvrit la porte de son appartement, il trouva Gideon Cole dans l'entrée. Il paraissait furieux, et tenait une jeune fille sale par le bras.

— Félicite-moi, Lawrence ! Il semble que j'aie acheté une voleuse à la tire.

— Mais que… qu'est-ce que… bégaya Kilmartin comme son ami passait devant lui en entraînant la jeune fille à sa suite.

D'un geste ferme, Gideon fit asseoir la voleuse dans un des fauteuils du salon.

— Ne bougez pas d'un cil ! lui ordonna-t-il.

Elle lui jeta un regard noir, mais demeura parfaitement immobile, le menton haut et le dos droit. « Elle est bien fière, pour une voleuse », se dit Gideon.

— Oui, Lawrence, elle m'a coûté trente livres, reprit Gideon avec un petit rire qui frôlait l'hystérie. Elle a essayé de voler la montre d'un gros type, qui voulait la remettre aux autorités. Alors, je lui ai donné trente livres pour qu'il me la remette à moi. Or – tu vas adorer cette partie-là de l'histoire –, il se trouve que c'est la fille qui a tenté de me voler ma montre, hier !

— Mais, Gideon... dit Kilmartin avec douceur, comme s'il s'adressait à un fou échappé d'un asile, pourquoi ?

Gideon arracha son chapeau et passa une main nerveuse dans ses cheveux.

— Seigneur, j'aimerais bien le savoir ! J'ai agi... spontanément. Je dois dire que ça m'a fichu en rogne de voir ce gros bonhomme secouer une jeune fille incapable de se défendre.

— Mais c'est une *voleuse* ! lui rappela Kilmartin d'un ton patient. Et tu es *avocat* !

— Je sais, gémit Gideon.

— Pourquoi est-ce que tu ne lui as pas juste flanqué un bon coup de poing ?

— Tu sais bien que je ne fais plus cela, Lawrence.

— Et pourquoi l'as-tu amenée chez moi ? Elle doit être pleine de puces ou de Dieu sait quelle vermine !

— Oh, je t'en prie, Kilmartin ! Quelques puces n'ont jamais fait de mal à personne.

Du coin de l'œil, Gideon crut voir la fille esquisser un sourire. Il pivota vivement vers elle, mais elle arborait le même air morose. Il avait peut-être rêvé...

Les deux hommes étudièrent la voleuse, qui examinait à présent la pièce avec de grands yeux.

— Vous calculez combien vous pourriez tirer des bougeoirs ? aboya Gideon.

Elle lui glissa un regard – coupable, lui sembla-t-il –, puis baissa les yeux sur ses mains. Gideon revit la grosse pogne de l'homme qui enserrait son bras mince. Elle devait avoir un bracelet d'hématomes...

— Cet homme vous a fait mal ? demanda-t-il, se radoucissant. Vous êtes blessée ?

Une lueur de surprise passa dans les grands yeux de la fille, qui se contenta de secouer la tête négativement.

— Tu devrais la libérer, suggéra Kilmartin d'un ton plein d'espoir.

— *Trente livres*, Lawrence. Elle m'a coûté jusqu'à mon dernier penny. J'étais en chemin pour acheter l'hôtel particulier de Grosvenor Square, ajouta-t-il en s'affalant sur le canapé.

— Tu pourrais peut-être donner la voleuse à Constance à la place, comme cadeau de mariage.

— Très amusant, Lawrence. Sais-tu ce que j'ai à offrir à Constance, maintenant ? Rien. Absolument rien.

— Et moi qui croyais qu'elle t'aimait pour toi-même...

Gideon lança son chapeau à la tête de Kilmartin, qui l'esquiva.

— Tu sais que je te prêterais cet argent si je l'avais, Gideon. Mais mon père contrôle toujours mon compte.

— Oui, je sais, Lawrence, et je t'en remercie. Mais je ne te le demanderais jamais. Je dois me débrouiller seul.

— C'est très surfait, comme philosophie, Gideon.

— Si tu le dis.

Les deux hommes demeurèrent silencieux un moment, chacun réfléchissant.

— Peut-être pourrait-on trouver une sorte d'emploi à cette jeune fille, reprit Gideon.

— Est-ce qu'elle parle ?

— Je ne l'ai pas encore entendue prononcer un mot. Il est possible qu'elle soit muette. En tout cas, elle n'est pas sourde, car elle semble comprendre notre langue sans problème.

— Ah ! Tu as donc acheté une voleuse muette. Je dois avouer, Gideon, que tu as déjà fait mieux en matière d'investissement.

Avec prudence, Kilmartin s'approcha de la jeune fille et examina son visage. Elle tourna la tête vers lui et le foudroya du regard.

— Seigneur, Gideon, elle est loin d'être vilaine ! Tu as vu ses yeux ? Ils sont superbes. Dis-moi, tu n'avais pas d'intention particulière, n'est-ce pas, en l'amenant ici ?

Kilmartin se retourna vers Gideon, mi-inquiet, mi-intrigué.

— Pour l'amour du ciel, Kilmartin ! protesta ce dernier, dégoûté. Je te conseille de ne pas t'approcher trop près, elle a le coup de pied facile.

— Et je *mords*, aussi... Si on me provoque, naturellement.

Les deux hommes la fixèrent, stupéfaits.

Elle parlait !

Non seulement elle parlait, mais elle avait une voix incroyable. Un peu rauque, basse, avec des accents veloutés. Jamais Gideon n'avait entendu une voix pareille. Il en avait frissonné de la tête aux pieds. « Je mords », dans sa bouche, sonnait moins comme une menace que comme une promesse chargée de sensualité.

— Ainsi, vous n'avez pas perdu votre langue, murmura-t-il. Pourquoi n'avez-vous rien dit jusqu'ici ?

— Je n'étais peut-être pas d'humeur, répliqua-t-elle en croisant les bras d'un air de défi.

Quelle effrontée ! Quoi qu'il en soit, sa voix n'était pas celle d'une gamine des rues. Son langage non plus. Elle avait une voix d'adulte. Une voix de dame... Bien plus distinguée, en fait, que celles de toutes ces jeunes écervelées qui caquetaient dans les bals et les réceptions du beau monde.

— Qui êtes-vous ? s'enquit Gideon. Comment vous appelez-vous ?

Elle garda les bras croisés, les lèvres pincées et le regard morose.

— Si vous ne me dites pas votre nom *immédiatement,* je vais vous baptiser d'autres noms qui ne vous plairont pas du tout, je puis vous l'assurer.

— Pourquoi devrais-je vous le dire ? siffla-t-elle.

— Parce que sinon, mademoiselle Qui-que-vous-soyez, si vous ne le faites pas, je veillerai à ce que vous passiez le restant de votre misérable vie dans la prison de Newgate. Vous m'avez coûté trente livres, figurez-vous.

La jeune fille le dévisagea en silence. Une veine palpitait sur sa gorge. Après quelques secondes, son expression se modifia légèrement. Il semblait donc qu'elle avait décidé de prendre sa menace au sérieux.

— Je m'appelle Lily, lâcha-t-elle d'une voix pleine de rancœur.

Gideon et Kilmartin demeurèrent silencieux.

Lawrence pensait-il la même chose que lui ? se demanda Gideon. Curieusement, « Lily » convenait parfaitement à la jeune fille, en dépit des haillons et de la crasse.

— Et avez-vous un nom de famille, Lily ? Si toutefois vous savez qui était votre père…

Elle fronça les sourcils.

— Savez-vous qui était votre père, vous, monsieur… ?

— Cole. Oui, je sais qui était mon père.

— Si je vous le demande, expliqua Lily en se penchant vers lui, le visage grave, c'est parce que je n'ai jamais vu de *fils de pute* qui connaisse le nom de son père.

Gideon entendit l'exclamation étouffée de Kilmartin comme lui-même devenait écarlate. Lily se renfonça dans son fauteuil d'un air satisfait.

— Mademoiselle… ? fit Gideon d'une voix douce.

— Masters, répondit-elle, maussade.

— Mademoiselle Masters, vous sous-estimez la gravité de votre situation. Vous comprenez bien ce que j'ai dit, n'est-ce pas ? Vous comprenez des mots comme « sous-estimer », « gravité » et « situation » ? ajouta-t-il, sans prendre la peine d'adoucir son sarcasme.

Lily lui adressa un regard meurtrier.

— Parce que, d'ordinaire, les voleurs à la tire ne comprennent pas ces mots-là, voyez-vous.

— Je ne suis pas ordinaire, riposta Lily en appuyant sur le « je »

— Tu entends ça ? murmura Kilmartin.

Gideon lui lança un regard courroucé avant de reporter son attention sur Lily.

— Vous êtes une très mauvaise voleuse, mademoiselle Masters.

— Détrompez-vous, monsieur Cole, je suis excellente.

— Je vous ai prise en flagrant délit *deux fois* en l'espace de deux jours. Il n'y a pas de quoi pavoiser.

— Monsieur Cole, avez-vous été soldat ? demanda-t-elle avec impatience.

La question surprit Gideon, et l'intrigua suffisamment pour qu'il y réponde.

— Oui.

— Si vous ratez votre cible deux fois sur les cents où vous avez visé avec votre mousquet, en déduirez-vous que vous êtes un très mauvais tireur ?

Kilmartin étouffa un petit rire admiratif, ce qui lui valut un regard désapprobateur de la part de Gideon.

— Donc, reprit ce dernier d'une voix suave, vous admettez avoir volé au moins une centaine de fois, mademoiselle Masters ?

Cette remarque réduisit Lily au silence.

— Je suis avocat, mademoiselle. Savez-vous ce que cela signifie ?

— Que vous tourmentez les pauvres ?

— Que j'envoie en prison ceux qui enfreignent la loi.

La jeune fille ne commenta pas.

— Où habitez-vous, mademoiselle Masters ? Et pourquoi volez-vous les montres des gentlemen ?

— J'habite Saint-Giles, monsieur Cole, et cela devrait vous suffire comme réponse.

— Vous pourriez trouver un autre moyen de gagner votre vie. Comme fille de cuisine, par exemple.

Elle détourna les yeux.

— J'ai mes raisons, monsieur Cole.

Gideon la dévisagea.

— Vous vous exprimez bien... pour une voleuse, je veux dire. Comment cela se fait-il ?

Elle tourna vivement la tête vers lui.

— En quoi est-ce que cela vous regarde ?

— En raison des trente livres que j'ai dépensées pour vous, mademoiselle Masters. Votre mère était la maîtresse d'un homme bien né, peut-être.

— Ma mère, articula Lily, était une dame !

— Une dame, vraiment ? fit Gideon sans cacher son scepticisme. Dans ce cas, vous devez la décevoir beaucoup.

La jeune fille se rembrunit.

— C'est certain, murmura-t-elle.

Dans le silence qui suivit, Gideon considéra Lily d'un air songeur en pianotant sur sa cuisse. Puis une idée aberrante lui traversa l'esprit.

— Parlez-vous une autre langue que l'anglais ? aboya-t-il, faisant sursauter Kilmartin.

— Oui, je parle un peu français, dit Lily, qui parut surprise par sa propre réponse.

Elle s'exprimait bien, parlait français... Quels autres talents utiles en société dissimulait-elle derrière sa façade de sauvageonne ? À son corps défendant, Gideon devait admettre qu'il était de plus en plus fasciné. Il la dévisagea encore quelques instants.

— Kilmartin, murmura-t-il, j'ai une idée.

Lawrence eut un mauvais pressentiment.

— Gideon, je ne crois pas que ça soit une bonne idée que tu aies des idées, risqua-t-il.

— Mademoiselle Masters, savez-vous lire ?

— Naturellement, répliqua-t-elle d'un air hautain.

Quel orgueil ! Comme si tous les voleurs savaient lire !

— Savez-vous danser ?

Elle eut une grimace de mépris.

— J'en déduis que non, fit Gideon. Quel âge avez-vous ? Le savez-vous ?

Elle détourna les yeux.

— Vous feriez mieux de me le dire, mademoiselle Masters.

— J'ai vingt ans, avoua-t-elle de mauvaise grâce.

Gideon la détailla avec attention. Ces beaux yeux si singuliers, cette jolie bouche vulnérable... Aussi improbable qu'il y paraissait, il se pouvait que Lily Masters soit tout à fait présentable sous les hardes et la saleté. Ses cheveux étaient relevés à la va-comme-je-te-pousse, mais ils semblaient épais et bouclés. Bien que sa robe informe en révèle peu sur sa silhouette, elle était à coup sûr mince. Et puis, il y avait sa voix.

Le contraste entre son apparence éthérée et cette voix de courtisane était on ne peut plus fascinant. Personne dans la haute société londonienne n'avait jamais vu une fille comme elle, il en était certain. Elle avait de la repartie, de la fierté…

Non. C'était de la folie. Ça ne marcherait jamais. C'était une voleuse qui s'en prenait aux hommes distraits – du reste, elle ne s'en cachait pas. Ce serait comme de faire entrer le loup dans la bergerie.

Et pourtant… Au fond, qu'avait-il à perdre au point où il en était ? Pas grand-chose. En revanche, il avait beaucoup à gagner. Il sentit quelque chose se réveiller en lui, quelque chose qui était en sommeil depuis très longtemps.

Le goût du risque.

Il portait cela en lui, supposait-il, comme l'une de ces fièvres que les soldats attrapent souvent dans les mers du Sud, et qui n'émergent que dans les moments désespérés.

Finalement, il était bien le fils de son père.

— Lawrence, fit-il innocemment, te souviens-tu de m'avoir dit que Constance avait besoin d'une rivale ? Quelqu'un d'assez exotique pour la désarçonner et faire pencher la balance en ma faveur ?

Kilmartin fronça les sourcils, perplexe. Puis il commença à comprendre et son visage s'illumina, juste avant de se rembrunir.

— Non, Gideon ! s'exclama-t-il, affolé. Non, non, non… Tu es fou. Ça ne marchera jamais.

— Mais regarde-la ! insista Gideon avec enthousiasme. Écoute-la ! Il suffira de lui inculquer quelques notions de base et nous pourrons la faire passer pour ta cousine… À propos, j'ai déjà dit à Constance que tu avais une cousine provinciale que tu voulais me présenter, histoire de piquer sa curiosité. Nous lui apprendrons à danser, à marcher, à se tenir à table. Nous l'emmènerons chez oncle Edward pendant que Constance sera à la campagne…

Kilmartin était atterré.

— Elle volera la vaisselle en argent et copulera avec les valets, objecta-t-il.

Gideon regarda, non sans intérêt, Lily s'empourprer violemment. Elle tourna vivement la tête et il la vit avaler sa salive avec difficulté. Ainsi, elle comprenait le mot « copuler »...

— Les valets de mon oncle ont perdu depuis longtemps tout intérêt pour la chose, Lawrence. Et elle sera si occupée qu'elle n'aura ni le temps ni l'énergie de voler ou de penser à autre chose. Ce pourrait être très amusant ! Tu m'as reproché il n'y a pas longtemps de devenir ennuyeux. Je te prouve le contraire, mon vieux. Elle a juste besoin d'en savoir assez sur la haute société pour faire illusion un mois ou deux. Nous la surveillerons de très près, et une fois que Constance aura capitulé et que je serai enfin fiancé, nous la relâcherons dans la nature.

— Tu dois être vraiment désespéré, Gideon, murmura Kilmartin d'un ton tragique.

— Je le suis, Lawrence. Tu sais à quel point cela est important pour moi. Je suis si près de réussir...

— Je sais. Ton plan de carrière avant tout... Si je te suis bien, Constance sera tellement jalouse qu'elle te suppliera de l'épouser. Après quoi, tu rendras sa liberté à mademoiselle Masters avec une petite tape sur le derrière. C'est cela, la prochaine étape de ton plan de carrière ?

— Dans les grandes lignes.

— *Non*, dit Lily, le souffle court.

— C'est cela ou Newgate, rétorqua Gideon. À moins que vous ne préfériez être déportée en Australie. Il y a tellement de choix possibles.

— Non, je ne peux pas... J'ai une sœur.

Plus trace de fierté ou d'impudence ; Lily tremblait de panique. La transformation était saisissante.

Gideon se figea. Elle avait une sœur, elle aussi ! Dès qu'il pensait à Helen, la culpabilité et le regret le submergeaient.

Kilmartin soupira.

— Ah ! Il y en a deux, maintenant !

— Quel âge a votre sœur, Lily ? demanda Gideon d'une voix plus douce.

— Dix ans, répondit-elle après avoir hésité quelques secondes.

Elle soutenait son regard, mais avait répondu à contrecœur. Il était clair qu'elle répugnait à parler de sa sœur. Elle la protégeait.

— Nous irons la chercher, puis nous nous rendrons chez mon oncle cet après-midi même.

Lily jeta un regard éperdu autour d'elle, comme si elle cherchait un moyen, n'importe lequel, de quitter les lieux.

— À votre place, je n'y songerais même pas, mademoiselle Masters. Vous me devez trente livres.

— Ce n'est pas comme si je vous avais supplié de me sauver, monsieur Cole. Vous n'avez qu'à vous en prendre à vous-même si vous avez perdu votre argent.

Gideon sourit.

— Il n'en reste pas moins que je vous ai épargné la prison, et que vous avez une dette envers moi. Mais peut-être que les voleurs n'ont aucun honneur ? Je me suis souvent posé la question.

Sa tirade eut l'effet escompté. Lily Masters se redressa de toute sa hauteur.

— Je vous soupçonne de ne pas connaître grand-chose en matière d'honneur, monsieur Cole, riposta-t-elle.

— Rassurez-vous, je me ferai un plaisir de vous prouver à quel point vous vous trompez, mademoiselle Masters.

Kilmartin secoua la tête.

— Tu es fou, Gideon. Complètement fou.

— Mais tu m'aideras, n'est-ce pas ?

— Évidemment, répondit Kilmartin en retrouvant le sourire. Je ne manquerais pour rien au monde une telle occasion de m'amuser !

3

— Ben, Lily, t'as bien choisi, pour ton premier ! s'écria Fanny depuis sa fenêtre. Regardez-moi ce beau gars ! Mais où tu l'as trouvé ?

Après un rapide trajet en fiacre sous le regard implacable de Gideon Cole, qui lui tenait fermement le bras, Lily s'était retrouvée devant la pension de Mme Smythe.

Fanny était penchée à la fenêtre de sa chambre et son opulente poitrine semblait sur le point de jaillir de son corsage.

— C'est un cas difficile, Fanny, répondit Lily. Il a du mal à faire lever son bâton, celui-là ! C'est ben triste. S'appelle Gideon Cole, au fait. Gideon Cole, répéta-t-elle haut et fort, histoire que tout le monde l'entende.

Les têtes se tournèrent le long de la rue, y compris celles des ivrognes prostrés, et les regards convergèrent sur Gideon.

Ce dernier adressa un regard indéchiffrable à Lily, qui semblait fort contente d'elle.

— Oh, la, la ! mon pauv'chou, minauda Fanny à l'intention de Gideon. Viens me voir, chéri, je le ferai se lever, moi, ton poteau. Comment que je te chevaucherai, mon gars ! À moins que t'aimes mieux les hommes ? suggéra-t-elle. On a des beaux garçons, à Saint-Giles.

Lily ne prit même pas la peine de masquer son sourire.

— Bâton ? lui murmura sereinement Gideon à l'oreille. Poteau ?

« Maudit bourgeois avec son calme et ses bonnes manières ! fulmina Lily. Tout l'amuse. Il croit que le monde est à lui, bon sang ! » Puis elle entendit pratiquement la voix de sa mère dans sa tête : « On ne dit pas "bon sang", Lily ! »

— Quel accent charmant, mademoiselle Masters. Vous êtes vraiment pleine de ressources.

Lily l'ignora.

Lorsqu'elle ouvrit la porte d'entrée, l'odeur d'humidité du couloir les prit à la gorge. Gênée, Lily songea à l'appartement douillet de Kilmartin. Quel contraste ! Pendant quelques instants, elle souhaita ardemment avoir des puces pour en avoir semé chez lui.

Soudain un grondement sourd se fit entendre, puis les lattes usées du plancher se mirent à tressauter. *Boum, boum, boum.*

Le fracas annonçait l'approche de la redoutable Mme Smythe. Sa voix résonna avant même qu'elle n'apparaisse.

— Je ne tolère aucun tapage dans mes couloirs, Lily Mas…

Mme Smythe aperçut Gideon Cole.

Elle se figea comme si elle venait de prendre un manche de pelle en pleine figure. Puis la moitié basse de son visage se tordit et se convulsa, et soudain, l'impensable se produisit : Mme Smythe sourit.

C'était horrible.

— Et qui c'est ça, Lily ? demanda l'impressionnante matronne.

Seigneur ! Non seulement Mme Smythe souriait, mais elle *minaudait*.

Gideon s'inclina devant elle.

Elle émit un son étrange qui ressemblait presque à un roucoulement.

— Alice ! appela Lily d'un ton désespéré. Alice, où es-tu ?

Elle tenta de se dégager, mais Gideon refusa de la lâcher. Enfin, sa sœur arriva en courant dans le couloir, sa tresse volant derrière elle. Elle s'arrêta abruptement derrière Mme Smythe et se pencha de côté pour regarder Lily. Désemparée et effrayée, Alice parcourut Gideon Cole de la tête aux pieds avant de fixer le visage de sa sœur.

— Lily ? murmura-t-elle d'une voix chevrotante.

— Nous partons en voyage, ma chérie, expliqua celle-ci doucement, regrettant que Gideon ne la laisse pas s'entretenir avec sa sœur en privé. Voici M. Cole. Nous allons voyager avec lui. Je vais être à son... service pendant quelque temps.

Gideon s'inclina poliment devant la petite fille.

— Enchanté de faire votre connaissance, mademoiselle Alice.

La fillette se contenta de le contempler avec de grands yeux.

C'est alors que Gideon lui sourit. Lily vit le coin de ses lèvres se relever lentement, tandis que son regard se faisait à la fois doux et chaleureux. Le spectacle était si saisissant que son cœur s'emballa sans qu'elle puisse rien y faire.

Alice sourit à son tour à Gideon, révélant l'espace entre ses dents de devant. Un sourire qu'elle réservait d'ordinaire à Lily. La petite traîtresse !

— Je dois prendre quelques affaires, monsieur Cole, déclara Lily, qui ne tenait pas à ce que Gideon découvre leur petite chambre misérable. Je peux aller les chercher moi-même si vous voulez bien me laisser...

Elle tenta en vain de se libérer. Bon sang, il n'allait pas tarder à avoir une crampe, se dit-elle. Personne ne pouvait serrer un bras ainsi très longtemps.

— Oh ! Je suis certain que vous *pouvez* aller les chercher vous-même, mademoiselle Masters, répliqua-t-il d'un ton amusé. Mais je tiens à vous accompagner. Trente livres, ajouta-t-il à voix basse, lui rappelant le montant de sa dette.

Elle lui lança un regard furieux et prit une profonde inspiration, qui se révéla une erreur ; le parfum de

Gideon Cole lui emplit les narines, frais et poivré. On aurait dit la brise marine qui lavait parfois Londres de sa pestilence. Elle ressentit comme une ivresse. Son regard noir vacilla en même temps que son courage.

Elle était à la merci de cet homme.

Elle releva le menton et croisa le regard de Gideon. S'il était pour l'heure amusé, elle n'oubliait pas la lueur meurtrière qui l'avait traversé la première fois qu'il l'avait prise en flagrant délit. Il avait beau paraître tout à fait civilisé, Gideon Cole était probablement un homme qu'il valait mieux ne pas traiter à la légère. Et il avait bel et bien menacé de l'envoyer à Newgate.

S'il avait perdu ces satanées trente livres par sa seule faute, elle devait reconnaître que ce ne serait pas arrivé si elle ne s'était pas fait coincer. Elle n'était pas dénuée d'honneur, quoi qu'il en pense.

Ni de gratitude.

Ni, en l'occurrence, de curiosité…

C'est alors que M. Cole la prit de court. Lentement, il desserra les doigts qui lui enserraient le bras. Un demi-sourire joua sur ses lèvres tandis qu'il la fixait en haussant un sourcil. Bon sang, il la mettait au défi de lui prouver qu'elle avait le sens de l'honneur !

Elle faillit sourire en retour, puis décida d'opter pour une attitude digne. Au lieu de lui flanquer un bon coup de genou dans les parties et de s'enfuir, elle afficha un air hautain.

— Très bien, monsieur Cole. Veuillez me suivre.

Gideon se tourna vers la propriétaire des lieux et déclara avec un sourire ravageur :

— Si vous voulez bien nous excuser, madame Smythe ?

Sans un mot, la matrone s'écarta, comme si elle aussi cédait à l'autorité innée de Gideon Cole.

Lily et Alice Masters dormaient, serrées l'une contre l'autre, face à Gideon. Leurs robes brun-gris flottaient sur elles telles des ailes de colombes déplumées. Toutes deux étaient beaucoup trop minces, et leurs poignets, comme leurs chevilles au-dessus de leurs pieds nus crasseux, semblaient beaucoup trop fragiles.

Maintenant que l'ivresse de la folle aventure dans laquelle il s'était lancé commençait à refluer, Gideon soupçonnait Kilmartin d'avoir eu raison : il était fou !

Il secoua la tête. Était-il donc désespéré à ce point, s'interrogea-t-il, qu'il en était réduit à utiliser tous les moyens pour parvenir à ses fins, y compris enlever cette voleuse en haillons ?

Pourtant, une petite voix intérieure, insidieuse, lui soufflait : « Imagine un peu, Pygmalion, ce que tu ressentiras en présentant cette beauté à la bonne société. »

Pendant des années, la conduite de Gideon avait été irréprochable. Il avait appris que c'était indispensable lorsqu'on n'avait ni argent ni titre et qu'on voulait se faire une place dans la société. Il avait donc contrôlé ses impulsions et canalisé ses colères afin de se bâtir une vie plus stable que celle que son charmeur de père avait imposée à sa famille.

Et pourtant… était-il tellement mieux loti ? Et Helen ?

Il avait établi son plan de carrière sur les ruines de la fortune familiale : il voulait de l'argent, des biens, une situation. La sécurité et la stabilité. Toutes choses que son père avait réduites en cendres. Et il les aurait avant l'âge de trente ans. Quelle ironie si un trait du caractère de son père – le goût du défi propre au joueur impénitent – se révélait utile pour enfin conquérir Constance, et lui ouvrir les portes de cet avenir dont il rêvait depuis dix ans !

« Si ça marche, je ne prendrai plus jamais le moindre risque », se promit-il.

« Ha ! Ha ! » s'esclaffa la petite voix dans sa tête.

Gideon contempla la raison de sa folie, la voleuse dont il voulait faire un diamant de la plus belle eau. Endormie, elle paraissait aussi innocente que sa sœur. Et cependant, il avait du mal à croire qu'elle le soit.

Ainsi, les livres qu'elle avait emportés dans ses bagages. Une encyclopédie remplie de dessins d'animaux. Un volume sur les mythes grecs. *Orgueil et Préjugés*, un recueil des œuvres de Shakespeare, et *Robinson Crusoé*.

Et un livre en français de récits érotiques.

Pendant que Lily et Alice dormaient, Gideon en lut subrepticement quelques pages. Puis d'autres encore. Incapable de s'en empêcher, il dévora la moitié de l'ouvrage. L'auteur avait l'art de la description : exigences sensuelles, gémissements, caresses expertes, positions compliquées… tous les personnages, les hommes comme les femmes, semblaient s'amuser immensément, surtout dans des fauteuils devant des miroirs…

Quelques pages encore…

Gideon referma brusquement le livre et le posa loin de lui sur la banquette. Décidément, ces histoires étaient trop émoustillantes pour un homme qui ne s'était pas accordé de plaisir charnel depuis longtemps.

« Je parle un peu français », avait dit Lily Masters. À quoi exactement lui servait cette langue ? Ce petit livre était-il une espèce de manuel pratique ? Pourtant, la prostituée de la fenêtre l'avait félicitée du choix de son « premier ». Et il l'avait vue rougir chez Kilmartin en entendant le mot « copuler ». Si elle faisait commerce de son corps, cela ne pouvait être que très récent.

Gideon secoua de nouveau la tête d'un air contrit. Il était bel et bien fou. Eh bien, tant pis. Il connaissait désormais l'étendue de son ambition.

Lily ouvrit les yeux, puis se redressa brusquement et se pencha pour regarder par la portière.

Ils remontaient à bonne allure une allée bordée de grands arbres aussi raides que des sentinelles. Elle entrevit un éclair rougeâtre – un mur de brique ? Puis soudain, d'interminables rangées de fenêtres apparurent, scintillant dans le soleil de la fin d'après-midi.

Elle mit la main en visière pour se protéger les yeux, découvrit un immense portique à colonnes, une fontaine qui semblait s'élancer vers le ciel. Son cœur se gonfla devant tant de beauté.

— La maison de mon oncle, annonça simplement Gideon. Aster Park.

Lily se contenta de hocher la tête, admirable tentative pour feindre l'indifférence. Quel que soit le nom de cet endroit, c'était un rêve…

Lily et Alice se tenaient par la main dans la grandiose entrée. Lily fixait les lieux, bouche bée. Puis elle se ressaisit, et Gideon la vit carrer les épaules comme si le manoir était un adversaire personnel à vaincre.

Il se remémora la première visite de Constance à Aster Park, sa beauté, sa tranquille confiance. Elle lui avait alors semblé à peu près aussi accessible qu'une étoile. Elle s'était tenue pratiquement à l'endroit où Lily se tenait en ce moment, ses yeux gris évaluant froidement le décor. Quelques secondes plus tard, le verdict « Cela ne me déplairait pas de vivre ici, monsieur Cole » était tombé, sonnant comme une bénédiction aux oreilles de Gideon.

Il avait vu là un accord tacite, comme si leurs fiançailles n'étaient qu'une question de temps. Mais il avait peut-être trop attendu, justement.

— C'est notre palais ? chuchota Alice à l'oreille de sa sœur.

— Ça lui ressemble beaucoup, murmura Lily en réponse.

— Alors M. Cole est le prince ?

— Lui ? Un prince ? se moqua Lily. Il n'a même pas de titre !

Une fois de plus, Gideon réprima un sourire. Décidément, cette fille ne manquait pas de culot !

Il s'adressa à Gregson, le majordome.

— Comment allez-vous, Gregson ? Il faudra vraiment que vous me révéliez votre secret, un jour. Vous ne vieillissez pas !

Le vieux majordome, qui était presque aussi voûté qu'un J à l'envers, mais dépassait encore Gideon de quelques centimètres, eut l'air ravi.

— Merci, monsieur. C'est l'air d'Aster Park, probablement. Je suis content de vous voir, monsieur, et votre oncle sera enchanté, lui aussi.

— Oncle Edward est-il toujours mourant, Gregson ?

— Oui, monsieur.

— Son agonie est-elle pire que d'habitude ?

— Non, monsieur. C'est toujours la même.

— Très bien. Je vais monter le saluer dès que je me serai rafraîchi. À propos, Gregson, puis-je vous présenter Mlle Lily Masters et sa sœur, Mlle Alice Masters ? Ce sont les cousines de ce cher lord Kilmartin, qui devrait arriver demain. Ils séjourneront ici quelque temps. Auriez-vous l'obligeance de leur faire préparer des chambres ?

Gregson ouvrit des yeux comme des soucoupes tandis qu'il regardait les deux filles en haillons qui se tenaient un peu en retrait.

— Et merci de faire préparer deux bains sur-le-champ, Gregson.

Ce dernier entrouvrit la bouche comme pour dire « Grands dieux, c'est plus que nécessaire ! », mais se contenta de murmurer :

— Certainement, monsieur. Je vais prévenir Mme Plunkett.

— Gregson, il nous faudra aussi des vêtements pour ces jeunes filles. Il y a eu un… euh… un accident de voiture et, malheureusement, leurs malles et leur contenu ont été détruits.

Gregson demeura impassible.

— C'est regrettable, monsieur. Je suis heureux, cependant, que ces jeunes ladies soient saines et sauves. Mme Plunkett trouvera certainement de quoi les vêtir.

— Vous êtes formidable, Gregson. Merci. Encore une chose : Mme Plunkett compte bien l'argenterie tous les soirs, n'est-ce pas ? Et ferme l'armoire à clé ?

Gregson fronça imperceptiblement les sourcils.

— Oui, monsieur. Bien sûr, monsieur.

— Très bien, Gregson. Vous pouvez disposer.

Le majordome tourna les talons et commença à s'éloigner.

— Mais, Lily, je n'ai jamais pris de bain, chuchota Alice.

Gregson ralentit un tantinet le pas, comme si les paroles de la fillette l'avaient atteint entre les omoplates. Gideon retint un rire. Un domestique moins stylé aurait certainement titubé sous le choc !

Gideon reporta son attention sur Lily.

— Si quelqu'un vous le demande, Alice et vous êtes les cousines de lord Kilmartin et vous venez du Sussex.

— Et il semble que nous ayons eu un malencontreux accident de voiture.

— Eh bien, vous apprenez vite, mademoiselle Masters ! Dites-moi, combien pensez-vous pouvoir tirer de cette pendule en or ? ajouta-t-il en désignant celle qui ornait une console en face d'eux.

— Pas un sou, monsieur Cole. Mon receleur a du goût, lui.

Gideon éclata de rire. Cette fois, elle l'avait eu par surprise !

— Veuillez m'écouter, à présent, mademoiselle Masters. Vous allez prendre vos bains respectifs et on vous servira à dîner dans votre chambre.

— Qu'est-ce qu'il y aura à manger ? s'enquit Alice d'une petite voix aiguë.

Lily tenta de la faire taire en lui donnant une petite tape.

Gideon sourit à la fillette.

— Qu'est-ce qui vous ferait plaisir, mademoiselle Alice ?

— Du paon ! déclara-t-elle.

Gidéon cligna les yeux.

— Ah… Eh bien, nous avons des paons, à Aster Park, mais ils ne font que se pavaner sur les pelouses. Nous n'avons pas pour habitude de les faire rôtir pour dîner. Peut-être aimeriez-vous les voir demain ?

— Oh, oui ! s'écria Alice.

Gideon glissa un regard à Lily. Elle affichait une expression étrange, une sorte d'agitation mêlée de tendresse comme si elle était en proie à un conflit intérieur.

— Très bien. Je veillerai à ce qu'un valet vous les montre, mademoiselle Alice. Pour dîner, je suis pratiquement certain qu'il y aura du rôti de bœuf.

— C'est ce que Lily disait, déclara Alice d'un air suffisant.

Quand diable Lily avait-elle parlé de rôti ? se demanda Gideon en adressant un regard interrogateur à la jeune fille, qui se contenta de le fixer d'un air neutre.

— Je dois rentrer à Londres sans attendre, mais je serai de retour demain, pour le déjeuner, annonça-t-il.

— Ne vous pressez pas pour moi, murmura Lily.

Gideon haussa les sourcils d'un air sardonique.

— Lord Kilmartin nous rejoindra aussi demain, et nous nous réunirons pour discuter de notre… arrangement. Vous prendrez le petit-déjeuner dans votre chambre. Je sais que vous ne songerez pas à… écourter votre séjour, mademoiselle Masters, ni à raconter une histoire différente de celle prévue ni à quitter votre chambre. À moins, bien sûr, que vous n'ayez guère de considération pour l'honneur. Et que vous ne teniez à être logée dans des lieux, disons, beaucoup moins confortables.

À en juger par son regard, Lily avait fort bien compris le sous-entendu.

À vrai dire, Gideon avait surtout fait allusion à Newgate pour le plaisir de voir la colère vibrer dans ses yeux d'aigue-marine. C'était comme de regarder un éclair zébrer le ciel à l'aube. Extraordinaire, vraiment…

— Du reste, reprit-il, où iriez-vous ? Il n'y a rien à des kilomètres à la ronde.

Lily ouvrait la bouche, pour lui adresser quelque réplique cinglante, lorsque Mme Plunkett entra de son pas tranquille.

— Madame Plunkett, permettez-moi de vous présenter Mlle Lily Masters et Mlle Alice Masters. Eh bien, à demain, mesdemoiselles ! ajouta-t-il en s'inclinant.

Sur ce, il sortit, les abandonnant entre les mains compétentes de la gouvernante.

Mme Plunkett tendit à Lily une longue brosse, un pain de savon qui embaumait, et deux épaisses serviettes de bain blanches. Les deux femmes se trouvaient de part et d'autre d'une vaste baignoire de cuivre remplie d'eau fumante.

Depuis des années, Lily allait chercher de l'eau dans les puits publics, et le peu qu'elle parvenait à rapporter jusqu'à leur chambre servait en général à préparer le thé. Il lui était impossible d'en transporter suffisamment pour prendre un bain. Et, de toute façon, elle n'aurait su où trouver une baignoire. Alice et elle se débarbouillaient tant bien que mal dans une cuvette, et sans l'aide d'un miroir. Elle avait sans doute pris des bains dans son enfance, mais elle ne s'en souvenait absolument pas.

Une baignoire remplie d'eau chaude était donc un luxe inouï.

Si la gouvernante se demanda comment un accident de voiture avait pu couvrir de crasse les demoiselles Masters, et réduire leurs vêtements à l'état de haillons, elle n'en pipa mot.

— Alice va passer en premier, déclara Lily en hâte.

Mme Plunkett examina la fillette d'un air perplexe, puis secoua la tête.

— Il faudra une autre baignoire d'eau propre pour vous, mademoiselle Lily. On va mettre l'eau à chauffer tout de suite.

— Merci, madame Plunkett, murmura Lily d'une voix faible.

Lily changea de position dans la baignoire, et la mousse parfumée vint lui lécher les épaules et la gorge. Puis, à son grand étonnement, elle sentit ses yeux s'emplir de larmes.

Quand avait-elle pleuré pour la dernière fois ? Elle ne s'en souvenait pas. Cela lui avait toujours paru tellement inutile. Et voilà qu'elle fondait en larmes pour un bain ! Maudit Gideon Cole !

Mais tout était si nouveau, aussi ! La demeure. Les beaux meubles, les boiseries, les dorures, les marbres... Les domestiques. Le silence. À Saint-Giles, il y avait tout le temps du bruit.

« Merci, maman », dit-elle en silence. Parce que au moins, elle savait à peu près parler comme une dame, nonobstant quelques « bon sang » et « fils de pute ». Son attitude aussi avait été celle d'une dame, et lui avait servi d'armure face à Gideon Cole.

L'eau parfumée clapotait sur ses épaules : « Du calme, du calme, semblait-elle dire. Inutile de s'énerver. »

À force de cajoleries, Lily avait réussi à convaincre Alice, fort sceptique, d'entrer dans la baignoire. Mais lorsque l'eau avait commencé à devenir grise, sa sœur avait failli hurler de terreur, convaincue que son corps se dissolvait. Elle avait réussi à la rassurer, si bien qu'Alice avait fini par prendre un immense plaisir à barboter dans l'eau.

Lorsqu'elle était enfin sortie du bain, propre comme un sou neuf, Lily avait découvert que sa sœur était belle. Cela aussi lui donnait envie de pleurer.

Elle se redressa brusquement et sortit de la baignoire. L'eau lui apparaissait soudain comme des mains qui voulaient la retenir ; elle avait besoin de bouger. C'était une sensation familière, cette peur qui montait lentement, telle une vague monstrueuse, puis déferlait sur elle.

Ce n'était pas le genre de peur dont on se débarrasse en s'enfuyant, comme quelques jours auparavant, lorsqu'elle avait flanqué un coup de genou dans les bijoux de famille de Gideon Cole. Non, la frayeur qu'elle éprouvait dans ces moments-là était autrement plus profonde, et bien moins tangible.

Parfois, la nuit, elle se réveillait en sursaut, baignée de sueur, le cœur battant à tout rompre. Heureusement, Alice était près d'elle, et elle pouvait la réveiller pour parler.

« Reprends-toi, Lily Masters », s'ordonna-t-elle.

Si elle avait été capable de survivre à Saint-Giles, il n'y avait pas de raison que cette maison l'intimide.

Ni Gideon Cole, du reste.

La pièce ressemblait à une luxueuse caverne, avec ses tentures de velours, ses meubles sombres et ses chandelles qui palpitaient sous leurs globes. Les lourds rideaux n'avaient pas été ouverts depuis des années, mais on devait sans doute entrouvrir la fenêtre de temps en temps. Gideon se rappelait avoir entendu Mme Plunkett insister pour aérer un peu.

Au centre de cette pièce baignée d'une lumière diffuse trônait un lit au milieu duquel reposait lord Lindsey, tel un naufragé entouré de la vaste mer que formaient sa maison et sa terre.

Tous ceux qui connaissaient et aimaient le baron observaient une règle tacite : ne jamais lui demander de quelle maladie il souffrait, et ne jamais douter de la réalité de ladite maladie. Gideon, devenu son héritier parce que ses deux fils avaient été tués à la guerre, s'y soumettait comme les autres.

— Oncle Edward ?

Pas de réponse.

Une bonne dizaine d'années plus tôt, lord Lindsey avait administré une bonne raclée à ses fils et à son neveu pour lui avoir volé ses cigares, avant de leur apprendre comment les fumer correctement. Pourtant, Gideon ne pouvait s'empêcher d'être nerveux. Son oncle, sévère et froid – l'exact opposé de son père au charme si pétillant – ne lui avait jamais rien passé.

Il se racla la gorge et fit une nouvelle tentative :

— Oncle Edward ?

Une voix irritée s'éleva enfin du lit :

— Eh bien, je constate que tu étais terriblement pressé de voir ton oncle mourant !

— Je suis toujours pressé de vous voir, oncle Edward, vous le savez bien. Je vous prie d'excuser mon retard, mais j'ai été retenu à Londres par mes affaires.

— Gideon, je suis *mourant* !

— Mais vous l'êtes toujours, mon oncle !

Les mots lui avaient échappé avant qu'il ait pu les retenir. Il se figea, horrifié.

Le silence choqué qui lui répondit était presque comique. Puis, à son grand étonnement, lord Lindsey se mit à rire.

— Il te tarde d'avoir le titre, n'est-ce pas ?

— Bien sûr que non.

— Même pas un tout petit peu ?

Gideon soupira et tira une chaise pour s'asseoir près du lit. L'aspect vigoureux de son oncle le frappa une fois de plus. Certes, il vieillissait : ses épais cheveux étaient presque blancs, sa peau ridée, mais son regard demeurait vif et il se tenait très droit contre ses oreillers.

— Il y a une certaine fille de marquis qui, je crois, attend ce titre avec impatience, oncle Edward. Quant à moi, sincèrement, j'aimerais mieux que vous viviez éternellement.

Lord Lindsey rit de nouveau.

— Ah ! Voilà comment un avocat courtise la fille d'un marquis. Avec de belles paroles ! Tu me rappelles ton père, tu sais. Dieu qu'il me manque, ce misérable ! Qui est la jeune fille dont tu parles ? La fille du marquis Shawcross, cette grosse blonde ? Je ne l'ai pas vue depuis des années, mais j'imagine qu'elle a grandi et que c'est devenu une belle gaillarde. Vous serez bien assortis.

Gideon sourit en entendant traiter Constance de grosse blonde.

— Elle est très belle, grande et pulpeuse, mais certainement pas grosse, corrigea-t-il. C'est même la plus jolie femme de Londres.

Pas question de parler à son oncle de Jarvis, ni des paris à leur sujet ni de l'appétit de Constance pour les biens immobiliers.

— Tu as vingt-sept ans, Gideon. Tu peux commencer ta nichée sans avoir de titre, sais-tu. Tu devrais, d'ailleurs. Amène ensuite tous tes enfants vivre ici. Épouse cette fille. Ce serait bien qu'au moins l'un de vous deux fasse un bon mariage, ajouta-t-il d'un ton un peu coupant.

Gideon se raidit. Dieu merci, son oncle Edward s'en tint là, mais il avait compris l'allusion. Son oncle n'avait jamais caché qu'il désapprouvait le mariage d'Helen. Et comme le sujet demeurait délicat, ils n'en parlaient pratiquement jamais.

— Bientôt, mon oncle, répondit Gideon. J'ai un plan.

— Ah, oui ! Toi et tes plans ! répliqua oncle Edward, amusé. Shawcross possède encore plus de terres que la famille Kilmartin. Et ça ne ferait pas de mal à ta carrière, pas vrai ? À propos, où en es-tu financièrement ? Tu prospères ?

— Bien sûr, mentit Gideon. Mais dites-moi, comment vous sentez-vous ?

— Ni mieux ni plus mal, mon garçon, répondit son oncle joyeusement. Le médecin doit passer tout à l'heure avec mes remèdes et quelques cancans.

— A-t-il réussi à marier la dernière de ses filles ?

— Je crois qu'elle avait des vues sur toi, Gideon. Mais le vicaire nourrit des espoirs, et ils ne sont pas totalement infondés, paraît-il.

Gideon soupira. La vie et le jeu du mariage étaient plus simples ici, à la campagne, que dans la haute société londonienne. Il eut un bref regret… Et si… Si quoi ? Non, lorsqu'on briguait le poste de ministre des Finances, on n'épousait pas la fille d'un médecin.

— Alors, mon garçon, tu restes ici quelque temps, ou tu regagnes Londres sans attendre ?

— Je pensais rester quelques jours. Kilmartin doit venir me retrouver demain. Nous comptions chasser un peu avant que la saison ne commence vraiment.

S'il se montrait prudent, son oncle ne saurait jamais que Lily et sa sœur vivaient sous son toit.

— Tant mieux, déclara lord Lindsey. Je sais que je suis un vieux bonhomme exigeant, Gideon, mais je suis heureux de profiter de ta compagnie.

« Exigeant ! » se dit Gideon, à la fois exaspéré et attendri. C'était un euphémisme.

— Je suis toujours content de vous voir, oncle Edward, assura-t-il.

Leur chambre, comme le reste de la maison, était si luxueuse que Lily sentait l'irritation la gagner. Qu'est-ce qui donnait à certains le droit d'être aussi riche ?

Le sol était recouvert d'un épais tapis orné de motifs de feuillages et de roses. Lily glissa les pieds hors des pantoufles qu'on lui avait prêtées afin de sentir la douceur de la laine sur sa peau. Une chaise de velours rose était disposée devant une petite écritoire sur laquelle elle avait aligné ses livres. Il y avait aussi une grande armoire de chêne. Vide, supposait-elle, vu que les domestiques avaient emporté ses vêtements et ceux d'Alice.

Un feu brûlait gaiement dans la cheminée, sans fumer. Lily était émerveillée. La cheminée de leur chambre, chez Mme Smythe, répandait une fumée épaisse dès qu'on faisait une flambée, noircissant les murs déjà sombres.

Dans le miroir rond, au-dessus de la coiffeuse, elle aperçut une jeune fille en chemise nuit – beaucoup trop grande pour elle ! – qui contemplait le décor qui l'entourait avec de grands yeux. Ses cheveux propres et brillants semblaient beaucoup plus épais que d'ordinaire, et étonnamment bouclés.

Alice se jeta sur le lit, et Lily se laissa tomber près d'elle. Le matelas était délicieusement moelleux, et elles rivalisèrent de *oh !* et de *ah !* extasiés.

Alice portait ce qui semblait être une chemise de petit garçon. Lily en tâta l'étoffe. Elle en aurait tiré une jolie somme auprès de Mme Bandycross, une receleuse de Saint-Giles spécialisée dans la lingerie, songea-t-elle en se blottissant sous les couvertures près de sa sœur.

— C'est très silencieux, ici, observa Alice en plissant le nez. Mais ça ne fait rien, je pourrais y rester toute ma vie. Tu crois que Mme Smythe va louer notre chambre à quelqu'un d'autre ?

— J'ai réglé le mois, alors elle ferait mieux de nous la garder si elle ne veut pas d'ennuis, déclara Lily avec plus d'assurance qu'elle n'en éprouvait.

— Si elle la loue quand même, peut-être que M. Cole la forcera à nous la rendre. Peut-être qu'il lui flanquera une bonne correction.

— Une bonne correction ? répéta Lily en se tournant vers sa sœur. Je crois plutôt qu'il lui suffira de sourire, et que Mme Smythe tombera en pâmoison comme une grosse, une grosse…

— Vache.

— Les vaches ne tombent pas en pâmoison, Alice

— Elles le feraient si elles voyaient M. Cole.

Lily avait tendance à le croire aussi.

— Il ressemble à notre prince, Lily. Il a les cheveux et les yeux noirs.

— Comme la moitié des Londoniens. Regarde McBride, ajouta-t-elle, perturbée par la perspicacité de sa sœur.

— McBride n'a presque plus de cheveux. M. Cole en a beaucoup, lui.

En effet, songea Lily. De magnifiques cheveux soyeux qui brillaient tels des charbons ardents sous le soleil.

— Je l'aime bien, conclut Alice d'une voix ensommeillée. Demain, je vais voir les paons.

Le cœur de Lily se serra. Gideon Cole se rendait-il compte de ce qu'il y avait de cruel à donner tout cela à une enfant pour le lui reprendre peu après ?

Et cependant… Bien que des années durant elle soit parvenue à nourrir et à habiller sa sœur, et à lui éviter de vivre dans la rue, elle n'avait jamais été capable de lui montrer des paons, ni lui acheter du rôti de bœuf pour dîner, sans parler de lui offrir une belle chambre confortable et silencieuse.

Elle n'avait pu que lui en parler dans les histoires qu'elle inventait à son intention.

— On ne va pas rester longtemps ici, Alice, la prévint-elle. Tu sais que M. Cole ne m'emploie que temporairement.

— J'ai dit que je *pourrais* rester toute ma vie, fit sa sœur en bâillant.

Lily ouvrit la bouche pour répondre, puis se ravisa. À quoi bon discuter ? Il n'y avait pas d'urgence.

— Veux-tu que je te raconte une histoire ?

— Oui, s'il te plaît, répondit Alice en se blottissant contre elle.

Lily songea à tout ce qu'elle avait vu aujourd'hui. Les arbres alignés comme des soldats, la haute silhouette voûtée de Gregson, et cette maison, si fabuleusement belle…

— Il était une fois un vieux mage fort gentil qui s'appelait…

Lily réfléchit quelques instants.

— … qui s'appelait Georges. Son travail consistait à porter le poids du monde sur son dos. Hélas, il est devenu si voûté qu'il demanda aux dieux l'autorisation de se reposer un peu. Ces derniers lui répondirent : « Georges, nous avons plus que jamais besoin de toi. En ce moment même, une armée composée de soldats immortels marche sur nous… »

Et elle poursuivit de sa voix douce et apaisante jusqu'à ce que sa sœur se mette à ronfler doucement.

C'est alors que la peur s'insinua en elle, traîtreusement. La peur de l'avenir.

« N'y pense pas, s'ordonna-t-elle aussitôt. Seul le présent compte. » Elle se répéta ces mots encore et encore, puis la fatigue eut enfin raison d'elle.

4

Gideon fonça sur le notaire dès qu'il l'aperçut dans Westminster Hall.

— Je vous cherchais, monsieur Dodge !

— Vous *me* cherchiez, monsieur Cole ? Ils font des bonhommes de neige en enfer, maintenant ?

— Très amusant, comme d'habitude, monsieur Dodge. À propos de cette affaire, la couturière…

— Vous la défendrez ?

— Oui.

— Parfait, déclara Dodge, rayonnant, en commençant à s'éloigner.

— … mais à une condition, monsieur Dodge !

L'homme de loi s'arrêta net. C'était bien la première fois que Gideon Cole imposait une condition !

— Quel genre de condition ? s'enquit-il prudemment.

— Cette couturière, Mme Marceau, est-elle vraiment française ?

— À peu près autant que vous et moi, monsieur Cole.

Gideon esquissa un sourire.

— Veuillez lui dire que je la défendrai, mais que je veux qu'elle me paye en robes.

Les petits yeux brillants de Dodge s'arrondirent de surprise.

— Pardonnez-moi, mais vous avez bien dit en « robes » ?

— Oui, monsieur Dodge.

— Des robes de dame ?

— Vous en connaissez d'autres sortes ?

— J'imagine que non, monsieur Cole.

— Des robes d'après-midi, des robes du soir, des pelisses, et tous les colifichets qui vont avec. Et aussi des robes pour une fillette. J'en ai un besoin urgent. J'aimerais que Mme Marceau passe à cette adresse après-demain, dans l'après-midi, conclut-il en tendant à M. Dodge un morceau de papier. Si elle peut faire cela pour moi, je la défendrai.

— On m'a assuré que c'était une excellente couturière, monsieur Cole.

— Fort bien. Mais il faut surtout qu'elle soit rapide. Et si vous pouviez lui préciser que...

Gideon hésita un instant, puis :

— Il faudrait qu'elle utilise du vert, du bleu et de l'or, précisa-t-il avant de se racler la gorge, l'air embarrassé.

— Vert, bleu et or, répéta lentement le notaire, tel un espion tentant de déchiffrer un message codé provenant de l'ennemi.

— Encore une chose, monsieur Dodge.

Ce dernier fixait le bout de papier qu'il tenait à la main, visiblement déconcerté.

— Oui, monsieur Cole? fit-il en relevant la tête.

— Je serai en vacances durant quelques semaines. Je vous tiendrai informé de ma date de retour.

Dodge haussa si vivement les sourcils que ses lunettes faillirent glisser de son nez.

— *Vous*, monsieur? Des... vacances? Mais vous ne... enfin, jamais vous ne...

— Ce sont des vacances de travail, monsieur Dodge.

— Ah! lâcha ce dernier, manifestement soulagé.

Gideon pouvait pratiquement entendre les pensées du notaire : le cours naturel des événements ne serait pas altéré, finalement, puisque M. Cole *travaillerait*! Kilmartin avait raison. Il ne pensait qu'à son travail et à Constance. Cela donnait à réfléchir...

— Merci, monsieur Dodge. J'espère que vous ne souffrirez pas trop de mon absence!

Le livre s'intitulait *Le Compagnon des gentlemen et des dames.* Lily l'avait trouvé sur le plateau du petit-déjeuner, entre les assiettes d'œufs brouillés et la corbeille de toasts.

— Je suis venue vous chercher, mademoiselle Alice.

Alice regarda la main tendue de Mme Plunkett, puis se tourna vers sa sœur pour lui demander son autorisation. Lily acquiesça.

Aussitôt, un sourire illumina le visage de la fillette, et elle rejoignit la gouvernante.

— Je vais aller voir les paons ! chantonna la petite traîtresse en quittant la pièce.

Une note était glissée dans le livre ; l'écriture, grande, anguleuse et impatiente, était à l'image de celui qui avait tenu la plume.

L. M. : Lisez tout ce que vous pouvez de ce livre avant midi, aujourd'hui. Ne quittez pas votre chambre. Réservez une attention particulière à la page vingt.

G. C.

P.S. : Trente livres, mademoiselle Masters.

Lily chercha aussitôt la page vingt, certaine d'y trouver des conseils qui la mettraient en rogne. Et ce qu'elle lut ne fit que confirmer ses soupçons.

Exemples de mauvaises manières que les jeunes gens des deux sexes doivent éviter avec soin :

— Se prélasser dans un fauteuil quand vous parlez, ou quand on vous parle, et dévisager les gens sans raison apparente.

— Bouderie ou mine renfrognée, surtout lorsque l'on vous fait un compliment.

— Altération de l'expression, grimaces et imitations.

— Ridicule de toutes sortes, impudeur ou sottise.

— Sourire constamment ou afficher en permanence une mine revêche ou des sourcils froncés.

— *Tout acte qui peut passer, même de très loin, pour inconvenant...*

Lily ne put retenir un sourire. *Tout acte qui peut passer, même de très loin, pour inconvenant* ? Comme d'émettre un vent, par exemple ? Mais la liste continuait. Elle paraissait même interminable. « Ainsi donc, songea Lily, je ne dois pas faire de grimaces, ni sourire, ni froncer les sourcils, ni plaisanter, ni penser, ni respirer, ni bouger ni... »

Elle referma le livre. Ce n'était pas comme si sa mère ne lui avait rien appris de tout cela. Certes, elle avait quelque peu oublié les bonnes manières au contact des habitants de Saint-Giles. Mais pourquoi diable vouloir être une dame si cela signifiait se comporter comme une marionnette ? Newgate lui paraissait presque attirant, à côté !

Résistant à la tentation de lancer l'ouvrage à travers la pièce, elle le posa doucement sur le lit. C'était un livre, après tout, et elle avait du respect pour les livres.

Elle se débarrassa de son ample chemise de nuit et enfila l'informe robe marron fournie par Mme Plunkett. Elle chaussa ensuite les souliers trop grands. La gouvernante lui avait aussi donné un ruban marron. Lily n'avait jamais eu de ruban à elle. À Saint-Giles, les colifichets étaient avant tout de l'argent. Certains voleurs se spécialisaient dans les rubans et les mouchoirs de soie, car les receleurs les appréciaient beaucoup. Lily avait des objectifs plus élevés par nécessité. Émerveillée, elle tourna et retourna le ruban de satin entre ses doigts, puis, après un soupir, se décida à attacher ses longs cheveux.

Étant fin prête, elle s'enhardit à pousser la porte de sa chambre. Quel mal y avait-il à faire un pas dans le couloir ? La lecture de ce stupide manuel pouvait attendre une minute ou deux.

Le silence était si profond qu'elle avait l'impression d'être sourde. Le moindre bruit – une porte qui grinçait, des voix au loin – lui arrachait un tressaillement. Elle fit un pas, puis un autre, histoire d'entendre ses talons claquer sur le sol de marbre. Cela faisait si longtemps qu'elle marchait pieds nus.

Elle continua d'avancer, emprunta un escalier. Les murs étaient d'une hauteur vertigineuse. Des appliques étaient fixées à intervalles réguliers, garnies de chandelles aux bords nets. Des chandelles de cire, apparemment, pas de suif. Un luxe indicible.

Les battements de son cœur s'accélérèrent. Elle était à la fois ravie et inquiète. « Encore quelques pas, et je retourne dans ma chambre », se promit-elle.

C'est ainsi qu'elle se retrouva dans une sorte de galerie : une série de portraits longeant une volée de marches incurvée. S'agissait-il là des ancêtres des propriétaires ? Il y avait des hommes en perruque, des femmes émergeant d'énormes collerettes, de jeunes garçons aux yeux sombres pausant à côté de leurs chiens, des hommes armés de mousquets. Elle examina chaque tableau tout en gravissant l'escalier. Ici ou là, un homme de haute taille lui rappelait Gideon. Les yeux sombres semblaient s'être transmis de génération en génération, mais aucun de ces messieurs n'était aussi beau que Gideon !

Cela dit, qui saurait peindre les reflets dans ses cheveux, ou l'éclat insondable de son regard ?

McBride en aurait une attaque s'il venait ici, songeat-elle en tournant au coin de l'escalier. Un seul de ces bougeoirs en argent – et il semblait y en avoir partout, y compris dans des endroits qui n'avaient sûrement pas besoin d'être éclairés – lui permettrait de vivre sans souci durant des mois, peut-être même des années. Il lui suffirait d'en glisser un dans sa manche trop large et…

Et elle se retrouverait à Newgate en moins de temps qu'il ne faut pour le dire.

Elle éprouva une pointe de culpabilité. Peut-être devrait-elle regagner sa chambre, maintenant, et lire l'horrible petit manuel… Après tout, elle devait ces trente livres à Gideon Cole, non ?

« Je rebrousserai chemin au bout de l'escalier », décida-t-elle. Elle continua à monter, passant devant des niches qui abritaient des bustes aux yeux sans regard qui lui flanquèrent la chair de poule. Elle hâta le pas.

Si la cage d'escalier était à ce point extraordinaire, elle ne pouvait qu'imaginer à quoi ressemblait le reste de la maison ! Elle était sans doute aussi vaste et complexe que la ville de Londres ! Cette comparaison la rasséréna. Après tout, elle se débrouillait très bien dans la capitale.

Il n'y avait pas le moindre grain de poussière, constata-t-elle. L'espace d'un instant, elle se dit qu'astiquer les petits chérubins gravés sur la rampe ne lui déplairait pas. Elle leur donnerait des noms. « Eh, Denis, dis-moi, je peux-t-y t'astiquer le derrière, mon garçon ? » Elle pouffa de rire.

Lorsqu'elle atteignit enfin le haut de l'escalier, elle se trouva devant une porte qui s'ouvrait sur une pièce plongée dans la pénombre. Intriguée, elle ne put s'empêcher d'y jeter un coup d'œil.

— Qui est là ? fit une voix.

Lily recula d'un bond.

— Je sais que vous n'êtes pas un domestique, mon petit, et vous n'êtes certainement pas mon neveu non plus. Ni aucun de ses amis.

Lily se figea, affolée.

— Comment le savez-vous ? murmura-t-elle.

Il y eut un silence, puis :

— À cause de votre pas. Il est léger, c'est celui d'une demoiselle. Voyez-vous, Gregson marche comme s'il participait à une procession funèbre, et Mme Plunkett comme si elle titubait sous un grand poids. Et… ma foi, soyons honnête, elle porte évidemment un grand poids…

Lily éclata de rire, charmée.

— Mais vous, ma chère, vous vous déplacez si rapidement qu'on a l'impression que vous fuyez ou que vous avez un rendez-vous urgent. Gideon marche comme vous, du reste. C'est un être agité. Mais le bruit de son pas est bien plus lourd et ses enjambées plus grandes.

Donc, je repose ma question : qui êtes-vous ? Avancez, que je vous voie.

C'était une voix étrangement gaie et vigoureuse, en total contraste avec la pièce si sombre. La curiosité de Lily était telle qu'elle ne put ignorer l'invitation. Timidement, elle pénétra dans la chambre.

Un gentleman aux cheveux blancs était assis dans le lit. À la lueur des chandelles disposées autour de lui, il lui paraissait d'un âge avancé. Il l'étudiait avec un intérêt ravi.

— Ah ! J'avais raison ! s'exclama-t-il. Je n'aurais pas pris la peine de flirter avec vous si je n'avais été sûr que vous étiez très jolie. Oh ! Oh ! Voilà qu'elle rougit sous le compliment, maintenant.

— Vous flirtiez donc, monsieur ? répliqua Lily, se prêtant au jeu.

Il éclata de rire.

— Et avisée, avec ça ! Approchez donc. Je suis lord Lindsey, ma chère, et vous ne m'avez pas encore dit votre nom. Qui êtes-vous ? L'amie de mon neveu ? Il en aurait bien besoin, si vous voulez mon avis.

Le ton était si amical que Lily ne pensa même pas à se vexer de cette remarque. Cependant, elle resta là où elle était. Elle avait entendu pas mal d'histoires à propos de vieux lords aimant trousser les jeunes filles.

Et en dépit de sa position allongée, ce lord-là n'avait pas l'air handicapé.

— Je m'appelle Lily Masters, lord Lindsey, je suis la cousine de lord Kilmartin. Je viens du Sussex.

Lord Lindsey se mit à rire.

— Vous n'êtes même pas vexée par ma suggestion que vous pourriez être une femme de petite vertu ! Vous êtes une jeune demoiselle très singulière, Lily Masters. Et étrangement vêtue. On dirait que vous portez l'une des tenues informes de Mme Plunkett…

— Elle appartient en effet à Mme Plunkett, monsieur. J'ai eu un accident de voiture et tous mes vêtements ont été détruits.

— Vos souliers aussi ?

Lily baissa les yeux.

— Vous pouvez voir mes pieds ? s'étonna-t-elle.

— Dans le reflet du miroir, ma chère. Venez ici que nous bavardions un peu. Je suis un vieil homme malade et je m'ennuie terriblement. Je promets de ne pas vous mordre, même si je suis très tenté.

— J'ai de bonnes dents, je vous mordrai en retour ! répliqua Lily d'un ton taquin, avant de porter la main à sa bouche, horrifiée.

Cet homme n'était pas McBride. C'était lord Lindsey, un *baron* ! On ne plaisantait pas ainsi avec un baron.

Mais lord Linsey se contenta de rire de nouveau. Il semblait aux anges.

— Et quelle voix vous avez, mademoiselle Masters ! On dirait un divan de velours sur lequel on se laisserait volontiers tomber. Vous êtes fort singulière. Dites-moi que vous n'êtes pas mariée, que je me sente libre de tomber amoureux de vous. Ai-je l'honneur de connaître vos parents ?

Lily lui adressa un regard circonspect. Elle ne savait que trois choses concernant son identité d'emprunt : elle était la cousine de Kilmartin, elle avait eu un malencontreux accident de voiture, et elle venait du Sussex.

Oh, et aussi, qu'elle n'était pas censée vagabonder à sa guise dans la maison.

— Je ne suis pas mariée, monsieur. Et je doute que vous ayez jamais rencontré mes parents ; ils sont morts il y a longtemps.

— Ah, je vois.

L'expression de lord Linsey se fit triste.

— J'ai perdu mes deux fils à la guerre. Et ensuite, leur mère.

Son chagrin était si palpable que Lily en fut impressionnée.

— Je suis désolée, dit-elle d'une voix douce.

— Et moi, je suis désolé de vous savoir orpheline, Lily.

Ils demeurèrent silencieux quelques instants, puis il tapota le matelas. Lily tira une chaise près du lit et s'assit.

— De quoi souffrez-vous, lord Lindsey ?

Il la fixa d'un air surpris, et resta silencieux si longtemps que Lily sentit l'inquiétude la gagner. Les jeunes filles de la bonne société n'étaient peut-être pas censées poser des questions aussi directes à des barons, si amicaux soient-ils.

— Personne ne le sait, Lily, répondit-il enfin d'un air mélancolique. Et personne ne me pose plus cette question depuis longtemps. Le docteur vient, me prend le pouls, me donne une tisane ou quelque remède, et rien ne change.

— Quand êtes-vous tombé malade, monsieur ?

— Eh bien, cela doit faire... attendez un peu... Après la guerre, oui. Je me suis couché et je ne me suis quasiment pas relevé.

Ainsi, il était malade depuis la mort de ses fils. C'était le chagrin qui le tourmentait, à coup sûr. Lily comprenait qu'on puisse le laisser vous submerger, vous entraîner dans ses profondeurs obscures. Elle avait été tentée d'y céder, elle aussi, surtout après la mort de sa mère. Mais elle avait dû s'occuper d'Alice, et c'était une raison de vivre suffisante.

Mais peut-être que lord Lindsey n'en avait plus. Peut-être aussi qu'il gardait le lit par pure habitude.

— Souffrez-vous ? Avez-vous mal au ventre ? À la tête ? Pouvez-vous marcher ?

— Ciel, mon enfant, vous n'y allez pas par quatre chemins !

Oh, Seigneur ! Lily imaginait déjà Gideon Cole la traînant à Newgate pour avoir offensé son oncle... Alors qu'elle essayait juste de l'aider !

— C'est seulement... bredouilla-t-elle. C'est parce que je connais un apothicaire qui peut à peu près tout soigner. Surtout la vérole.

Cette fois, lord Lindsey partit d'un rire sonore.

— La vé… Mon Dieu, mademoiselle Masters, mais vous êtes un phénomène ! Malheureusement, mon problème n'est pas aussi simple. Et j'ai un excellent médecin.

— Mais il ne vous a pas encore guéri, n'est-ce pas, lord Lindsey ?

La déclaration était si hardie que le baron inspira à fond et se redressa de toute sa hauteur contre ses oreillers. Il étudia Lily comme si elle était un spécimen intéressant qu'il avait l'intention d'abattre d'un coup de fusil, d'empailler et d'exhiber dans son pavillon de chasse.

Dans le silence qui suivit, elle entendit l'horloge égrener les secondes.

— En effet, personne ne m'a encore guéri, mademoiselle Masters, admit enfin lord Lindsey. Mais je commence à me demander si *vous* n'en seriez pas capable, ajouta-t-il avec un sourire dévastateur.

Lily tressaillit. En dépit de son âge, lord Lindsey avait un sourire semblable à celui de Gideon. Et le sourire de Gideon était… redoutable.

— Vous joindriez-vous à moi pour jouer aux cartes, Lily ? Divertir un vieillard qui s'ennuie ?

— Avec plaisir, lord Lindsey. Mais vous ne pourrez pas voir vos cartes dans cette pénombre. Je vais ouvrir les rideaux, proposa-t-elle en bondissant de sa chaise.

— Non ! Non, Lily, je…

Mais elle avait déjà écarté les lourdes tentures. La lumière du soleil inonda la pièce, des volutes de poussière dansant dans ses rayons. Lord Lindsey se protégea les yeux du bras.

Un instant plus tard, il le baissa avec précaution. Puis il sourit, et cligna des yeux d'un air penaud, comme s'il avait été surpris en train de faire une farce.

— Seigneur, j'avais oublié à quel point les femmes peuvent être tyranniques ! Très bien, Lily. Nous avons des cartes *et* de la lumière, à présent. Vous permettez que je vous appelle Lily ?

— Mais certainement, lord Lindsey. Il faut toutefois que je vous avertisse : je joue *très* bien aux cartes.

— Moi aussi, mon petit. Moi aussi. J'espère que vous êtes d'humeur à parier de l'argent.

— Et j'espère que cela vous est égal de perdre.

Lord Lindsey éclata de rire pour toute réponse.

Gideon se dirigeait vers la chambre de son oncle lorsqu'un bruit caractéristique le fit s'arrêter net : le petit *pop!* des cartes à jouer qu'on distribue. Il fut suivi, à sa profonde horreur, d'un petit rire de gorge délicieusement féminin.

Que diable se passait-il là-haut ? Quelques secondes plus tard, il faisait irruption dans la chambre de lord Lindsey.

— Aaah !

La lumière était si aveuglante qu'il recula en se couvrant les yeux. Depuis quand le soleil était-il autorisé à pénétrer à flots dans l'antre de son oncle ?

Son irritation atteignit son comble quand il entendit un autre petit rire, suivi d'une exclamation proférée d'une voix rauque et sensuelle. Il baissa le bras et cligna des yeux, à la fois pour s'habituer à la lumière et pour tenter de donner un sens à la scène qui s'offrait à lui.

Oncle Edward était assis sur une *chaise* ! À une *table* !

Un ange aux pieds nus et au regard espiègle lui faisait face.

Ses cheveux couleur vieil or étaient vaguement retenus par un ruban ; des petites mèches s'en étaient échappées et encadraient son visage de façon charmante. Elle avait un teint nacré, les joues roses à force de rire. Lorsqu'elle tourna la tête vers lui pour le regarder en pleine lumière, ses yeux apparurent presque translucides. Elle s'était débarrassée de ses souliers, et paraissait apprécier grandement le contact de la soie du tapis sous ses pieds nus. Des cartes étaient étalées sur la table et il y avait un petit tas de pièces devant la jeune fille.

Il ne lui manquait plus qu'un cigare, un ballon de cognac et une auréole…

Le souffle coupé, Gideon fixa la nouvelle Lily Masters. Et tandis qu'il la contemplait, il sentit quelque chose en lui rompre les amarres et menacer dangereusement son équilibre.

— Tu rentres de Londres, mon garçon ? Tu as l'intention de rester là à nous regarder bouche bée, comme un idiot, ou vas-tu te décider à nous saluer ? Mlle Lily Masters, du Sussex, est en train de me battre aux cartes. Elle a un ami apothicaire capable de me guérir, paraît-il. Nous lui avons écrit pour qu'il m'envoie une potion, conclut lord Lindsey en adressant un clin d'œil à Lily.

— Vraiment ? commenta Gideon d'une voix froide, qui sembla inquiéter Lily.

Et elle avait raison de s'inquiéter, décida-t-il.

— Je suis content de vous voir debout, oncle Edward, reprit-il en s'efforçant de garder un ton neutre.

Non seulement elle avait fait se lever son oncle, mais elle jouait aux cartes avec lui ! Où se croyait-elle ? Dans un tripot ?

— C'est un phénomène ! déclara son oncle, comme si être « debout » n'avait rien d'exceptionnel. Elle a eu l'amabilité de me permettre de l'appeler Lily. Tu ne m'avais pas dit qu'elle viendrait retrouver Kilmartin.

— Oh, Mlle Masters est tout à fait… aimable, assura Gideon en prononçant ce dernier mot d'un ton chargé d'ironie.

À sa grande satisfaction, des nuages orageux s'accumulèrent dans les yeux clairs de Lily.

— À vrai dire, sa visite était une… surprise. Mademoiselle Masters, nous avons rendez-vous cet après-midi, il me semble, ajouta-t-il poliment, alors même que ses yeux lançaient des éclairs.

— Oui, murmura Lily. Il me semble aussi.

— Faut-il vraiment que tu l'emmènes, mon garçon ? fit lord Lindsey sans cacher sa déception. Dans ce cas, Lily, promettez-moi de revenir me voir.

— Je vous le promets, murmura-t-elle en se levant promptement.

— N'oubliez pas vos chaussures, mademoiselle Masters, dit Gideon.

— Oh...

Elle glissa en hâte ses pieds minces dans les souliers trop grands.

— Aide-moi à me recoucher, Gideon, veux-tu ? Et ferme les rideaux. Cette petite voulait de la lumière, ajouta-t-il en souriant. Serrez-moi la main, Lily, et revenez demain.

Lily tendit la main au vieil homme et le gratifia d'un sourire à la fois chaleureux et espiègle qui atteignit Gideon au plexus tant il était inattendu.

Aussitôt, et de manière irrationnelle, il fut jaloux que ce sourire ne lui ait pas été adressé.

— N'oubliez pas vos gains, ma chère.

Lily ramassa une poignée de pièces.

— Merci, lord Lindsey. Je reviendrai vous voir, ajouta-t-elle en lançant un regard de biais à Gideon.

Ce dernier aida le vieil homme à se recoucher et tira les rideaux. Il avait l'impression de ranger un soldat de plomb dans sa boîte... Sauf que son oncle n'était pas un jouet que Lily Masters pouvait utiliser selon son bon plaisir.

— Nous y allons, mademoiselle Masters ? dit-il d'une voix glaciale.

Il la conduisit dans un salon tout proche. Du vivant de sa tante, cette pièce s'appelait le salon bleu, pour des raisons évidentes liées au décor.

— Je vous avais demandé de rester dans votre chambre, mademoiselle Masters, attaqua-t-il.

Au grand étonnement de Gideon, elle le fixa d'un air à la fois surpris et amusé.

— Et vous pensiez que je vous obéirais ? D'ailleurs, je n'ai fait que quelques pas...

— Qui vous ont menée droit dans la chambre de mon oncle. Pensiez-vous vraiment pouvoir séduire un vieillard malade, Lily ?

Elle le regarda, bouche bée.

— Séduire ? glapit-elle, outrée. Mais je n'ai jamais… il ne pourrait probablement pas…

Elle rougit, ce qui lui allait fort bien.

— Vous n'avez jamais *quoi*, mademoiselle Masters ? s'enquit-il d'un ton suave. Et mon oncle ne pourrait probablement pas… *quoi* ?

Lily resta silencieuse quelques instants.

— Pourquoi me demandez-vous tout cela ? dit-elle faiblement.

Gideon réfléchit une seconde.

— Vous êtes en possession d'un livre qui me laisse à penser que vous pourriez posséder certains… talents, et être tentée de les exercer sur mon oncle.

— Un livre ? répéta Lily, perplexe.

Puis elle comprit.

— Oh… souffla-t-elle, mortifiée.

— Oui, oh !

— C'est un cadeau, s'empressa-t-elle de préciser.

— De la part d'un admirateur ?

Pourquoi diable cette question ? se demanda-t-il, surpris.

Il y eut un court silence.

— En quelque sorte.

— J'ai lu ce livre, mademoiselle Masters. C'était très éclairant.

— Vraiment ? Je suis loin d'avoir tout compris.

— Dans ce cas pourquoi rougissez-vous ?

Lily lui décocha un regard embarrassé et furieux.

— Tenez-vous à ce livre ? insista-t-il.

— Oui. Comme je vous l'ai dit, c'est un cadeau.

— Peut-être pourrais-je vous le subtiliser et le vendre, murmura Gideon d'un air songeur.

Lily prit une profonde inspiration.

— Monsieur Cole, croyez-le ou non, je sais parfaitement que c'est mal de voler. J'ai agi par nécessité.

— Allons donc ! On a toujours le choix, mademoiselle Masters. Vous pourriez vendre des fleurs, ou…

— Mon corps ? suggéra-t-elle, les joues rouges de colère. Vous trouveriez ça mieux que de vous dérober votre montre ?

Gideon regarda son petit menton fier, ses lèvres pleines.

— Non, répondit-il doucement. Je ne trouverais pas cela mieux, mademoiselle Masters.

Lily battit des paupières, comme quelqu'un qui vient de charger afin d'enfoncer une porte qu'on lui ouvre soudain en grand. Gideon esquissa un sourire.

— Mais je tiens beaucoup à ma montre, reprit-il. Elle appartenait à mon grand-père. Et vous me l'auriez prise sans aucun regret, n'est-ce pas ?

— Je ne peux pas me permettre de penser à ce genre de choses.

— Parce qu'une conscience est un fardeau pour une voleuse ?

Lily poussa un profond soupir.

— Avez-vous un frère, monsieur Cole ? Ou une sœur ?

Il tressaillit.

— J'ai une sœur. Helen.

— Est-ce que vous l'aimez ? demanda-t-elle d'une voix plus douce.

Il ne répondit pas, mais son expression devait être suffisamment éloquente, car Lily hocha la tête comme si elle venait de recevoir la confirmation de ce qu'elle soupçonnait.

— Que ne feriez-vous *pas* pour votre sœur, monsieur Cole ?

Ce fut au tour de Gideon de hocher la tête, lui concédant un point.

— Je sais qu'il y a d'autres choix, dit-elle. Mais aucun, à part voler, ne nous aurait garanti le gîte et le couvert, et la possibilité qu'Alice ne se retrouve pas livrée à elle-même.

Il savait que les gens vivaient à dix dans une seule pièce, à Saint-Giles, et qu'ils buvaient du gin pour se tenir chaud. Il connaissait la violence et la maladie qui allaient souvent de pair avec la misère. Il la suspectait de dire la vérité.

— Je... j'ai essayé, murmura-t-elle, se troublant devant le regard de Gideon.

— Qu'avez-vous essayé, mademoiselle Masters ?

— J'ai cherché du travail dans de grandes maisons. Dans des boutiques. Personne n'a voulu de moi. Je n'ai aucune expérience, vous comprenez, et pas assez d'éducation pour autre chose. Et puis, est-ce que vous engageriez quelqu'un en haillons ?

Elle enchaîna en hâte, comme si elle craignait de ne pas supporter sa réponse :

— Les familles qui ont besoin de servantes ne sont en général pas prêtes à héberger les petites sœurs. Alors je... eh bien...

Pour une raison inexplicable, il ressentit le besoin d'épargner sa fierté.

— Vous auriez fait une servante épouvantable, mademoiselle Masters. Je vous aurais mieux vue en colonel.

— Merci, monsieur Cole, dit-elle. Je m'occupe de ma sœur depuis des années, vous savez.

Sa voix vibrait de fierté.

— Vous oubliez que sans moi, vous auriez probablement été déportée en Australie.

— Il paraît qu'il y fait très beau, à cette époque de l'année.

Il refusa de sourire à ce trait d'esprit.

— Vous menez une vie dangereuse, mademoiselle Masters.

— Je sais. Mais ce n'est pas comme si elle me plaisait.

Il y eut un silence.

— Oh, je pense qu'elle vous plaît un peu, murmura-t-il.

C'est alors qu'elle lui sourit. Un sourire dépourvu de remords, espiègle, éblouissant, et presque enfantin. Un sourire si beau qu'il en eut le souffle coupé. Involontairement, Gideon fit un pas en arrière, comme pour se défendre.

— Mademoiselle Masters, je vous conseille de regagner votre chambre et de lire le manuel que je vous ai confié, à moins que vous ne teniez à découvrir à quel point le temps est agréable en Australie en ce moment même. Vous me devez trente livres, figurez-vous. Et mon oncle n'est pas un jouet. Si vous tentez de le séduire, ou de lui voler quoi que ce soit... je le saurai!

Le sourire de Lily s'effaça d'un coup et elle pivota sur ses talons. Sa robe volant autour de ses chevilles, elle fonça vers la porte. Jamais Gideon n'avait vu personne marcher aussi vite!

Juste avant de franchir le seuil, elle s'immobilisa et fit volte-face.

— Juste une question, monsieur Cole. Une question d'honneur.

Gideon eut un rire bref.

— Vous souhaitez que nous ayons une conversation philosophique, mademoiselle Masters?

— Non. Je veux juste vous demander si je dois me considérer comme votre prisonnière ou si je suis libre de partir dès lors que je rembourse ma dette.

— Vous n'êtes guère en position de me rendre mes trente livres. Mais vous n'êtes pas prisonnière. Il n'y a aucune clôture à des kilomètres à la ronde.

— *Imaginez* que je parvienne à vous rembourser, insista-t-elle. Serai-je libre de m'en aller?

— Si vous songez à demander cette somme à mon oncle, mademoiselle Mas...

Il perçut un mouvement du coin de l'œil. Lily caressait paresseusement le dossier recouvert de velours d'un fauteuil et semblait en tirer un plaisir sensuel évident, quoique inconscient.

— ... mademoiselle Master... je ne pense pas que ce soit une façon honorable de me rembourser. Profiter de...

Elle continuait son imperceptible caresse, et Gideon sentit son souffle s'accélérer. Ce geste était à la fois émouvant et délicieusement érotique. Il lui donnait envie de glisser tout ce que contenait Aster Park sous ses doigts, à seule fin de voir cette expression sur son visage.

— Euh... profiter d'un vieillard malade...

Il se rendit compte qu'il était plus que distrait, et que son discours manquait de fluidité.

La main de Lily s'immobilisa.

— Je n'ai jamais rien demandé à personne, monsieur Cole.

Il haussa un sourcil.

— Évidemment. Vous vous contentez de prendre !

Elle eut un sursaut indigné, faillit répondre, puis se ravisa visiblement et le dévisagea, les sourcils froncés. Il lui rendit son regard sans ciller, la défiant à son tour.

Et puis, lentement. Simultanément. Ironiquement...

Ils se sourirent.

Conscients que, en dépit d'eux-mêmes, chacun d'eux tirait un plaisir inattendu de cet échange.

Seigneur ! Cette fille admettait qu'elle était une voleuse, mais elle raisonnait comme un avocat, et elle possédait plus de fierté et de cran que la majorité des hommes qu'il connaissait. Gideon éprouva une absurde satisfaction en découvrant du respect dans le regard de Lily.

— Très bien, mademoiselle Masters, dit-il doucement. Si vous parvenez à rassembler *honnêtement* trente livres durant votre séjour ici... vous serez libre de partir.

Le sourire de Lily s'élargit.

— Me promettez-vous de coopérer à notre projet au mieux de vos... capacités – même si je ne suis pas certain que tout ceci ne soit pas pure folie ? ajouta-t-il.

— Je vous le promets, monsieur Cole. Pour commencer, vous pouvez prendre ceci.

Lily lui tendit sa poignée de pièces.

— Deux livres. Ma dette s'élève donc à présent à vingt-huit livres, monsieur Cole. Vous savez, lord Lindsey n'est pas malade. Il s'ennuie et il cherche une excuse pour sortir de ce lit.

Gideon la regarda pivoter, et passer le seuil, avant de s'arrêter de nouveau.

Quel dommage de devoir gâcher une si belle sortie, songea-t-il.

— L'escalier est à gauche, dit-il. Et votre chambre se trouve au premier étage.

Elle se redressa de toute sa hauteur, tourna à gauche, puis disparut à sa vue.

5

— M.. Cole avait raison, il y a des paons dans le parc ! Si tu voyais comme ils sont beaux ! Ils poussent des cris comme des demoiselles en détresse : « À l'aide, à l'aide, à l'aide… » Et Boone – c'est le jardinier – prétend que ce sont de bons gardiens, aussi bons que des chiens, et même…

Alice poursuivit son monologue pendant encore quelques minutes, ses joues joliment rosies par l'enthousiasme autant que par la matinée passée en plein air.

— Et toi, Lily, qu'as-tu fait ? demanda-t-elle finalement, magnanime.

— Oh, j'ai lu un livre.

Le détestable *Compagnon des gentlemen et des dames* était posé sur l'écritoire. Après sa confrontation avec Gideon Cole, Lily s'était consciencieusement plongée dans sa lecture. C'était si ennuyeux et si strict qu'elle avait l'impression de s'être fait réprimander toute la journée !

Cependant, elle avait découvert quelque chose d'intéressant : les mots *Propriété de Gideon Cole,* tracés d'une écriture juvénile sur la page de garde. Peut-être était-ce à cause de ce livre que M. Cole était devenu… ce qu'il était. Une source d'irritation constante. Son geôlier.

Un objet de fascination grandissante et ô combien troublante.

On frappa à leur porte, et Lily alla ouvrir. La servante qui se tenait sur le seuil lui tendit une autre note.

L. M. Ayez l'amabilité de vous joindre à lord Kilmartin et à moi-même pour dîner, dans la salle à manger du rez-de-chaussée à 20 heures. Amenez Alice. Étant donné votre talent pour l'exploration, j'imagine que vous trouverez la salle à manger sans mon aide.

G. C.

— Hé, mais tu en fais une drôle de tête, Lily !

Alice s'était débarrassée de ses souliers et suivait sur la pointe des pieds le motif en spirale du tapis.

Gideon Cole se moquait-il d'elle ou était-ce de la provocation ? Les deux, suspectait-elle. Elle se sentit rougir de nouveau. Tout cela était si confus ! Elle était à la fois irritée, amusée, et aussi… oui, étrangement heureuse.

« Je prends des risques avec cet homme », songea-t-elle. Cela dit, n'en avait-elle pas l'habitude ?

— Nous sommes invitées à dîner dans la salle à manger, ce soir, Alice.

— Dîner ? s'émerveilla Alice. Tu te rends compte ? On va dîner deux soirs de suite !

Kilmartin et Gideon réchauffaient leur porto entre leurs mains. Cette boisson était plutôt réservée aux plaisirs de l'après-dîner, mais puisque personne à part Gideon n'avait l'intention de surveiller leurs manières, ils avaient décidé de le boire en apéritif. Et en étaient aussi satisfaits que deux collégiens.

— Alors, comment se débrouille notre protégée ? demanda Kilmartin.

Gideon leva son verre et en observa le contenu comme si la réponse s'y trouvait. La question lui rappelait deux jolis pieds nus sur un tapis, une main fine qui caressait le velours d'un fauteuil, et un sourire aussi inattendu et enchanteur qu'une étoile filante.

Il revit aussi son oncle. Assis bien droit sur sa chaise, en train de jouer aux cartes dans une pièce resplendissante de lumière. Avait-il assisté à un miracle ?

— Le bain l'a améliorée, répondit-il enfin.

Étrangement, il avait du mal à regarder son ami dans les yeux. Ce dernier eut un rire bref.

— Gideon, tu es vraiment sûr de ne pas vouloir abandonner cette fo...

Il s'arrêta abruptement et Gideon leva les yeux. Lily Masters se tenait sur le seuil de la salle à manger, le menton haut et le dos droit, comme à son habitude. Alice s'agitait à son côté. Toutes deux étaient fraîches et roses. Et affamées, à en juger par l'éclat de leurs yeux.

Les deux hommes se levèrent poliment.

— Améliorée ? chuchota Kilmartin à son ami. Tu es un gredin, Gideon !

Ce dernier l'ignora.

— Bonsoir, mademoiselle Masters. Bonsoir, mademoiselle Alice.

— Bonsoir, monsieur Cole, répondit Lily après une brève hésitation.

Mais il y avait dans sa voix une pointe d'ironie qui en disait long sur ce qu'elle pensait de cette politesse feinte.

— Vous vous souvenez de lord Kilmartin ?

— Bonsoir, lord Kilmartin, fit Lily en tournant son visage lisse vers Lawrence.

— Bon... bon... bégaya ce dernier.

Gideon lui jeta un regard impérieux, l'exhortant à se ressaisir.

— Lawrence, puis-je te présenter Mlle Alice Masters ?

La fillette regarda Kilmartin droit dans les yeux.

— Il est très bien mais pas aussi bien que M. Cole, murmura-t-elle à sa sœur.

Kilmartin s'inclina devant la fillette.

— C'est aussi ce que tout le monde pense, dit-il à mi-voix, d'un air de conspirateur.

Alice pouffa.

« Ah ! songea Gideon. Si seulement les femmes étaient aussi faciles à charmer que les fillettes ! »

— Nous passons à table ? proposa-t-il.

Des valets émergèrent de l'ombre pour tirer les chaises des convives.

— Asseyez-vous, ordonna Gideon aux deux sœurs, qui obéirent sans broncher.

Les valets réapparurent, chargés de plats aux couvercles d'argent en forme de dômes qu'ils soulevèrent, révélant du gibier, du poisson, des volailles rôties... Ils servirent adroitement les convives et se retirèrent de nouveau, le bruit de leurs pas étouffé par les épais tapis.

Gideon s'éclaircit la voix.

— Mademoiselle Masters, quand vous êtes invitée à dîner...

Il fut interrompu par le tintement du métal sur la porcelaine. Lily et Alice s'étaient déjà jetées sur la nourriture qui disparut en un clin d'œil de leurs assiettes. Ébahis, les deux hommes les fixaient en silence. Alice pourchassa le dernier petit pois avec sa fourchette, s'y reprenant à plusieurs reprises tel un chasseur traquant sa proie. Elle finit par l'écraser sous sa fourchette, qu'elle lécha avec une expression extasiée.

Les regards des hommes se posèrent sur l'assiette de Lily. Elle était impeccable, alors qu'eux-mêmes n'avaient toujours pas touché à leur nourriture.

Gideon sentit son cœur se serrer. De toute évidence, ces jeunes filles mangeaient raremernt à leur faim.

— En voulez-vous davantage ? s'enquit-il avec douceur.

Elles acquiescèrent avec enthousiasme.

— Je crois qu'il va falloir ajouter la rubrique « Comment se tenir à table » à notre liste de révisions, murmura Kilmartin.

Gideon se contenta de soupirer.

6

Lily venait à peine d'enlever son immense chemise de nuit pour enfiler son immense robe lorsqu'on frappa à la porte. Elle l'ouvrit en grand et découvrit sur le seuil la stoïque Mme Plunkett chargée du plateau du petit-déjeuner, ainsi que d'une autre missive provenant de Gideon Cole.

La jeune fille la débarrassa du plateau en marmonnant un remerciement.

— Vous devez venir avec moi, mademoiselle Alice, annonça Mme Plunkett.

— Hourra ! s'écria la fillette.

Déjà prête, elle se hissa sur la pointe des pieds pour déposer un baiser rapide sur la joue de sa sœur, avant de glisser la main dans celle de la gouvernante sans la moindre réticence.

Elle ne tenait pas en place depuis son réveil tant elle était excitée. Apparemment, elle devait aider Boone, le jardinier, à planter des fleurs et apprendre à faire du pain et des gâteaux avec la cuisinière.

Lily lui adressa un regard envieux comme elle sortait, puis s'installa sur le lit, attrapa un toast, et déplia la lettre de Gideon.

L.M. Veuillez avoir l'obligeance de vous rendre dans le salon bleu, au premier étage, pour discuter de notre mission. Soyez à l'heure. Il y a des horloges absolument partout, mais je ne doute pas que vous en ayez déjà fait l'inventaire. Vous jouerez ensuite aux cartes avec lord Lindsey, avant de recevoir la couturière.

G.C.

Jouer aux cartes avec lord Lindsey ? Lily sourit. Le baron avait dû insister auprès de son neveu !

Elle relut la note et sentit la moutarde lui monter au nez. Elle devait trente livres – non, vingt-huit, à présent – à cet homme. Et il était sans nul doute déraisonnablement beau et un peu trop intelligent… mais elle savait fort bien que l'expression « s'il vous plaît » faisait partie du vocabulaire d'un gentleman. Et elle commençait à être lasse de ne pas en trouver trace dans ses missives. D'autant que cela faisait des *années* que personne ne lui disait plus ce qu'elle devait faire.

Très bien. Elle coopérerait avec M. Cole… au mieux de ses capacités.

— Merci de votre ponctualité, mademoiselle Masters.

Lily s'inclina brièvement devant Gideon.

— Mademoiselle Masters, vous l'ignorez sans doute, mais on considère comme impoli de ne pas répondre quand on vous parle. En bref, lorsque quelqu'un, moi, par exemple, vous dit « Merci », vous devez répondre : « Je vous en prie. »

Lily leva les yeux au ciel.

— Avez-vous lu votre livre, mademoiselle Masters ?

— Oui, monsieur Cole, j'ai lu votre petit manuel.

— Y a-t-il quelque part une allusion au fait de « lever les yeux au ciel » ? demanda-t-il sans se départir de son calme.

Lily fronça les sourcils pensivement.

— J'ai lu, me semble-t-il, quelque chose sur « l'altération de l'expression ». Mais il n'y avait rien de particulier sur le fait de lever les yeux au ciel.

Sur ce, elle loucha démesurément au seul bénéfice de Gideon, puis tourna vers Kilmartin un visage aussi lisse et doux qu'un bouton de rose.

— Bonjour, lord Kilmartin.

— Hum… balbutia ce dernier.

Gideon soupira. Malgré son pedigree, Kilmartin n'avait jamais pu se montrer indifférent aux belles femmes.

— Il va falloir que tu parles davantage, Lawrence, si tu veux te montrer d'une quelconque utilité. Reprends-toi !

— Tout à fait, Gideon, tout à fait, approuva en hâte Kilmartin. Bonjour, mademoiselle Masters. Asseyez-vous, je vous en prie.

Il occupait lui-même un divan entier.

Lily le gratifia d'un petit sourire et prit place sur l'une des délicates chaises bleues.

Gideon jeta un coup d'œil aux chaises et décida qu'il serait plus en sécurité en s'appuyant au manteau de la cheminée.

— Aidez-moi, mademoiselle Masters, car je ne sais plus où j'en suis. Je crois me souvenir d'une conversation où il était question de coopération, hier. Ai-je rêvé ?

Lily regarda le plafond peint en trompe l'œil.

— Hum… oui, je m'en souviens aussi. Mais, voyez-vous, à ce moment-là, je pensais savoir ce que le terme « coopération » signifiait. Ce matin, je me suis aperçue que je m'étais trompée.

Gideon croisa les bras et l'examina avec un mélange d'agacement et de curiosité.

Elle soutint son regard avec un peu trop d'assurance pour être véritablement innocente.

— Où voulez-vous en venir, mademoiselle ?

Elle parut un peu déçue ; peut-être avait-elle espéré jouer un peu avec lui. Il vit cette lueur de respect qu'il chérissait tout particulièrement traverser son regard.

— Eh bien voilà, monsieur Cole, je pensais que le mot « coopération » sous-entendait… un but commun. Peut-être même un partenariat. Mais ce matin, j'ai reçu un *ordre*.

Gideon fronça les sourcils.

— Un ordre ?

— « Soyez à l'heure », cita Lily, laissant paraître son ressentiment. Non pas « S'il vous plaît, soyez à l'heure ». Un ordre. Il n'y avait pas un seul « s'il vous plaît » dans toute cette fichue lettre. J'ai dit que je coopérerais, monsieur Cole. Il n'était pas nécessaire de m'en donner l'ordre !

— Vous avez raison, mademoiselle Masters ! s'écria Kilmartin. Il fait ça tout le temps ! Il me commande sans cesse, moi aussi. Un vestige de son passé militaire, je suppose.

— C'est foutrement agaçant, rouspéta Lily.

— N'est-ce pas ? renchérit Kilmartin avec fougue. En général, c'est quand il est pressé. Et parfois aussi quand il...

— Merci beaucoup à vous *deux* pour la leçon, coupa Gideon d'une voix à la fois basse et sonore. Mademoiselle Masters, veuillez m'excuser. Cela vous va ? Je veillerai désormais à employer l'expression « s'il vous plaît ».

Elle eut un petit sourire satisfait.

— Comme je vous l'ai dit hier, reprit-il, je ne suis pas entièrement convaincu que cette entreprise ne soit pas pure folie. Notre mission, après tout, est de vous transformer en une femme du monde capable d'éclipser lady Constance Clary, un être exceptionnel, fille de marquis de surcroît.

Lily poussa un petit grognement de mépris.

— Bravo, mademoiselle Masters, voilà un fort joli bruit. Et comme je ne me souviens pas d'avoir jamais entendu lady Constance Clary grogner, nous allons devoir vous dissuader de recommencer.

Les sourcils froncés, Lily allait répliquer, mais Gideon enchaîna :

— Et bien que nous ne contestions pas, pour l'instant, que vous ayez été éduquée en jeune fille de bonne famille – à ces mots, Lily arbora une expression de défi –, nous devons savoir si de simples révisions suffiront ou s'il faut vous débarrasser des manières de Saint-

Giles comme on débarrasse un rocher des moules qui y sont accrochées…

— Des moules ? répéta Kilmartin, qui trouvait l'image amusante.

Ce n'était pas le cas de Lily, dont les yeux lançaient des éclairs.

— Ma mère était fille de vicaire, monsieur Cole, et elle m'a élevée pour devenir une dame. Pour parler comme une dame, pour…

— C'est curieux, mademoiselle Masters, mais je ne me souviens pas de la dernière fois où une dame m'a traité de fils de pute. Je suis pratiquement certain que lady Constance Clary ne connaît même pas cette expression.

— Les moules, mademoiselle Masters, intervint Kilmartin joyeusement. Ces mots-là, et les manières qui vont avec, sont l'équivalent des moules sur un rocher !

Lily l'ignora.

— Dans ce cas, je me demande comment lady Constance Clary fait lorsqu'elle parle de vous, monsieur Cole, répliqua-t-elle.

Gideon ne put s'en empêcher : il sourit de nouveau. Seigneur, elle avait le sens de la repartie ! se dit-il, conscient toutefois qu'il n'aurait pas dû y prendre un tel plaisir.

— Mademoiselle Masters, quelles sont vos activités habituelles ?

— Pardon ?

— Comment occupez-vous vos journées ?

— Eh bien, je détrousse quelques personnes, puis je passe chez mon receleur, et j'achète de quoi manger pour ma sœur et moi si j'ai assez d'argent. Je lis. Je raconte des histoires à Alice. Parfois, je vais discuter ou jouer aux cartes avec Fanny, la prostituée qui habite au-dessus.

Kilmartin faillit s'étouffer, ce qui lui valut une belle quinte de toux. Avec un soupir, Gideon s'approcha du divan pour donner de petites tapes entre les omoplates de son ami.

Lily paraissait de nouveau très satisfaite d'elle-même.

— Vous serez peut-être étonnée d'apprendre que ce n'est pas vraiment ainsi que les jeunes filles de bonne famille occupent leur temps, mademoiselle Masters, observa Gideon. Quelle sorte d'histoires racontez-vous à Alice ?

Lily le dévisagea d'un air méfiant.

— Ce sont juste… des histoires, monsieur Cole.

— Sur un certain M. Darcy, peut-être ? Ou… un prince ?

Gideon avait posé la question pour le seul plaisir de voir les joues de la jeune fille s'empourprer. Et c'est ce qui se passa. Elle le fixa, manifestement partagée entre la gêne, la colère et une admiration amusée devant sa perspicacité.

— Qu'en est-il des travaux d'aiguille, mademoiselle Masters ? intervint Kilmartin. Cela fait-il partie de vos talents ? Ou le dessin ? Ou le tir à l'arc ? Constance gagne tous les tournois de tir à l'arc. Elle détesterait être battue. Peut-être Mlle Masters excelle-t-elle dans cet art.

Cela dégrisa aussitôt Gideon.

— Je ne vais pas équiper Mlle Masters d'un arc et de flèches, déclara-t-il.

Lily parut déçue.

— Je suis très adroite, monsieur Cole.

— C'est précisément ce que je crains.

— Je suppose que vous ne savez pas jouer du piano, mademoiselle Masters ? hasarda Kilmartin, qui semblait un peu découragé.

Lily secoua la tête, et Gideon vit avec surprise le regret assombrir son visage.

— Savez-vous monter à cheval ? tenta Kilmartin. Lady Clary est une cavalière émérite. Vous pourriez peut-être la surpasser dans ce domaine.

— Jamais monté sur un cheval de ma vie, marmonna Lily.

Un silence démoralisé s'abattit dans la pièce.

Gideon se passa la main dans les cheveux.

— Je suppose qu'on pourra voir Mlle Masters à mon côté dans ton cabriolet, suggéra-t-il. Et nous esquiverons de notre mieux toute démonstration de ses talents, qu'ils soient d'aiguille ou musicaux. Nous nous contenterons de dire que Mlle Lily Masters vient du Sussex, près de la ville de Wilmington, et que son père, un gentleman fortuné, possède des terres, des navires et…

— Est-ce que j'ai un cheval ? l'interrompit Lily, qui commençait à se prendre au jeu.

Gideon cligna des yeux.

— Pardon ?

— Un cheval. Peut-être pourrais-je avoir un cheval à moi.

— Mais vous venez de dire que vous ne saviez pas en faire !

— En effet. Mais ça n'est pas forcément le cas de Mlle Masters du Sussex. Elle monte à cheval à la campagne, pas à Londres.

— Très bien. Vous avez donc un cheval.

— Quel est son nom ? s'enquit-elle.

— Son nom ?

— Le cheval, comment s'appelle-t-il ?

— À vous de décider, mademoiselle Masters, du moment que vous évitez les « Bon sang » ou « fils de… ».

Gideon se tut, au grand amusement de Lily.

— Alors ce sera McBride. Mlle Lily Masters du Sussex a un cheval qui s'appelle McBride ! déclara-t-elle.

Gideon grimaça, mais ne la contredit pas.

— Reprenons, mademoiselle Masters. Donc, nous prétendrons que votre père est un riche gentleman qui possède des écuries, des terres, des maisons, des bateaux, des actions dans les canaux, et à peu près tout autour de Wilmington. Et par « gentleman », j'entends qu'il n'a pas de profession.

— Je sais ce qu'est un gentleman, monsieur Cole. En revanche, je me demande souvent si *vous* le savez.

Kilmartin éclata de rire et Gideon le foudroya du regard.

— Peut-être que vos passe-temps pourraient inclure de longues promenades et… hum… de la lecture.

Lily ouvrit de grands yeux, puis s'empressa de les baisser, et il sut aussitôt qu'elle pensait à la même chose que lui : à savoir, ce fascinant petit livre français. Soudain, il fut incapable de prononcer une parole.

Kilmartin les regarda tour à tour, ne comprenant rien à ce silence embarrassé.

— Ça m'a l'air foutrement ennuyeux, comme vie, commenta enfin Lily sans lever les yeux. Marcher, lire…

— Attention, l'avertit Kilmartin. Des mots comme « foutrement » n'ont pas lieu d'être dans votre vocabulaire, mademoiselle Masters. Vous n'êtes plus à Saint-Giles.

Gideon éprouva soudain une profonde lassitude. Comment expliquer les complexités de la haute société à une jeune fille qui connaissait par cœur les bas quartiers de Londres, mais ne s'était jamais trouvée dans une salle de bal ? Qui parlait comme une dame, mais utilisait « foutrement » sans ciller ? Elle en savait probablement bien davantage sur les plaisirs physiques que les prostituées ordinaires de Saint-Giles s'il en jugeait par ses lectures Mais elle ne pouvait guère partager ses informations dans les salons londoniens.

« C'est de la folie, songea-t-il une fois de plus. Je devrais la renvoyer chez elle. » Il glissa un regard à Kilmartin et secoua légèrement la tête.

C'est alors que Lily Masters lâcha d'un air de défi :

— Dix livres.

— Je vous demande pardon ? fit-il.

— Vous déduirez dix livres de ma dette si je parviens à vous prouver que j'en suis capable.

— Que vous êtes capable de quoi, mademoiselle Masters ?

— De rivaliser avec lady Constance Clary.

Gideon la regarda un instant, perplexe.

— Mademoiselle Masters, commença-t-il doucement, lady Constance est fille de marquis. Elle est belle et riche, porte des habits somptueux, roule dans les plus beaux attelages, remporte tous les concours de tir à l'arc, fait et défait les modes... je pourrais continuer ainsi sans fin. C'est la jeune femme la plus admirée de la bonne société. Elle fait tout ce qu'il faut pour.

Ce discours parut n'avoir pour seul effet que de raffermir la résolution de Lily.

— Dix livres, monsieur Cole.

Il esquissa un sourire.

— Mademoiselle Masters...

— Vous ne m'en croyez pas capable.

Ce n'était pas une question, mais une déclaration. Et un défi. Elle avait les pommettes en feu tant sa fierté avait été piquée au vif.

Gideon regarda la jeune voleuse, très droite dans sa robe trop grande, les mains jointes, le menton haut. Cette fille était pareille à une épée : constamment dressée pour parer les coups. D'où lui venaient cette assurance, cette combativité, cet orgueil ?

Des épreuves traversées, songea-t-il soudain. Comme lui, elle s'était battue pour maintenir la tête hors de l'eau. Tandis que Constance avait reçu en héritage sa grâce distinguée, son langage châtié et son assurance tranquille. Constance ne s'attendrait pas à être défiée puisqu'elle ne l'avait jamais été.

Or, l'une des stratégies les plus efficaces en matière de bataille, c'était l'élément de surprise, il le savait mieux que personne.

La dette de Lily s'élevait à vingt-huit livres. Et il était le fils de son père, après tout : il pouvait bien risquer dix livres de plus.

— Et comment comptez-vous rivaliser avec elle, mademoiselle Masters ?

— Vous me décompterez dix livres si je réussis, monsieur Cole ? s'enquit-elle d'une voix crispée.

— C'est entendu.

— J'ai votre parole d'honneur ?

— Vous l'avez.

Se détendant, elle se tourna vers Lawrence.

— Lord Kilmartin, voudriez-vous feindre d'être lady Constance ?

Lawrence se redressa comme si on l'avait piqué.

— Feindre *quoi* ?

— D'être lady Clary. Vous ferez comme si nous venions de nous rencontrer.

Kilmartin adressa un regard suppliant à Gideon, qui leva les mains, paume en avant, en souriant.

— Tu seras splendide en Constance, Lawrence. Vas-y !

Kilmartin poussa un soupir dégoûté et se tourna vers la jeune femme.

— Comment allez-vous, mademoiselle ? gazouilla-t-il d'une voix suraiguë.

— Fort bien, je vous remercie, mademoiselle. Et vous-même, lady Clary ?

— Remarquablement bien. Votre robe est ravissante, mademoiselle Masters, ajouta Kilmartin, qui commençait à se prendre au jeu.

— Merci, lady Clary, fit Lily d'un ton suave. Puis-je vous retourner le compliment ?

Gideon et Kilmartin haussèrent les sourcils, admirant la grâce avec laquelle Lily avait répondu.

— Comme c'est aimable à vous, mademoiselle Masters. Mais dites-moi, est-ce la première fois que vous venez à Londres ? Dans quelle partie du Sussex vivez-vous ?

— J'habite près de Wilbeyton.

— *Wilmington*, souffla Gideon.

— Wilmington, rectifia Lily sans se troubler. Je ne suis venue qu'une fois à Londres, quand j'étais enfant.

— Et comment trouvez-vous la capitale, aujourd'hui ? demanda Kilmartin avec sa voix de fausset.

Le regard de Lily se fit rêveur.

— Divine ! La foule, le bruit, tout est si intéressant, il y a tant à voir et à faire… Et tout le monde est tellement adorable ! Mais j'avoue que le Sussex me manque, parfois, ainsi que McBride, mon cheval. Il est si doux. Il a une étoile blanche juste là, ajouta-t-elle en désignant son front. Et une robe aussi noire que la nuit. Je l'ai baptisé du nom du vieux palefrenier de mon père, parce qu'il avait une longue figure sombre, lui aussi.

Gideon était fasciné. Quelle imagination ! Et quelle aisance ! Hormis cette assurance empreinte de défi et cette façon de se tenir très droite qui ne la quittait jamais, Lily Masters n'avait plus rien d'une sauvageonne en haillons. Elle affichait à présent une expression d'une rare affabilité. Le pauvre Kilmartin semblait tout bonnement hypnotisé.

— Et quelles autres activités aviez-vous à Wilmington, mademoiselle Masters ?

— J'adore les longues promenades ! Oh, et lire, aussi. Je fais souvent la lecture à ma voisine, la pauvre Fanny, qui n'a plus qu'un œil.

Kilmartin tressaillit, un peu inquiet.

— Qu'est-il arrivé à son autre œil ? demanda-t-il d'une voix de fausset.

Lily se pencha vers lui d'un air conspirateur.

— Elle l'a perdu dans un accident de tir à l'arc. Fanny était l'un des meilleurs archers de tout le Sussex, hélas, au cours d'un tournoi, une flèche lui a emporté l'œil, et s'est plantée dans la cible avec ! La personne qui avait tiré la flèche aurait gagné le tournoi s'il n'y avait eu… enfin, vous comprenez… l'œil de la pauvre Fanny…

Kilmartin en était bouche bée.

— Il était bleu, ajouta Lily. Son œil…

— Mais c'est abominable ! murmura Kilmartin au bout de quelques instants.

— N'est-ce pas ? Vous comprenez que je ne souhaite plus jamais tirer à l'arc de ma vie ! Un accident est si vite arrivé.

C'était au tour de Gideon de rester bouche bée. La tirade de Lily était à la fois brillante et tout à fait convaincante. L'image d'un œil fiché au milieu d'une cible n'était pas près de le quitter ! Et Mlle Lily Masters ne risquait pas d'être invitée à un tournoi de tir à l'arc. Même lady Constance Clary hésiterait à s'adonner à son sport favori, après avoir entendu cette histoire.

— Cette Mlle Fanny a beaucoup de chance de vous avoir pour amie, déclara Kilmartin, reprenant ses esprits. Et… euh, que lui lisez-vous ?

— Shakespeare, naturellement. Et des romans. Fanny adore les romans. Nous venons de terminer *Orgueil et Préjugés*. J'aime les histoires qui finissent bien, même s'il faut souffrir un peu pour ce faire.

Elle fixait Kilmartin d'un regard limpide, la tête légèrement inclinée de côté. Perdu dans la contemplation de la jeune fille, ce dernier en oublia de répondre. Gideon le rappela à l'ordre en se raclant la gorge.

— Hum, oui, fit son ami en sursautant. Êtes-vous… êtes-vous allée à Brighton, mademoiselle Masters ?

Lily réfléchit un instant.

— Mais… oui, bien sûr. Et vous, lady Clary ?

— Naturellement, répondit Kilmartin, une lueur espiègle dans les yeux. Mais je me demandais ce que vous en pensiez, étant donné que cette ville se trouve dans votre région.

— L'air marin… commença-t-elle d'un ton hésitant, en jetant un regard interrogateur à Gideon pour s'assurer que Brighton était bien au bord de la mer.

Comme il acquiesçait, elle poursuivit :

— L'air marin est tout à fait vivifiant. Papa nous y emmène tous les ans.

— Quelle est la profession de votre père, mademoiselle Masters ?

Kilmartin était finaud. C'était là une question piège, et formulée de sorte qu'elle puisse ressembler à une insulte.

— Sa profession, lady Clary ? répéta Lily, l'air un peu perplexe. Voyons, mon père n'a pas de… *profession*. Il possède juste un domaine, et des maisons, des chevaux, des bateaux, des actions… Ce genre de choses.

Elle ponctua sa tirade d'un haussement de sourcils indiquant que la question était fâcheuse – les gentlemen n'ayant, par définition, pas de profession –, mais qu'elle pardonnait à son interlocutrice. Pour cette fois.

Kilmartin se tourna alors vers Gideon, et un lent sourire éclaira son visage comme s'ils venaient de vaincre un ennemi commun.

— Comment faites-vous ? murmura Gideon, stupéfait.

— C'est une question d'imagination, répondit-elle, sereine. J'ai l'habitude d'inventer des histoires vu que je ne fais ni travaux d'aiguille ni tir à l'arc et que je ne monte pas à cheval.

Gideon devait admettre qu'il était admiratif. Il n'était guère difficile d'imaginer Lily dans un salon, en train de bavarder comme n'importe quelle jeune fille de bonne famille. Enfin, une jeune fille aux yeux extraordinaires, avec une bouche adorable et…

Gideon se reprit. Il n'était pas encore prêt à lui accorder la victoire. Il s'écarta de la cheminée et se mit à arpenter la pièce d'un air songeur.

— Très bien, mademoiselle Masters. Vous semblez capable de jouer les jeunes filles bien élevées de manière convaincante.

Elle se rembrunit en entendant le mot « jouer ».

— Mais, poursuivit Gideon, notre but est plus complexe.

— Ce qu'il veut dire, intervint Kilmartin, c'est que nous devons convaincre lady Constance Clary qu'elle veut épouser Gideon en dépit du fait qu'il n'a ni titre, ni biens, ni fortune. Et un physique seulement passable.

Gideon lui décocha un regard peu amène.

— Vous devez être très amoureux, observa Lily d'une voix douce.

Gideon se figea.

Il avait l'impression qu'on venait de l'accuser de trahison. Et pour ne rien arranger, Kilmartin le regardait d'un air interrogateur, comme s'il était curieux de connaître la réponse à cette question.

— Vous avez lu trop de romans, mademoiselle Masters, répliqua Gideon avec raideur.

Lily paraissait perplexe.

— Vous n'avez pas d'argent ? s'étonna-t-elle. Mais enfin... je veux dire, ce n'est pas possible... Cette maison est magnifique et...

— Gideon a dépensé toute sa fortune pour vous, mademoiselle Masters, expliqua Kilmartin. Soit trente livres.

Lily était tellement immobile qu'elle semblait avoir cessé de respirer.

— Mais votre oncle... Vous ne pourriez pas lui demander... ? bredouilla-t-elle.

— Mon oncle n'a pas un sou, répondit Gideon. Le domaine est un gouffre. En outre, je n'ai jamais rien demandé à personne, mademoiselle Masters, ajouta-t-il, lui retournant ses paroles de la veille.

— En effet, répliqua-t-elle. Vous préférez faire faire le travail à votre place par des voleuses à la tire !

Gideon eut un haut-le-corps, comme s'il avait reçu un soufflet, tandis que Kilmartin s'agitait nerveusement sur le canapé.

Lily et lui se mesurèrent du regard un long moment. Puis, quelques secondes plus tard, lentement, simultanément, leurs lèvres s'incurvèrent en un sourire ravi, comme s'ils venaient l'un et l'autre de réussir un même examen.

Mais Gideon n'était toujours pas prêt à lui concéder la victoire.

— Et si lady Clary vous disait : « Mademoiselle Masters, vous avez de si jolis bras potelés, ces manches ne vous iront jamais ! Pourquoi n'essayez-vous pas plutôt des manches ballons » ? Que répondriez-vous ?

— Elle attache une *telle* importance aux manches ? s'exclama Lily, abasourdie.

En son for intérieur, Gideon considérait que le sujet n'avait pas le moindre intérêt, mais par loyauté envers Constance, il n'en dit rien.

— Croyez-moi, mademoiselle Masters, la mode est un vrai champ de bataille dans la bonne société. Et dans ce domaine, Constance est un véritable général.

Lily réfléchit.

— Alors je dirais…

Elle se pencha un peu pour déclarer sur un ton confidentiel :

— Vous avez absolument raison, lady Clary. C'est pourquoi ma couturière a créé une nouvelle sorte de manches tout spécialement pour moi.

« Brillant ! » dut reconnaître Gideon. Des manches créées spécialement pour quelqu'un, voilà qui devrait rendre Constance folle.

— Mademoiselle Masters, je crois que vous avez compris ce que l'on attendait de vous.

Lily s'autorisa un petit sourire triomphant.

— Mais n'oubliez pas, ajouta Kilmartin d'un air espiègle, vous devez aussi feindre d'être éperdument amoureuse de Gideon.

À la grande satisfaction de celui-ci, une rougeur caractéristique envahit les joues de Lily, et son sourire perdit de sa superbe.

— J'espère que vous avez un livre pour ça, murmura-t-elle en baissant les yeux, car je doute d'avoir assez d'imagination.

Kilmartin éclata de rire.

— Oh, si vous rougissez comme en ce moment, les gens comprendront, assura Gideon, amusé.

Elle leva vivement la tête et croisa son regard. De nouveau, elle semblait partagée entre l'envie de rire et celle de l'étrangler.

— Eh bien, il ne nous reste plus qu'à nous débarrasser des « moules », observa Kilmartin.

— À combien s'élève ma dette, à présent, monsieur Cole ? s'enquit Lily.

Parce qu'il se sentait d'humeur diabolique, et parce qu'elle avait l'air de retenir son souffle, il décida de la faire attendre.

— Félicitations, mademoiselle Masters, répondit-il. Vous ne me devez plus que dix-huit livres.

Et de nouveau, malgré eux, ils échangèrent un sourire.

Malheureusement pour elle, Gideon voulait se débarrasser des « moules » sans attendre. Il appelait cela une « leçon de maintien » et décida qu'elle devrait avoir lieu dans une pièce comportant moins d'objets fragiles que le salon bleu, car Lily était censée apprendre à marcher, ce qui risquait de provoquer quelques dégâts selon lui. Il voulait aussi la voir faire la révérence.

Apprendre à marcher !

Lily fulminait. Elle marchait probablement plus en une semaine que toutes les jeunes filles de la haute société réunies en un mois ! « Mais vous marchez comme une voleuse, mademoiselle Masters », lui avait fait remarquer Gideon.

Qu'est-ce que cela pouvait bien signifier ?

C'était le regard qu'avaient échangé Gideon et Kilmartin qui l'avait poussée à parier ces dix livres. Ils semblaient sur le point de renoncer à leur projet, comme si elle, Lily Masters, n'avait rien à leur offrir. Et cette façon que Gideon Cole avait eu de la regarder, presque avec pitié... Comme si elle n'avait aucune chance d'égaler jamais ce parangon de lady Constance Clary !

Elle aurait bien aimé voir comment elle se débrouillait pour survivre à Saint-Giles !

Ils se trouvaient maintenant dans la salle de bal, une immense pièce sonore, ornée de deux lustres énormes. Le parquet, couleur de miel, brillait comme un miroir, et Lily fut prise d'une envie irrépressible de glisser à travers la salle pieds nus.

Gideon entra aussitôt dans le vif du sujet.

— Mademoiselle Masters, nous ferez-vous l'honneur de nous montrer comment vous faites la révérence ?

Lily soupira. Elle empoigna sa jupe et se pencha en avant, à demi pliée en deux.

Lord Kilmartin éclata de rire et Gideon secoua la tête avec tristesse.

— Mademoiselle Masters, reprit-il avec une patience exagérée, vous n'êtes pas supposée vous accroupir sur un pot de chambre. Le but d'une révérence est de saluer un ami ou une nouvelle connaissance. Il faut y mettre une certaine grâce…

— Euh… Gideon ? intervint Kilmartin.

Gideon lui lança un coup d'œil interrogateur.

— Qui va montrer à Lily comment faire une révérence convenable ?

Pour la première fois, Gideon parut décontenancé. Ravie, Lily ne prit même pas la peine de se détourner pour sourire.

— Eh bien, je pensais que ce serait toi, Lawrence. Tu es plus proche… en taille… de Mlle Masters.

— Certes, mais tu es beaucoup plus gracieux que…

Gideon poussa un profond soupir.

— Eh bien, nous le ferons tous les deux, Lawrence, voilà tout ! À présent, prétends que tu es une jeune femme. Lady Constance Clary, par exemple. Je ferai lady Anne Clapham.

Kilmartin se leva à contrecœur et, soulevant délicatement le bas de sa veste, s'inclina lentement.

— Bonsoir, lady Clapham, grommela-t-il d'une voix pointue.

— Bonsoir, lady Clary, répliqua Gideon en soulevant lui aussi le bas de sa veste pour exécuter à son tour une révérence si parfaite que Kilmartin haussa les sourcils. Puis-je vous présenter mon amie, Lily Masters ?

Regarder ces messieurs se faire des révérences valait son pesant d'or, décida Lily en retenant un fou rire.

Les deux hommes offraient un contraste frappant : le visage de Kilmartin était glabre et pâle, ses cheveux blonds étaient coupés court, et ses yeux d'un bleu très clair sous ses sourcils à peine visibles. Gideon, lui, avait un visage mobile aux traits bien dessinés, des yeux sombres et ardents, et des cheveux bouclés qui lui donnaient un air follement romantique.

Il se tourna vers elle d'un air très sérieux, comme si faire des révérences faisait partie de son quotidien.

— Mademoiselle Masters, lorsque vous ferez une révérence à lord Kil... je veux dire à lady Clary, ne vous précipitez pas. Ne plongez pas en avant. Faites comme si vous étiez...

Il réfléchit un instant.

— Comme si vous étiez un roseau qui ploie sous la brise.

Kilmàrtin émit un petit grognement ironique et Gideon eut un instant l'air décontenancé, comme s'il venait de commettre un impair.

Pourtant, Lily trouvait l'image fascinante. « Un roseau qui ploie sous la brise. » Comment un roseau saluait-il ses amis ? Elle imagina de souples branches agitées par un vent très doux.

Elle referma les mains sur les plis de sa jupe, fléchit lentement le genou en inclinant la tête, puis se redressa tout aussi lentement.

— Superbe ! lança Kilmartin en applaudissant. On peut vous présenter à la Cour.

Lily lui sourit, puis se tourna spontanément vers Gideon, guettant son approbation.

— Oui, c'était parfait, mademoiselle Masters, admit-il à son tour.

— Et une « moule » de moins ! déclara Kilmartin avec satisfaction.

Malheureusement, Lily réussit moins bien sa leçon de « marche » que sa révérence. Et cela lui permit de mesurer l'étendue de la patience de Gideon Cole. Qui se réduisait à pas grand-chose.

— Bon sang ! Pourquoi êtes-vous si pressée, mademoiselle Masters ?

Les deux hommes avaient tombé la veste, et Kilmartin était affalé sur une chaise, en nage.

Ouvertement contrarié, Gideon fourragea dans ses cheveux. Le soleil qui pénétrait à flots dans la salle de bal en soulignait les nuances, et Lily tenta d'en dresser la liste mentalement : rouille, bronze, cuivre…

— Mademoiselle Masters, auriez-vous, s'il vous plaît, l'obligeance de m'écouter !

Lily renonça à regret à contempler les boucles brunes. Quel tyran foutrement beau ! se dit-elle.

— Personne ne vous poursuit, pas même un avocat en colère à qui vous venez de tenter de dérober la montre, poursuivit-il, ironique. Vous entrez dans une salle de bal, ou dans un salon. Vous n'avez nul besoin de filer comme une flèche. Et baissez le menton, pour l'amour du ciel ! Vous n'êtes pas un pugiliste.

— Marcher n'est qu'un moyen de se rendre d'un lieu à un autre, commenta-t-elle entre ses dents.

— En effet, reconnut Gideon avec un geste d'impatience. Mais c'est aussi une façon d'annoncer qui vous êtes ! Quelle est votre place, réelle ou supposée, dans la société. La façon dont on se tient, dont on bouge, dont on occupe l'espace, tout cela en dit long à ceux qui vous regardent. Ils savent alors ce qu'ils doivent penser de vous. C'est extrêmement important, mademoiselle Masters !

Lily étudia Gideon, fascinée, quoique à son corps défendant. Elle savait qu'il avait raison : en fait, c'était ainsi qu'elle procédait pour choisir ses proies…

L'estomac de Kilmartin gargouilla.

— Si tu dois te lancer dans de grands discours, Gideon, déclara-t-il en se levant, je crois que je vais aller voir où en est le déjeuner.

Gideon se voûta légèrement comme s'il avait été arrêté en plein élan.

— Très bien. Je vais me joindre à toi. De toute façon, Mlle Masters a rendez-vous avec lord Lindsey. Oh… mademoiselle Masters, pourriez-vous revenir ici pour une leçon de danse après la visite de la couturière ? S'il vous plaît, ajouta-t-il d'un air moqueur.

Lily fit un effort pour garder un visage impassible.

— J'en serai ravie, monsieur Cole.

Il la considéra un instant, l'air narquois, comme s'il s'interrogeait sur la nécessité de répliquer. Il décida que oui.

— Vous savez, mademoiselle Masters, il y a des gens qui marchent simplement pour le plaisir.

— Est-ce votre cas, monsieur Cole ?

Gideon ouvrit la bouche pour répondre, se ravisa et attrapa sa veste qui se trouvait sur le dossier d'une chaise.

— Vous savez où trouver mon oncle, mademoiselle Masters, se contenta-t-il de dire.

Les deux hommes s'inclinèrent devant elle, et à sa propre surprise, Lily plongea dans une superbe révérence. Lorsqu'elle se redressa, Gideon la fixait, et elle aurait juré avoir vu un éclair brûlant traverser son regard. Mais peut-être n'était-ce qu'une illusion due à la lumière… ou à son imagination.

— Où avez-vous appris à si bien jouer aux cartes, Lily ?

À son arrivée dans les appartements de lord Lindsey, Lily avait trouvé le vieux monsieur vêtu d'une élégante robe de chambre, et assis à sa table de jeu. Les cartes avaient été distribuées et de petits sandwichs étaient empilés sur une assiette, près d'une théière. Toutes les chandelles avaient été soufflées, et les rideaux ouverts pour laisser entrer une quantité raisonnable de lumière. La pièce n'était pas inondée de soleil, comme la veille, mais l'atmosphère en était agréable. Lord Lindsey avait donc opté pour un compromis, songea Lily en souriant.

— Êtes-vous sûr de ne pas me faciliter la tâche, lord Lindsey, en me laissant gagner… *une fois de plus* ? répliqua-t-elle.

Avec deux nouvelles livres de gain, elle se rapprochait de la liberté.

Lord Lindsey éclata de rire.

— Petite espiègle ! J'essaie vraiment de gagner, mais vous êtes plus forte que moi, je le crains. Et je ne suis pas un amateur, je vous le garantis Avec qui jouez-vous, d'ordinaire ?

— Avec ma voisine, Fanny, car elle a le temps entre deux cli...

Lily s'interrompit à temps et jeta un coup d'œil à lord Lindsey. Il l'observait, mais son expression n'avait pas changé. Il semblait simplement intéressé par ce qu'elle avait à dire.

— Parce que ses enfants sont grands, maintenant, reprit Lily.

Le mensonge lui était venu si facilement qu'elle s'en étonna. Décidément sa mère serait fière d'elle... Elle était menteuse en plus d'être une voleuse !

Dieu merci, lord Lindsey se contenta de hocher la tête et choisit une autre carte.

— Que faites-vous d'autre pour passer le temps, ici, à Aster Park, Lily ?

Elle songea à l'affreux petit manuel.

— Je lis.

— Vous lisez ? répéta lord Lindsey, abasourdi. Alors qu'il fait un temps radieux ? Vous devriez aller rendre visite à nos voisins, vous promener dans la campagne ou visiter quelque ruine...

— C'est que... je n'ai pas encore de vêtements convenables, lord Lindsey. La couturière vient cet après-midi.

— Ah, oui ! C'est vrai. Pardonnez-moi, mon enfant. J'oubliais l'accident de voiture, les malles détruites... Vous me paraissez tout à fait présentable, même dans cette triste robe, mais le vieil homme que je suis n'y connaît sans doute rien. Que lisez-vous donc ?

Le titre du livre était gravé dans l'esprit de Lily.

— L'ouvrage s'intitule *Le Compagnon des gentlemen et des dames*. Il était dans ma chambre et je l'ai trouvé... très intéressant. Je ne parviens plus à le lâcher.

Lord Lindsey haussa les sourcils d'un air fort sceptique.

Lily choisit une carte.

— Il y a une inscription sur la première page, poursuivit-elle avec une nonchalance étudiée. « Propriété de Gideon Cole. »

— Ah ! Ce livre-là !

Lord Lindsey s'adossa à sa chaise, soudain perdu dans de sombres pensées.

— Avant que Gideon ne perde ses parents – mon frère Alistair était son père –, c'était un garçon impulsif, une forte tête, toujours en mouvement ou en train de ruminer quelque bêtise. Puis ses parents sont morts et... eh bien, il est tombé sur ce petit livre et l'a lu avec plus de piété que notre vicaire ne lit la Bible. Et j'imagine que personne ne peut mettre en doute le résultat. Il s'est très bien débrouillé.

Étrangement, lord Lindsey semblait plus nostalgique que fier.

Lily se remémora les yeux sombres de Gideon emplis de passion, un peu plus tôt, son geste ample et impatient pour souligner ses propos : « C'est extrêmement important, mademoiselle Masters ! » avait-il dit, à sa grande exaspération.

À présent, elle éprouvait de la compassion pour le petit garçon impétueux qu'il avait été, et qui, une fois orphelin, s'était tourné vers un livre de règles sociales pour trouver un sens à un monde soudain devenu douloureusement absurde. Elle aurait pu dire au jeune Gideon que faire des projets était futile, qu'aucun manuel de bonnes manières ne préservait des caprices du destin. Elle avait appris à vivre avec une seule règle : « Seul le présent compte. »

Cela lui avait été relativement utile... jusqu'à ce qu'elle arrive à Aster Park.

— Mais que *vous* ayez envie de lire ce manuel me dépasse, Lily ! avoua le baron. J'aurais tendance à penser que cela vous abîmera complètement.

— Je le pense aussi, acquiesça-t-elle sombrement.

— Oh, regardez-moi ça ! Vous avez encore gagné ! Décidément, j'ai perdu la main.

— C'est parce que vous me parliez, lord Lindsey. Vous étiez distrait.

— Ah, c'est donc là votre stratégie, Lily ? Essayer de me distraire ?

— Vous êtes assez intelligent pour ne pas vous laisser faire, lord Lindsey, répliqua-t-elle en portant sa tasse à ses lèvres.

Il rit de nouveau.

— Dites-moi un peu, Lily, allez-vous épouser votre cousin ?

Elle faillit s'étrangler de surprise, et reposa un peu trop vivement sa tasse sur la soucoupe.

— Pardon ?

Lord Lindsey étouffa un petit rire, fort content de lui.

— Vous voyez, vous n'êtes pas la seule à avoir le pouvoir de surprendre ! Peut-être devriez-vous épouser Kilmartin, vous savez. C'est un type bien. Pas passionnant, mais comme il est riche, il n'a pas besoin de l'être. Il serait gentil avec vous. Et vous mettriez un peu de fantaisie dans sa vie.

Lily ne savait trop si elle devait être amusée ou consternée.

— Lord Kilmartin et moi-même n'avons pas l'intention de nous marier, déclara-t-elle.

— Non ? Avez-vous des amoureux, Lily ? Tiens, vous avez rougi, une petite espiègle comme vous, voilà qui m'étonne. Peu importe : vous trouverez un amoureux à Londres. Ou plutôt, ils vous trouveront, j'en suis certain. Vous mettriez aussi probablement un peu de fantaisie dans la vie de Gideon, mais il a arrêté son choix sur cette grosse blonde de fille de marquis, et peut-être a-t-il raison. C'est un excellent parti.

« Vous n'avez aucune idée de sa détermination », faillit lui dire Lily. Cela lui rappela la raison de sa présence à Aster Park et elle se rembrunit.

Puis elle soupira, résignée. Elle avait tout de même gagné trois livres.

Mme Plunkett apparut dans l'embrasure de la porte.

— Mademoiselle Masters, la couturière est arrivée.

— J'imagine que vous devez y aller, mon petit, fit lord Lindsey. Vous devez songer à votre garde-robe. Mais vous reviendrez demain, n'est-ce pas ? ajouta-t-il, plein d'espoir.

— Bien sûr, lord Lindsey.

Le baron repoussa sa chaise et se redressa, puis s'inclina avec quelque difficulté.

Et Lily fut ravie de lui offrir en retour une révérence irréprochable.

7

Avec son visage tout en longueur et son nez proéminent, Mme Sabine Marceau n'était pas ce qu'on appelle une beauté ; elle avait, en revanche, beaucoup d'allure. Sa robe d'organdi aux manches bouffantes et à la jupe vaporeuse était fort élégante, et ses cheveux bruns joliment bouclés. Un ravissant chapeau de paille, orné de fleurs de soie, apportait une petite touche de charme à l'ensemble.

La couturière ôta son couvre-chef et le posa sur une chaise.

— Dieu soit louée, vous êtes jolie ! furent les paroles avec lesquelles elle accueillit Lily. C'est si peu gratifiant d'habiller des laiderons.

— Moi, jolie ? s'étonna Lily.

Cela dit, cela faisait deux fois qu'on lui adressait ce compliment en deux jours.

Madame Marceau lui tapota la joue de sa main gantée.

— Oh, que c'est drôle ! « Moi, jolie ? » répéta-t-elle en imitant Lily avant de rire.

Lily eut bien du mal à ne pas froncer les sourcils. Le rire de Mme Marceau ne répondait pas à sa question. Certes, à Saint-Giles on la disait jolie, mais après quelques verres de gin, les hommes trouvaient toutes les femmes jolies. Et peut-être l'était-elle aussi aux yeux de lord Lindsey, qui n'y voyait pas si mal pour un homme de son âge.

Mais la haute société la verrait-elle ainsi ? Et… *Gideon Cole* ?

Il avait employé le mot « belle » pour décrire lady Constance Clary. Et Lily aurait préféré ce compliment-là. Mais elle était trop fière pour insister auprès de Mme Marceau et connaître son opinion.

Elle ôta sa robe et frissonna dans sa chemise de batiste trop grande. La couturière se mit à tourner autour d'elle tel un oiseau de proie, en marmonnant des : « Mmm », des « oui, bien sûr », des « sans doute pas ».

— Vous avez une silhouette ravissante, mademoiselle Masters, mince mais avec de la poitrine, nous n'aurons donc pas besoin de rembourrer votre corsage. Et ce teint ! Avec ces cheveux et ces yeux, je peux vraiment faire quelque chose, ça oui, assura-t-elle d'un ton triomphant.

D'un geste vif, elle sortit son mètre et prit les mesures de toutes les parties du corps de Lily.

Enfin, elle recula d'un pas et l'étudia avec attention.

— Nous devrons y aller doucement avec les volants, vous êtes si menue. Ce qu'il vous faut, ce sont des broderies, des matières nobles… Pour les robes de jour, on ne peut pas échapper aux ruchés et collerettes, cela fait fureur à Paris, vous savez. Mais cela cacherait votre cou si fin… Peut-être pourrait-on se contenter d'un petit jabot.

Mme Marceau aurait aussi bien pu parler chinois.

— Bien sûr, un petit jabot, acquiesça Lily d'un ton ironique.

La couturière haussa un sourcil.

— Je vous expliquerai tout cela en détail quand on vous livrera les robes, mademoiselle Masters, car il vous faut être au courant de ce genre de choses… Ah, je sais… Je vous vois en satin. Ce serait parfait… Des manches toutes simples, un décolleté profond pour mettre en valeur votre jolie gorge… Vous a-t-il offert des perles ?

Lily était stupéfaite.

— Des perles ?

— Vous avez beaucoup de chance d'avoir un protecteur aussi gentil que M. Cole. Il a aussi beaucoup de goût.

— Un *protecteur* ? bredouilla Lily. Gentil ?

— Vous êtes d'origine étrangère, mademoiselle Masters ? Vous répétez tout comme un perroquet. Inutile d'être timide avec moi. Il a un physique extraordinaire, n'est-ce pas ? Si quelqu'un mérite de prendre ses aises avec une femme, c'est bien M. Cole. Et vous êtes un choix intéressant

Prendre ses aises avec une femme. Lily faillit sourire. L'allusion était transparente ! C'est alors que, sans prévenir, son imagination toujours fertile lui joua un tour. Elle vit soudain Gideon Cole penché sur elle, les yeux plongés dans les siens. Son bras s'enroula autour de sa taille et son visage se rapprocha lentement du sien, leurs lèvres s'effleurèrent...

Lily secoua la tête pour chasser cette vision troublante. Elle avait les joues brûlantes, tout à coup, et les jambes flageolantes, comme si elle avait la fièvre.

— Mais... mais, madame Marceau, je suis la cousine de lord Kilmartin, protesta-t-elle faiblement.

— Bien sûr, mon petit, fit la couturière en lui tapotant la joue. C'est aussi ce qu'il m'a dit. Ne vous inquiétez pas. Vous devriez être fière, parce que c'est le meilleur avocat de la ville et qu'il travaille dur. Il a aidé plus d'une personne sans le sou et n'en retire aucun bénéfice, pour autant que je sache.

— Il aime gagner, murmura Lily. C'est cela, son bénéfice.

— Ah, ça, il est doué ! Vous devriez le voir au tribunal. Si grand, si sûr de lui ! Il ne fait qu'une bouchée de ses adversaires. Il a gagné le procès de mon cousin et j'ai failli m'évanouir tellement j'étais impressionnée.

Lily tenta de résister à l'image qui s'imposait à elle : Gideon fixant les jurés, leur adressant un sourire ravageur au moment stratégique, haussant ou baissant la voix pour les gagner à sa cause... Ses adversaires n'avaient aucune chance.

Mme Marceau continua :

— Il serait riche, aujourd'hui, s'il ne défendait pas des gens comme moi. Je suis vraiment heureuse de l'aider, car il ne doit pas avoir les moyens de vous habiller. Et encore moins votre sœur. Vous aurez votre nouvelle garde-robe d'ici une semaine environ. Je vais mettre mes ouvrières au travail sans attendre.

Alice aussi allait avoir des robes neuves ?

Lily sentit son trouble s'accentuer. Il avait pensé à Alice ! À quand remontait la dernière fois où quelqu'un avait pensé à elles deux ?

— J'ai hâte de vous voir dans du satin et du velours, reprit Mme Marceau. Et aussi en robe de mousseline blanche, avec une ceinture froncée sous le corsage...

Elle prit Lily par les épaules et la fit pivoter face au miroir.

« J'ai l'air plus effrayé que je ne le suis, constata la jeune fille, perplexe. Mais peut-être suis-je plus effrayée que je n'ose me l'avouer. De quoi aurais-je peur, cela dit ? Certainement pas des robes de Mme Marceau. »

De Gideon Cole, peut-être. Et des réactions étranges qu'il faisait naître en elle.

— Il m'a suggéré des verts et des bleus et de l'or, murmura Mme Marceau. Je crois qu'il a raison, mais je vois aussi du blanc. Oui, vous seriez extraordinaire, en blanc.

Lily tressaillit sous l'assaut d'une émotion inconnue. Gideon Cole avait réfléchi aux couleurs qu'il voulait qu'elle porte... Il avait pensé à ses yeux, son teint, ses cheveux ?

Mme Marceau l'enveloppa d'un regard professionnel.

— Il vous faut aussi des chapeaux, des souliers, des gants, des bottines. Je m'en occupe. M. Cole a accepté de me défendre alors que je n'avais pas de quoi le payer, et puis il m'a demandé de l'aider à vous habiller. Il sait fort bien ce que cela signifie pour moi – probablement quantité de commandes, une fois que les gens de la haute société vous auront vue dans mes toilettes. C'est un homme rare, vous savez. À présent, si vous voulez bien lever les bras, s'il vous plaît.

Vert, bleu et or... Lily obéit à Mme Marceau d'un air absent.

— Ne bougez surtout pas, mademoiselle Masters, ou je risque de vous piquer avec une épingle.

Une piqûre d'épingle aurait été la bienvenue, songea Lily. N'importe quoi pour la tirer de cette torpeur dans laquelle elle se sentait sombrer à force de penser à Gideon Cole.

— Tournez-vous, mon petit.

Et Lily qui, deux jours auparavant, refusait d'obéir à quiconque, se montrait docile comme un agneau. Parce qu'elle voulait de toute son âme porter du vert, du bleu et de l'or…

Où diable était donc cette salle de bal ? Lily se mit à courir, puis, se rappelant qu'une dame ne courait pas, elle ralentit l'allure. Son pas qui martelait le sol de marbre en rythme semblait répéter : « Je suis en retard, en retard, en retard… »

Elle finit par dénicher l'immense salle où Gideon et lord Kilmartin l'attendaient en discutant. À sa grande surprise, elle découvrit qu'il y avait aussi Gregson, le majordome, Mme Plunkett, et Molly, la fille de cuisine.

Gideon leva la tête à son arrivée.

— Mademoiselle Masters, quel plaisir que vous ayez pu vous joindre à nous, déclara-t-il en consultant ostensiblement sa montre.

« Je n'ai que cinq minutes de retard, espèce de tyran ! » mourait-elle d'envie de lui rétorquer.

— Tout le plaisir est pour moi, monsieur Cole, répondit-elle d'un ton égal.

Il y eut un silence.

— Oh… marmonna Lily, se rappelant soudain qu'elle devait faire une révérence.

Gideon retint un sourire amusé.

— J'ai quelque chose pour vous, monsieur Cole, reprit-elle en se redressant.

Elle tendit la main dans laquelle se trouvaient les trois pièces d'une livre qu'elle venait de gagner aux cartes.

Gideon les prit et les empocha sans un mot, comme s'il était un marchand et elle une cliente.

— Je constate que mon oncle vous a laissée gagner une fois de plus.

— Je vous demande pardon ?

Gideon eut un sourire en coin, ravi de la voir si indignée.

— Il ne reste plus que quinze livres, monsieur Cole, lâcha-t-elle *presque* dans un souffle.

Il fit mine de ne pas avoir entendu.

— Nous pensions commencer par les quadrilles écossais, puis les français, car ils sont plus difficiles. Dans quelques jours, nous vous apprendrons la valse. M. Gregson, Mme Plunkett et Molly ont consenti gracieusement à participer à vos leçons.

Gregson ne semblait pas particulièrement « gracieux », mais il n'avait probablement pas eu le choix. Tout comme elle.

— Lord Kilmartin nous accompagnera au piano. Il est très doué, même si cela peut sembler surprenant.

— Pour une fois, tu dis la vérité ! s'exclama Kilmartin en s'installant devant l'instrument.

Lily le regarda, et un souvenir doux-amer remonta à la surface. Elle se revit petite fille, assise devant le clavier, les pieds ballants, en train de jouer un air simple. Sa mère se tenait près d'elle et souriait fièrement. « Ça suffit ! s'ordonna-t-elle. Ressasser le passé est aussi inutile que de rêver à l'avenir. Seul compte le présent. »

Gideon s'avança au centre de la pièce et lui fit signe d'approcher.

— Mademoiselle Masters, les quadrilles comportent une série de figures, ou mouvements, exécutées par les danseurs. Il faut tourner, ou avancer de quelques pas et reculer, ou faire des pas de côté. Les variations sont infinies. Nous apprendrons aussi la danse de sir Roger de Coverley, qui se danse à six ou huit couples.

Lily l'écoutait à peine, tout à sa contemplation des longues jambes moulées dans le pantalon de drap fauve et les bottes de cuir noires. C'était un régal de le regarder marcher...

— Mademoiselle Masters, vous m'écoutez ?

Se retenait-il de sourire ou était-ce un tour que lui jouait son imagination, une fois de plus ?

— La danse de sir qui ? bredouilla-t-elle.

— De sir Roger de Coverley. En général, elle clôture le bal, et il faut absolument que vous l'appreniez.

— Et... quel est le but de toutes ces danses ? risqua-t-elle poliment.

Gideon fronça les sourcils.

— Le « but » ?

— Oui, fit-elle, un peu étonnée par sa perplexité. À quoi servent-elles ? Pourquoi sont-elles si importantes ?

Gideon sembla pris de court.

— Il n'y a pas de raison particulière. C'est ainsi, c'est tout.

Le visage de Lily s'éclaira.

— C'est un peu comme pour les paons.

— Les paons ?

— Ils exécutent une espèce de danse avant de s'accoupler, agitent leurs plumes, ce genre de choses.

Le silence qui accueillit ses propos était presque palpable. Déconcertée, Lily jeta un coup d'œil aux serviteurs, qui la fixaient avec une fascination muette.

L'éclat de rire sonore de Kilmartin rompit le silence.

— Vous avez tout compris, Lily ! Nous sommes tous des paons ! Surtout lady Constance Clary.

Lily hasarda un regard vers Gideon, qui la contemplait d'un air curieux. Il paraissait osciller entre l'envie de rire et celle de la sermonner, à quoi se mêlait quelque chose de plus... doux, qu'elle ne parvint pas à identifier.

— Mademoiselle Masters, ne vous souciez pas de savoir *pourquoi* l'on danse ; contentez-vous du *comment*. Les gens trouvent beaucoup de plaisir à danser le quadrille.

— Vous aussi, monsieur Cole ? Vous semblez passer beaucoup de temps à faire des choses que vous n'aimez pas, observa Lily à mi-voix.

Gideon faillit répondre, puis il se ravisa et se tourna vers Kilmartin.

— Tu peux commencer, Lawrence ! ordonna-t-il.

Un air joyeux s'éleva dans la pièce, et Mme Plunkett, Gregson, Gideon et Molly s'inclinèrent cérémonieusement avant de s'avancer les uns vers les autres. *Boum, boum, boum* faisaient leurs pas sur le parquet.

Puis ils reculèrent, toujours aussi imperturbables.

Boum, boum, boum...

On aurait dit des soldats en manœuvre. Ils s'avançaient, glissaient le bras sous celui de leur « cavalier », puis changeaient de côté. Et à nouveau, ils s'écartaient, avançaient, et reculaient.

Et recommençaient.

« C'est vraiment ridicule ! » songea Lily, qui se surprit pourtant à marquer la mesure du pied. Cela ne devait pas être si désagréable, finalement...

En tout cas, cela valait mieux que d'admirer les larges épaules de Gideon tandis qu'il faisait tournoyer Molly. Elle avait bien de la chance, cette Molly...

Le piano se tut et Gideon s'écarta du petit groupe, apparemment soulagé d'en avoir terminé. Ce qui n'était pas le cas de Molly, de toute évidence.

— Vous vous sentez de taille à essayer, mademoiselle... ?

Il s'interrompit en voyant l'expression de la jeune femme.

— Vous n'allez tout de même pas parier cinq livres ? s'écria-t-il.

— Je m'apprêtais à vous en proposer trois, mais cinq me conviennent tout à fait...

Gideon la dévisagea d'un air songeur.

— Vous ne pouvez pas parier sur *tout*, mademoiselle Masters.

— Pourtant vous, monsieur Cole, vous aimer parier.

Il parut réfléchir.

— Sans doute, oui, admit-il. Après tout, pourquoi pas ? Je parie cinq livres que vous y arriverez à la perfection – j'insiste : à la *perfection* – dès la première fois.

— Et si j'échoue ?

— Nous ajouterons trois livres à votre dette.

Lily lui jeta un regard admiratif. Il avait le sens des affaires ! Mais le jeu en valait la chandelle.

— Entendu, monsieur Cole, déclara-t-elle en allant prendre la place de Gideon dans le quadrille.

Celui-ci adressa un signe à Kilmartin, et l'air joyeux retentit de nouveau.

Lily s'inclina alors qu'elle aurait dû faire une révérence et se cogna la tête contre le crâne chauve de Gregson. Bon sang ! Elle venait de perdre trois livres !

Elle se frotta le front et continua les pas, non sans entendre les rires de Kilmartin et de Gideon. Ils se moquaient d'elle, ces monstres ! Grâce à Dieu, Gregson semblait juste un peu décontenancé et ne fit aucune réflexion. Il avait probablement le crâne beaucoup plus dur qu'elle...

Lily exécuta le reste du quadrille à la perfection. Enfin, presque... À une ou deux reprises, elle inventa ses propres pas, décontenançant davantage le pauvre Gregson. Mais elle se ressaisit vite et retrouva le rythme. Lorsque la danse s'acheva, Gideon leur fit signe de reprendre depuis le début. Kilmartin se pencha de nouveau sur le clavier, pour rejouer l'air que Lily commençait à connaître par cœur. Et le *boum boum boum* recommença.

Sentant le regard de Gideon sur elle, Lily risqua un coup d'œil dans sa direction. Il souriait ! « Tant mieux s'il s'amuse », se dit-elle. Mais elle fut soudain prise d'une envie de l'impressionner, de lui montrer qu'elle savait aussi bien danser ses stupides quadrilles que n'importe qui. Et elle s'efforça donc de tournoyer avec art...

Malheureusement, sa lourde robe s'enroula autour de ses chevilles, la déséquilibrant. Elle heurta Mme Plunkett, qui se cogna contre Molly, qui elle-même s'abattit sur Gregson. Les quatre danseurs semblaient à présent ricocher les uns contre les autres telles des boules de billard.

Cette fois, Kilmartin et Gideon se mirent à rire à gorge déployée. Au grand dam de Lily !

Les danseurs parvinrent à retrouver leur équilibre, en même temps que leur dignité, et au troisième quadrille, Lily avait complètement oublié Gideon Cole. Elle prenait tellement de plaisir à bouger en mesure qu'elle eut un serrement de cœur lorsque Kilmartin plaqua le dernier accord.

C'est alors que Gideon leva la main.

— Merci à vous, Gregson, madame Plunkett et Molly. Nous aurons probablement besoin de vos services une autre fois, mais, pour l'instant, vous pouvez retourner à vos tâches.

Le pauvre Gregson eut du mal à masquer son désarroi, mais Mme Plunkett et Molly, dont les joues étaient rosies par l'exercice, parurent ravies.

Dès qu'ils furent sortis, Gideon se tourna vers Lily.

— Ce n'était pas trop mal pour une première leçon, mademoiselle Masters. Vous n'avez marché que deux fois sur les pieds de Gregson. À propos, était-ce une danse de votre invention, cette façon de heurter les autres danseurs ? Très audacieux, je dois dire.

À en juger par la lueur espiègle dans ses yeux, il la taquinait.

— Non, mais je devrais peut-être songer à inventer une danse, répliqua-t-elle d'un ton léger. Lady Constance Clary en invente-t-elle ?

Gideon hésita un instant avant de lâcher :

— Lorsque lady Constance Clary danse, personne n'en peut détacher les yeux.

Ce n'était pas une réponse, mais une sorte d'ode à une déesse. D'ailleurs Kilmartin ne put s'empêcher de ricaner.

— Dieu merci, mademoiselle Masters, vous aurez d'autres occasions de vous entraîner, poursuivit Gideon, ignorant son ami.

— Oh, *Dieu merci*, répéta-t-elle d'un ton plus acerbe qu'elle ne l'aurait voulu.

Gideon la regarda, et, l'espace d'un instant, elle craignit de l'avoir mis en colère. Il semblait se retenir de dire quelque chose.

— La gratitude, déclara-t-il enfin d'une voix douce, est une qualité très attirante chez une jeune lady.

— Vous devriez faire attention, monsieur Cole, répliqua-t-elle. Vous pourriez surprendre tout le monde et vous montrer amusant, un jour.

Kilmartin éclata de rire, et Lily en retira un vif plaisir.

Gideon, lui, ne riait pas. En fait, quelque chose qui aurait pu passer pour de… l'admiration ? illumina son visage.

— Nous en sommes à dix-huit livres, mademoiselle Masters, dit-il sobrement. Nous nous reverrons au dîner.

— Lily ! Lily ! Lily !

Alice entra en courant dans leur chambre et se jeta dans les bras de sa sœur, qui la serra contre son cœur en riant.

Elles s'étreignaient souvent ainsi, mais aujourd'hui, les sensations éprouvées étaient différentes. La petite robe d'Alice était encore toute chaude de soleil, et elle sentait le grand air et le savon. Une odeur d'enfant propre… À Saint-Giles, elle passait la plus grande partie de son temps dans leur taudis, et les relents âcres de la misère semblaient adhérer à toute sa personne.

Sentant un objet dur s'enfoncer dans sa hanche, Lily écarta sa sœur, et découvrit que celle-ci tenait par le bras une poupée de porcelaine presque chauve.

— Alice, où diable as-tu trouvé ça ? s'exclama-t-elle.

— Oh ! C'est Zèbre, répondit la fillette.

— C'est une poupée, Alice. Pas un zèbre.

— Je sais ! Zèbre, c'est son nom. Comme dans notre grand livre sur les animaux. C'est un joli nom, tu ne trouves pas ? C'est moi qui lui ai donné !

— C'est un très joli nom, en effet, mais d'où tiens-tu cette poupée ?

— C'est M. Cole qui l'a envoyé chercher.

Lily se raidit.

— Il l'a envoyé chercher ? Que veux-tu dire ?

— Mme Plunkett m'a dit qu'il avait envoyé un mot aux voisins pour leur expliquer qu'il y avait une petite fille qui avait besoin d'une poupée, et ils m'ont fait porter Zèbre. Elle est belle, hein ? Je l'ai emmenée faire du jardinage, ce matin. Avec Booone. On s'est presque pas salies.

Boone, Mme Plunkett, M. Cole, le jardin, les paons… Le monde d'Alice s'agrandissait. Son exubérance naturelle, contenue à Saint-Giles en raison des dangers du quartier, s'épanouissait ici en toute liberté.

— Oui, elle est très belle, murmura Lily.

Soudain, elle sentit un poids lui écraser la poitrine. Un souvenir lui revint. Elle était sur une plage, la main dans celle de sa mère. Elle regardait les vagues leur lécher les pieds, et sa mère lui avait expliqué comment la mer avait façonné les falaises.

Aussi longtemps qu'elle serait à Aster Park, elle n'aurait sans doute pas plus de choix que les falaises devant les vagues, suspectait-elle. Gideon Cole allait patiemment faire tomber ses défenses. Et elle s'en voulait ; cela ressemblait trop à de l'espoir. Et l'espoir était une menace pour sa fierté, car en ce qui la concernait, elle ne devait se faire aucune illusion. Elle n'était là que pour aider Gideon à atteindre son objectif, qui était d'épouser la fille d'un marquis.

« Ne te mets jamais de ton plein gré à la merci d'un homme », lui avait répété sa mère.

Mais Lily n'avait jamais songé que son imagination pourrait se révéler sa pire ennemie…

On frappa à la porte.

— Mademoiselle Masters, M. Cole et lord Kilmartin vous attendent pour le dîner, lui annonça la gouvernante. Mlle Alice mangera à la cuisine. Je dois l'emmener.

Désormais, Alice donnait la main à Mme Plunkett aussi spontanément qu'à Lily, et celle-ci s'efforça de combattre son inquiétude. Sa sœur savait que leur séjour ici était temporaire, mais elle craignait qu'elle ne s'accoutume à toutes les merveilles d'Aster Park et ne souffre lorsqu'il leur faudrait partir.

Se reprenant, elle chassa ces sombres idées. Il ne lui manquait que dix-huit livres pour recouvrer la liberté. Après quoi, elle ferait ce qu'elle voudrait de ses journées et de sa vie, certes pleine de dangers, mais parfaitement simple.

— Merci, madame Plunkett, dit-elle.

C'était peut-être une faute de goût, mais elle fit une révérence à la gouvernante. Elle le méritait bien pour supporter M. Cole depuis toutes ces années, décida-t-elle.

— La première chose à savoir, mademoiselle Masters, attaqua Gideon dès que Lily fut assise, c'est que dans la bonne société, il y a de la nourriture en abondance. À peine avez-vous vidé votre assiette qu'on vous la remplit de nouveau si vous le souhaitez. On juge une hôtesse à la qualité de sa table, et la plupart font de leur mieux pour que leurs invités aient doublé de volume à la fin du repas.

L'expression de Lily passa de l'incrédulité à l'émerveillement, puis à la défensive. Elle rougit. Gideon Cole était en train de lui expliquer qu'elle ne devait pas se jeter sur la nourriture comme une mouette sur du poisson !

Percevant son malaise, Gideon fut pris de remords. Personne ne devrait avoir honte de souffrir de la faim.

— Même si, dans certaines circonstances, s'empressa-t-il d'ajouter, il est normal de manger à toute allure, dans la bonne société, c'est considéré comme un loisir. Comme une occasion de converser agréablement avec votre voisin de table. En fait, aussi absurde que cela paraisse, il est de bon ton de ne pas terminer son assiette.

Lily tripota sa serviette en silence tandis que ses joues retrouvaient progressivement leur couleur naturelle.

Kilmartin contemplait son ami avec intérêt.

— Je n'avais jamais envisagé les choses sous cet angle, Gideon, avoua-t-il.

Ce dernier reprit :

— Voyez-vous, mademoiselle Masters, la mode actuelle veut qu'on se serve directement dans les plats posés sur la table, même si, à l'occasion, les domestiques servent les convives, comme ici à Aster Park. Nous ignorons à combien de dîners nous serons invités, mais lady Constance assistera au moins à l'un d'eux, si elle ne le donne pas elle-même. Et vous aurez toutes sortes de mets dans votre assiette.

Lily le regarda soudain droit dans les yeux.

— Ça n'a pas l'air épouvantable, comme épreuve, observa-t-elle avec un sourire malicieux.

Gideon plongea le nez dans son assiette. Les sourires de Lily étaient aussi dangereux que des boulets de canon en ce qui le concernait…

— Peut-être Mlle Masters devrait-elle apprendre à se servir elle-même, suggéra Kilmartin dans le silence embarrassé qui suivit.

Gideon s'éclaircit la voix.

— Bien. Nous allons donc commencer par la viande. Prenez-en une ou deux tranches, mademoiselle Masters, indiqua-t-il. Et sans vous hâter.

Plusieurs plats étaient disposés sur la table et Lily tendit le bras… ou plus exactement, inclina le buste en avant pour attraper la fourchette en argent posée à côté.

Gideon retint un soupir. Décidément, Lily ne savait rien faire lentement… Elle n'était pas dénuée de grâce, mais se mouvait comme un colibri, tout en rapidité et économie de mouvements. Son activité de voleuse à la tire n'y était sans doute pas étrangère.

— Doucement, mademoiselle Masters, lui conseilla-t-il. Et évitez de faire pendre vos manches sur la bougie. Ce n'est pas très bien vu de prendre feu lors d'un dîner.

Elle éclata de rire. C'était le son le plus rafraîchissant, le plus enchanteur, le plus surprenant que Gideon ait jamais entendu. Soudain, il eut envie de la faire rire encore et encore, comme on a envie d'écouter un morceau de musique dont on ne se lasse.

— Vous me rappelez Dodge, mademoiselle Masters, la taquina-t-il.

— Dodge ?

— Un petit homme aux gestes vifs. En fait, c'est le notaire qui me harcèle pour que je m'occupe de ses clients qui n'ont pas le moindre…

Il s'interrompit brusquement. Où avait-il la tête ? Il n'aurait jamais parlé de M. Dodge à Constance. Il imaginait sans peine son regard perplexe. « Pourquoi Gideon m'ennuie-t-il avec ces histoires ? » se demanderait-elle.

Mais Lily, elle, attendait la suite, avec une expression de sincère curiosité.

— À quoi ressemble ce M. Dodge ? s'enquit-elle.

Gideon hésita. C'était fichtrement agréable, cet intérêt qu'elle lui manifestait. Il était sûr qu'elle voyait le monde peuplé de personnages, et M. Dodge en était certainement un. Il ne put résister au désir de le lui décrire.

— Petit, chauve, les yeux d'un bleu extraordinaire. Il ressemble à un pigeon, tout rond, avec des jambes comme des brindilles.

La comparaison arracha un nouvel éclat de rire à Lily. Son regard se fit un peu lointain, comme si elle s'efforçait de se représenter visuellement le petit notaire. Et soudain, vu à travers les yeux de la jeune fille, son univers quotidien apparut à Gideon vivant et pittoresque.

— Et pourquoi est-ce que je vous le rappelle ? s'étonna-t-elle.

— Parce qu'il est vif comme l'éclair, comme vous. Je n'arrive jamais à l'éviter, il parvient toujours à me coincer.

— Ainsi, je suis vive comme l'éclair ? répéta Lily.

— J'irais jusqu'à dire que cela vous caractérise...

Ils échangèrent un sourire.

Presque complice...

Alice ronflait doucement près d'elle, sa poupée serrée dans ses bras.

Lily, elle, ne trouvait pas le sommeil. Elle avait trop mangé, et le profond silence lui semblait insupportable.

Et si elle allumait une bougie pour lire ? La bibliothèque d'Aster Park regorgeait d'ouvrages. Cela lui permettrait de s'évader à défaut de pouvoir courir dans les prés comme elle en avait envie. Ou dans les couloirs... Elle sourit en s'imaginant la tête des domestiques.

Mme Plunkett perdrait-elle enfin son expression imperturbable ?

Elle se glissa hors du lit, enfila sa grande robe de chambre et alluma une bougie. La main devant la flamme pour la protéger des courants d'air, elle sortit sans bruit de la chambre et gagna la bibliothèque. Le marbre froid sous ses pieds nus la fit frissonner.

Elle poussa la porte de la bibliothèque, surprise qu'un feu brûle encore dans la cheminée à une heure aussi tardive. Avait-on oublié de l'éteindre ? Elle hésita sur le seuil, tendit l'oreille. N'entendant aucun bruit, elle fit quelques pas.

C'est alors qu'elle le vit.

Il était nonchalamment assis dans un fauteuil, les jambes allongées devant lui, et était plongé dans la lecture d'un petit livre relié de cuir rouge. Pour être plus à l'aise, il avait déboutonné le col de sa chemise.

Même au repos, il paraissait perpétuellement en alerte. Lily avait envie de lui murmurer des paroles apaisantes, comme avec un animal farouche.

La lueur des flammes sculptait magnifiquement son visage, et elle ne put s'empêcher d'être émerveillée par tant de perfection.

Gideon choisit cet instant pour lever la tête. Il l'aperçut. Et se figea.

Leurs regards s'aimantèrent durant un moment absurdement long, et cependant pas le moins du monde embarrassant. Le visage de Gideon reflétait une perplexité semblable à celle qu'elle-même éprouvait.

Puis, comme s'il s'ébrouait au sortir d'un rêve, Gideon commença à se lever.

— Mademoiselle Masters…

— Restez assis, je vous en prie, monsieur Cole, balbutia-t-elle. Je suis désolée de vous déranger… je vais retourner dans ma…

— Non ! s'écria-t-il. Je veux dire, ne partez pas, mademoiselle Masters. Enfin… ce n'est pas nécessaire.

Lily le regarda d'un air étonné. Cela ne ressemblait pas à Gideon Cole de se troubler ainsi…

Il se rassit et ferma le livre qu'il lisait.

— Il y a très peu de choses de valeur dans cette bibliothèque, mademoiselle Masters, reprit-il. Vous devriez essayer le bureau de mon oncle. Je crois qu'il y a là-bas un petit plateau en or.

— Les livres n'ont donc pas de valeur à vos yeux, monsieur Cole ?

— Certains, si, admit-il en l'enveloppant d'un regard songeur. Vous aimez beaucoup les histoires, n'est-ce pas ? Les lire comme les raconter ?

— En effet.

— Et peut-on savoir pourquoi ?

— Probablement parce que c'est amusant, monsieur Cole.

Gideon la considéra en silence, puis :

— Savez-vous pourquoi je lis des histoires, moi ? fit-il d'un ton doucement ironique, comme si sa réponse l'avait déçu. C'est pour m'évader, pour fuir les sordides difficultés du quotidien. Pour les rendre plus… supportables.

Lily retint une exclamation étouffée et rougit. Se moquait-il d'elle ? Quelles difficultés pouvait-il bien avoir ?

Lorsqu'elle reprit la parole, ce fut d'une voix froide et polie, quoique légèrement chevrotante, ce dont elle se maudit.

— Monsieur Cole, puisque je suis ici, j'aimerais en profiter pour vous parler d'Alice.

— C'est une petite fille délicieuse.

— C'est vrai. Et vous lui avez procuré une poupée.

— Seriez-vous jalouse, mademoiselle Masters ? Vous en voulez une aussi ?

— Très drôle, monsieur Cole. Je vous accorde que c'est gentil de votre part de penser à Alice. Mais elle pourrait s'habituer à de tels luxes, et comme vous le savez, ce n'est pas possible quand on vit à Saint-Giles.

Il la dévisagea de nouveau, l'air énigmatique, et elle éprouva une certaine appréhension. À juste titre, comme le lui prouva sa réponse.

— Le problème vient-il du fait que *vous* ne pouvez pas lui offrir ce genre de choses, mademoiselle Masters ?

Lily sentit l'affolement la gagner. Cet homme était à coup sûr un sacré bon avocat.

— Nous étions heureuses, avant que je vous rencontre, vous et vos satanées trente livres, monsieur Cole ! siffla-t-elle. Nous ne nous en sortions pas si mal.

— Pas si mal, répéta-t-il, cynique. Et que se passera-t-il le jour où vous vous ferez prendre au cours de l'une de vos expéditions quotidiennes, mademoiselle Masters ? Que se serait-il passé si je n'avais pas été là ? Que serait-il arrivé à Alice ? Y avez-vous pensé ?

Ses paroles lui firent l'effet d'un coup de poing dans l'estomac. Mais elle n'eut pas le temps de laisser libre cours à sa colère qu'il la surprit en ajoutant :

— Veuillez m'excuser, mademoiselle Masters.

Il se frotta le front d'un air absent, comme s'il voulait effacer les pensées qui lui avaient traversé l'esprit.

— Je n'aurais pas dû dire cela. Je sais que vous aimez votre sœur, et je devrais même vous féliciter de l'enfant qu'elle est devenue. C'est seulement que… que je voudrais vous faire réfléchir à votre avenir. Tout le monde ne paiera pas trente livres pour vous libérer.

Il n'était nullement condescendant. Et cela rendit Lily d'autant plus furieuse.

— L'avenir, monsieur Cole ? Faites tous les projets que vous voulez, *personne* ne peut vraiment prévoir l'avenir. Pas même vous. En dépit de vos mesures désespérées, de votre plan de carrière et de vos fichues trente livres !

Gideon changea d'expression. Elle avait fait mouche.

Il tapota nerveusement l'accoudoir du fauteuil de ses longs doigts.

— Et de toute façon, ajouta-t-elle, au bord des larmes, qu'est-ce que ça peut vous faire ?

Une bûche, pratiquement dévorée par les flammes, s'écroula dans l'âtre. Soudain, Lily sentit le froid sous ses pieds nus et frotta l'un d'eux contre sa cheville.

Le silence s'étira.

Gideon s'agita dans son fauteuil, inspira à fond.

— Je ne saurais dire pourquoi, mademoiselle Masters, admit-il avec douceur, mais je me sens concerné.

Puis il sourit, à peine, comme s'il se moquait de lui-même, mais cela le rendit infiniment vulnérable. Et Lily en fut si émue qu'elle crut que son cœur allait éclater. Sa colère l'abandonna d'un coup. Il croisa son regard, et elle sentit quelque chose prendre forme entre eux ; c'était comme de se trouver sur le seuil d'une pièce sombre, juste avant que l'œil s'adapte à la pénombre et décèle le contour des choses. Elle n'osait parler, s'avancer dans cette pièce, de crainte de heurter maladroitement un objet.

Il lui semblait qu'elle pourrait se fondre dans ce regard. Y disparaître allégrement.

Gideon se racla la gorge comme s'il prenait les devants avant qu'elle dise quoi que ce soit.

— Quelle sorte de livre cherchiez-vous, mademoiselle Masters ? Peut-être pourrais-je vous aider à le trouver.

Tant de sollicitude la fit rougir.

— Oh !... Vous n'y voyez pas d'inconvénient ? murmura-t-elle.

— C'est une bibliothèque, après tout, répliqua-t-il d'un ton amusé. Aimez-vous les romans ? Ou peut-être…

Il hésita imperceptiblement.

— … la poésie ?

Curieux. À l'entendre, on avait le sentiment qu'il venait de lui faire une suggestion incroyablement lascive.

— Je n'y connais pas grand-chose, avoua-t-elle. Je n'ai lu que Shakespeare.

Il esquissa un sourire et, renversant la tête en arrière, fixa le plafond.

— « Le soleil est un voleur, de sa puissante attraction, il pille le vaste océan… », commença-t-il dans un murmure.

— « … La lune, voleuse effrontée, dérobe au soleil le pâle éclat dont elle se pare… », enchaîna-t-elle.

Elle aurait pu continuer, mais elle préférait entendre la suite de la bouche de Gideon. Elle attendit, mais il se contenta de baisser les yeux sur elle, l'air étonné.

— Vous connaissez ce passage ?

Elle acquiesça.

— Il est très beau, souffla-t-il après un bref silence.

Il paraissait presque timide, nota-t-elle, médusée. Puis, incapable de résister à l'occasion de marquer un point, elle déclara :

— Et il dit bien que tout n'est que *vol*, finalement.

D'abord stupéfait, Gideon se laissa aller à rire. Elle l'imita, ravie. Elle percevait dans ce rire le petit garçon qu'il avait été et regretta qu'il ne s'y adonne pas plus souvent.

Puis leurs yeux se rencontrèrent, et le silence retomba entre eux. Lily ne trouvait absolument plus rien à dire tandis que le regard de Gideon s'attardait sur sa gorge, glissait sur ses cheveux dénoués, sur sa taille fine soulignée par le cordon serré de la robe de chambre. Il suivit la courbe de ses hanches, descendit lentement jusqu'à ses pieds nus.

Elle frissonna violemment, comme s'il avait glissé la main sous son peignoir. Son souffle s'accéléra et une onde de chaleur se répandit dans tout son corps.

Et il ne faisait que la *regarder*.

Elle se sentit perdre pied.

Cet homme l'attirait comme un aimant depuis qu'il lui avait agrippé le poignet dans Bond Street. Et ce n'était pas Nick. Il n'était pas question de l'embrasser, histoire de satisfaire sa curiosité, puis de le repousser et de l'oublier. Si Gideon Cole daignait la toucher, en cet instant, elle savait qu'elle ne lui donnerait ni coup de coude ni coup de genou pour se défendre. Elle lui tomberait dans les bras.

Et se noierait promptement. C'était vraiment terrifiant de découvrir avec quelle facilité la fierté et la raison s'inclinaient devant les désirs du corps.

Gideon la dévisagea, mais son expression demeurait impénétrable. Elle comprenait, à présent : plus son visage était indéchiffrable, plus il réfléchissait.

Dans son petit livre français, il y avait une histoire dans laquelle un homme et une femme faisaient l'amour en se regardant dans un miroir. Elle songea soudain qu'elle aimerait voir le visage de Gideon Cole quand il faisait l'amour… être celle qui le fait « basculer dans la jouissance… »

— Mademoiselle Masters, je pense que vous devriez regagner votre chambre, à présent.

Lui aussi semblait conscient du danger.

Sans un mot, Lily tourna les talons et quitta vivement la bibliothèque.

8

Lorsque Lily finit par s'endormir, elle fut assaillie de rêves étranges. Gideon Cole préparait des potions derrière le comptoir de McBride pendant qu'elle essayait de lui vendre sa propre montre. « Cinq shillings », demandait-elle. Comme il lui souriait, elle s'aperçut qu'il lui manquait une dent. « Un p'tit baiser, mignonne ! » ronronna-t-il. Elle se penchait obligeamment vers lui quand...

— Lily, réveille-toi !

Alice la tirait par le bras et on frappait à la porte. Lily se leva à contrecœur, enfila sa robe de chambre, et alla ouvrir d'un pas chancelant.

Mme Plunkett se tenait sur le seuil. Elle lui tendit le plateau du petit-déjeuner, ainsi qu'une missive, et un mystérieux paquet enveloppé dans du papier. Elle interrogea la gouvernante du regard, mais celle-ci demeura impassible.

Alice partit avec Mme Plunkett en bondissant comme un cabri, et Lily s'assit sur le lit pour lire le message.

L. M. Voici votre emploi du temps pour la journée :
10 heures : Leçon de maintien
11 h 30 : Conversation
13 heures : Pique-nique

Un pique-nique ? se dit Lily, incrédule.

15 heures : Partie de cartes avec lord Lindsey

16 h 30 : Danse
19 heures : Dîner

Oui, mademoiselle Masters, vous m'accompagnerez à un pique-nique. Vous apprendrez aujourd'hui que certaines personnes marchent simplement pour le plaisir.
G.C.

P.S. : Prenez garde, ou le volage Willoughby remplacera l'idéal M. Darcy dans vos rêves.

Le cœur battant, Lily déchira le papier du paquet, et découvrit un livre et… une paire de bas de laine douce.

Le livre s'intitulait *Raison et Sentiments*, et il était écrit par l'auteur qui lui avait fait rencontrer M. Darcy. Lily eut un sourire ravi.

Mais pourquoi les bas ? Soudain, elle comprit. La veille, dans la bibliothèque, il avait dû s'apercevoir qu'elle avait froid aux pieds. Décidément, aucun détail ne lui échappait.

Et tout à coup, elle éprouva un mélange d'allégresse et de délicieuse angoisse. Le livre et les bas auraient tout aussi bien pu être des rubis tant ils lui apparaissaient comme de précieux trésors. Ces deux cadeaux étaient de toute évidence destinés à lui rappeler le moment d'intimité partagé devant la cheminée de la bibliothèque. Se pouvait-il que, pour la première fois de sa vie, on lui fasse la cour ?

Mais dans quel but ?

Lily n'était pas totalement naïve. Elle savait bien que les gentlemen n'emmenaient pas les jeunes filles respectables en pique-nique sans chaperon. Mais peut-être n'hésitaient-ils pas à y inviter des voleuses à la tire ?

Dans ce cas, qu'avaient-ils en tête ? En vérité, et quand bien même sa mère n'aurait pas approuvé, Lily avait hâte de le savoir.

Kilmartin s'étant levé tard, Gideon décida de ne pas l'attendre et de prendre son petit-déjeuner seul. La lumière du soleil inondait la salle à manger, et le silence n'était troublé que par le va-et-vient des domestiques. Il y avait une petite pile de lettres près de son assiette. Reconnaissant l'écriture sur l'une des enveloppes, il l'ouvrit en hâte.

Je dois avouer que j'ai un peu peur, à présent, Gideon, disait la lettre. *Ma vie n'est pas facile. Mais, je t'en prie, ne dis rien à oncle Edward. Je suis sûre que tout s'arrangera.*

Gideon sentit une main glacée lui étreindre le cœur. Avec l'orgueil qui caractérisait la famille Cole, elle concluait en disant, non sans humour : *Et puis, si je te supporte, je peux bien supporter n'importe qui, non ? Avec toute mon affection, Helen.*

Ces derniers mois, ses lettres contenaient quelques allusions que lui seul pouvait comprendre. Il avait eu des soupçons, la dernière fois qu'il était allé lui rendre visite, mais il n'en avait parlé à personne, pas même à Kilmartin.

Mais pas une fois, pas même quand elle était enfant, Helen n'avait admis avoir peur. De quoi que ce soit.

Il est vrai qu'ils avaient été élevés ainsi. L'orgueil interdisait la faiblesse. Mais c'était aussi ce qui avait permis à Helen et à sa mère de garder la tête haute quand elles s'étaient retrouvées dans la misère. Et cela empêchait la sœur et le frère de demander de l'aide à quiconque aujourd'hui.

Gideon sentit un poids lui écraser la poitrine. « Peut-être viendrai-je quand tu auras ta propre maison, Gideon, lui avait dit Helen la dernière fois qu'ils s'étaient vus. Mais je ne crois pas que je puisse affronter oncle Edward. »

Il redressa méticuleusement ses couverts à côté de son assiette, l'appétit envolé. « J'essaye, Helen », se dit-il.

Il lâcha la lettre et regarda sans la voir la table dressée avec élégance. Quelle sorte d'homme était-il s'il ne pouvait protéger ceux qu'il aimait ?

10 heures : Leçon de maintien

— Non, non, non…

Gideon Cole semblait très impatient, ce matin. Il arpentait le joli petit salon bleu tel un tigre en cage.

— Plus petits, vos pas, mademoiselle Masters ! Tenez-vous droite, mais pas exagérément. Et inutile de lever le menton, je vous en *prie*, vous donnez l'impression d'être sur le point de flanquer un coup de poing à quelqu'un !

Lily s'arrêta au milieu de la salle et lui jeta un regard étonné où perçait un début de rancœur. Qu'était-il arrivé à l'homme fascinant qui récitait de la poésie et la déshabillait des yeux dans la bibliothèque ? Où était l'homme qui lui avait envoyé des cadeaux ? Était-il le produit de son imagination ? Rien, dans la conduite de Gideon, ce matin, ne suggérait qu'il attendait des remerciements pour le livre et les bas, ou une allusion à… leur rencontre nocturne. Il était distant, nerveux, exaspérant.

Il ne pensait qu'à lui apprendre à marcher comme une marionnette…

— Et si nous lui mettions un livre sur la tête ? suggéra Kilmartin. Ç'a été très utile pour ma sœur.

— Je sais où j'aimerais le mettre, votre satané livre ! répliqua Lily avec un regard éloquent.

Gideon semblait dépourvu de tout sens de l'humour, aujourd'hui.

— Mademoiselle Masters, voilà exactement le genre de propos que vous ne devrez jamais tenir. Ja-mais ! Dois-je vous rappeler la nature de votre mission, et le montant de votre dette ? Lady Constance Clary est l'élégance personnifiée. Votre attitude ne doit susciter d'autre commentaire qu'élogieux.

Perché sur l'accoudoir du divan, Kilmartin jeta un regard critique à son ami.

— Gideon, tu as l'air d'être d'une humeur… spéciale !

Gideon cessa un instant de faire les cent pas et prit une profonde inspiration avant de vider ses poumons. Cela parut le calmer.

— Pardonnez-moi, dit-il avec raideur, mais sincérité. Je suis préoccupé.

— Par ton travail, et par Constance, observa Kilmartin.

— Naturellement, répliqua Gideon après une pause.

Non, il y avait autre chose, devina Lily, intriguée. Cette façon dont il fronçait les sourcils, l'imperceptible hésitation qu'il avait eue avant de répondre… Quelque chose le tracassait.

— Mademoiselle Masters, continua Gideon sur un ton plus calme, nous ne discutons plus le fait que vous avez reçu une éducation, disons… hum ! une bonne éducation. Mais vous semblez avoir l'habitude d'employer certains mots… et… eh bien, certaines expressions qui indiqueront immédiatement aux gens que vous allez côtoyer que vous n'êtes pas issue de leur milieu. Une jeune femme bien élevée n'emploierait jamais ces mots. Pas même si un boulet de canon lui tombait sur le pied.

— Certaines expressions, monsieur Cole ? répéta Lily, la mine sombre.

Elle leva les yeux au plafond, comme pour réfléchir à la question.

— Est-ce que cela signifie, par exemple, que je ne devrais pas dire : « Monsieur Cole, vous êtes un fils de pute » ? s'enquit-elle en tournant vers lui de grands yeux innocents, comme si elle cherchait son approbation.

Derrière Gideon, le divan craqua sous le poids de Kilmartin qui croisait nerveusement les jambes.

— Ou bien, reprit Lily, nullement troublée par le silence inquiétant de Gideon, je ne devrais pas dire non plus « Monsieur Cole, vous êtes un sal… »

— Mademoiselle Masters ? l'interrompit-il d'un ton poli.

— Oui, monsieur Cole ?
— En avez-vous terminé ?
— Ma foi, je crois que oui, soupira-t-elle.
Il souriait à demi, à présent. Lily se rendit compte alors que c'était là le but qu'elle avait cherché à atteindre : le faire sourire pour adoucir son expression tendue.
— Ne reste pas bouche bée, Lawrence ! ordonna Gideon. Voyez ce que vous avez fait, mademoiselle Masters ! Lord Kilmartin est tellement choqué qu'il n'arrive plus à parler.
— Ces mots-là sont très utiles à Saint-Giles, murmura-t-elle.
— Vous ne devez jamais, jamais, mentionner…
— … Saint-Giles. D'accord, d'accord, *d'accord* ! Et que fait-on quand on reçoit un boulet de canon sur le pied ?
— On crie ? hasarda Kilmartin des profondeurs du divan. Oui, crier suffit.
Une lueur amusée brillait dans les yeux de Gideon.
— Si jamais vous êtes tentée de dire « bon sang », mademoiselle Masters, puis-je vous suggérer de remplacer cette expression par « juste ciel » ?
— C'est beaucoup moins frappant, je vous l'accorde, reconnut Kilmartin. Mais c'est ce qu'on attend d'une jeune fille.
À son corps défendant, Lily commençait à éprouver de la compassion pour les jeunes filles de la haute société. Peut-être devrait-elle songer à lancer la mode des gros mots dans les salons…

11 h 30 : Conversation

L'analyse de l'expression « bon sang » mena tout naturellement à la leçon de conversation. Le trio resta dans le salon bleu, où Mme Plunkett servit le thé. Kilmartin protesta pour la forme lorsque Gideon le pria de jouer une fois de plus le rôle de lady Constance, mais Lily le soupçonnait d'apprécier de tourner la jeune femme en dérision.

Gideon, quant à lui, tiendrait le rôle de lady Anne Clapham. Quoique, se dit Lily en s'asseyant près de lord Kilmartin, lady Anne ne devait certainement pas aller et venir à grands pas comme Gideon.

Lily se tenait droite (mais sans raideur) et son expression était ouverte (mais sans curiosité). Elle se tourna vers lord Kilmartin, se préparant à être déconcertée une fois de plus par les us et coutumes de la haute société.

— Mademoiselle Masters, j'aimerais savoir, commença lord Kilmartin d'une voix haut perchée. Que pensez-vous de lady Clapham ?

Lily jeta un coup d'œil à Gideon, alias lady Anne Clapham.

— C'est une sal…

— Mademoiselle Masters ! coupa Gideon d'un ton vif.

Lily se mordit la lèvre inférieure pour ne pas sourire et reprit :

— C'est une brave fille.

Gideon leva la main en soupirant.

— Mademoiselle Masters, lorsque quelqu'un comme lady Clary vous pose une question pareille, le mot à employer en réponse est « agréable ». Avec ce mot-là, vous ne risquez rien. Il est tout à fait respectable. Car si lady Clary vous interroge ainsi, c'est parce qu'elle cherche à vous soutirer des ragots ou espère vous amener à faire un commentaire épouvantable qu'elle se hâtera de répéter, vous calomniant vous en même temps que lady Clapham.

— Mais c'est affreux ! s'exclama Lily, atterrée.

— C'est la bonne société, répliquèrent Gideon et Kilmartin en chœur.

— Et si je n'aime pas lady Clapham ?

— Vous aimerez tout le monde, mademoiselle Masters. C'est pour cette raison, du reste, que tout le monde vous trouvera également « agréable ».

Lily, quant à elle, était de plus en plus convaincue qu'elle n'allait pas aimer Constance Clary.

— En outre, ajouta Kilmartin d'un ton assez hautain, *tout le monde* aime lady Anne Clapham.

— Oui, oui, Lawrence, acquiesça Gideon d'un ton apaisant. Tout le monde l'adore.

Lily était incrédule.

— Mais, personne ne dit jamais ce qu'il pense ?

— Ce sont les mœurs de la bonne société, mademoiselle Masters, expliqua Kilmartin avec patience. Imaginez le chaos si les gens disaient vraiment le fond de leurs pensées.

— Mais peut-être qu'en s'y prenant d'une certaine façon...

— Mademoiselle Masters, intervint Gideon, vous pouvez dire ce que vous pensez, mais jamais *tout* ce que vous pensez. Par exemple, vous pouvez dire : « Je trouve qu'*Orgueil et Préjugés* est un excellent roman. » Mais jamais : « Je rêve toutes les nuits de M. Darcy et brûle de rencontrer un homme comme lui. »

Kilmartin se tourna vers Gideon, mi-incrédule, mi-amusé.

Lily sentit ses joues s'empourprer. Gideon ne croyait pas si bien dire !

— Je ne rêve pas toutes les nuits de M. Darcy, protesta-t-elle.

Mais le sourire moqueur de Gideon lui confirma qu'il ne la croyait pas.

— Vous saisissez la différence entre ces commentaires, mademoiselle Masters ? s'enquit-il.

Elle soupira, et ses épaules se voûtèrent légèrement.

— Je crois, oui.

— Et si jamais vous ne savez pas quoi dire, contentez-vous d'afficher une expression énigmatique. Votre interlocutrice sera tellement déconcertée qu'elle changera immédiatement de sujet.

— C'est ce que tu fais, Gideon ? lança Kilmartin, goguenard.

— Ça fonctionne, répliqua Gideon. Pouvez-vous afficher une expression énigmatique, mademoiselle Masters ?

Lily s'en révéla capable, mais cela ne lui était guère naturel. Elle était même obligée de penser à quelque chose de tout à fait différent. À des côtelettes d'agneau, par exemple. Ou aux paons dans le parc. Ou à des yeux sombres et veloutés.

Finalement, songea-t-elle, le regard indéchiffrable de Gideon était peut-être sa façon à lui de supporter la haute société. Mais quelle épouvantable façon de vivre ! Ne jamais dire ce qu'on pensait, changer de masque selon les circonstances…

Kilmartin se leva et tira sa montre de son gilet.

— Gideon, mademoiselle Masters, j'apprécie follement cette leçon, mais je dois filer à Londres. Je suis censé persuader ma tante Hester de nous accueillir sous son toit, et d'être votre chaperon, mademoiselle Masters. Et croyez-moi, ce ne sera pas une tâche facile.

— Ta tante Hester ? N'est-elle pas comtesse… quelque chose ? s'enquit Gideon.

— Comtesse douairière Avery. Elle approche les cent ans et elle est de surcroît dotée d'un affreux caractère. Cela te donne une idée de mon dévouement à ton égard.

— Et je t'en remercie, Lawrence, fit Gideon. Mais admets que, sans moi, ta vie serait bien terne.

Kilmartin le gratifia d'un sourire ironique.

— Impossible d'imaginer la vie sans toi, mon vieux ! À demain, donc, à moins qu'il ne m'arrive quelque chose de fâcheux. Un coup de canne, par exemple !

13 heures : Pique-nique

Ils étaient convenus de se retrouver près de la fontaine, mais Lily arborait en arrivant une expression si méfiante que Gideon faillit éclater de rire. Il ne pouvait cependant l'en blâmer vu qu'il s'était montré de méchante humeur toute la matinée.

— Mademoiselle Masters, nous allons à un pique-nique, pas en prison. D'ordinaire, c'est considéré comme une activité plaisante.

Lily lui adressa un regard hautain.

— Très amusant, monsieur Cole. Il me semble que tout ce que vous faites est « considéré » comme, jamais naturel.

Gideon ne trouva rien à répondre tant sa remarque était juste. En fait, tout ce qu'il faisait ces derniers temps – danser, dîner, parler – n'était guidé que par le devoir et l'ambition.

Et pourtant n'avait-il pas affirmé avec condescendance que « certains marchaient simplement pour le plaisir », comme s'il était expert en la matière ? « Est-ce votre cas, monsieur Cole ? » avait-elle répliqué.

S'il était honnête, il devait reconnaître que même sa promenade en compagnie de Constance, ici même, à Aster Park, ne lui avait procuré aucun plaisir. Il avait attendu son jugement comme il attendait le verdict des jurés. Avec le même sentiment d'anticipation et de gravité. En fait, il devait remonter une décennie en arrière pour se rappeler une promenade agréable.

C'était la première fois qu'il avait visité Aster Park, seul.

Il avait eu le sentiment de pénétrer dans le jardin d'Éden sans y être autorisé…

Il n'avait cependant pas perdu complètement le goût des choses simples. Ce pique-nique lui était apparu comme allant de soi, car il savait que Kilmartin ne serait pas là aujourd'hui. Et comme tout jeune homme normalement constitué, après avoir eu la chance de se retrouver seul dans une pièce plongée dans la pénombre avec une jeune fille fort attirante, il n'avait songé qu'à la revoir en tête à tête.

Dès que Lily avait tourné les talons, la veille, il avait cherché fiévreusement une plume et du papier pour revoir son programme de la journée. Bon sang, il lui avait même envoyé des cadeaux ! Heureusement, Mme Plunkett était la discrétion même. Elle n'avait même pas sourcillé quand, à l'aube, il lui avait demandé de dénicher une paire de bas.

Mais ce matin, à la dernière minute, son sens de l'honneur avait protesté. Il s'était senti confus comme après une nuit d'ivresse. Pas assez, cependant, pour annuler le pique-nique. Il avait juste demandé à Mme Plunkett d'envoyer Alice.

— Alice va se joindre à nous, annonça-t-il à Lily.

— Elle en sera ravie, assura-t-elle, tandis que son visage s'assombrissait imperceptiblement.

Était-elle déçue ? Gideon en éprouva un irrépressible, et très masculin, sentiment de triomphe.

Alice arriva sur ces entrefaites, bondissant gaiement, un bâton noueux à la main. Lily lui entoura les épaules du bras.

— Où as-tu trouvé ce bâton, Alice ? s'enquit-elle.

— C'est un mousquet ! expliqua la fillette. Pour nous protéger des ours.

— Dans ce cas, je me sens tout à fait en sécurité, dit Gideon d'un air sérieux.

Alice lui jeta un regard plein de pitié.

— Ce n'est pas un mousquet en vrai, monsieur Cole. C'est un bâton ! Je fais semblant.

Gideon et Lily échangèrent un regard amusé.

— Oh, vous avez raison, mademoiselle Alice ! Je me suis trompé. J'ai peut-être besoin de lunettes.

— McBride en porte, déclara Alice.

— Et qui est McBride ?

Gideon songea soudain que la fillette pouvait se révéler une excellente source d'informations sur Lily.

— Nous avons un délicieux déjeuner dans notre panier, Alice, coupa Lily. Je crois même qu'il y a des gâteaux.

— Je sais, répliqua sa sœur, c'est moi qui ai aidé la cuisinière à les confectionner.

— Ce ne serait pas plutôt à les engloutir ? plaisanta Gideon.

Alice pouffa, et Gideon l'imita. Il n'y avait rien de plus rafraîchissant qu'un rire d'enfant.

Il glissa un coup d'œil à Lily, qui détourna vivement les yeux. Pas assez vite cependant, si bien qu'il eut le temps de percevoir un mélange de chaleur et de méfiance dans son regard.

— Prêtes ? lança-t-il. Nous pique-niquerons au bout du parc, le temps de faire une promenade. Pour le *plaisir*, mademoiselle Masters.

— Comme c'est l'usage dans la haute société, répliqua Lily sur un ton de défi. Dois-je considérer cela comme une leçon ?

— Quoi d'autre ? répondit-il d'un ton léger.

Sur ce, il ramassa le panier et se mit en route.

Ils traversèrent la pelouse dans un silence étrangement complice. Alice courait devant, fouettant les fougères de son bâton, quand elle ne prétendait pas tirer sur un ours, ou qu'elle ne soufflait pas sur des fleurs de pissenlit. Le ciel était d'un bleu éclatant, sans le moindre nuage, et ils auraient presque pu se croire seuls au monde.

Gideon s'attendait que Lily ouvre de grands yeux sur les splendeurs qui l'entouraient, or, elle regardait droit devant elle, tel un acrobate sur une corde raide.

Dessiné par un célèbre paysagiste, Aster Park offrait un savant mélange d'ordre et de désordre, l'illusion d'une nature livrée à elle-même étant censée mettre en valeur la beauté des espaces où la main de l'homme se faisait sentir – et vice versa. Des sentiers pavés circulaient entre des massifs de fleurs sauvages et des bosquets de vieux arbres : hêtres, chênes, érables, châtaigniers. D'humbles fleurs s'épanouissaient un peu partout, entre de vastes étendues de pelouses semblables à des étangs de verdure.

Autrefois, Gideon connaissait chaque recoin du parc. Il y avait erré des heures durant, découvrant ici, une pierre ayant la forme d'un chat endormi, là, un vieux chêne qui ressemblait à un monstre de légende, plus loin, un petit ruisseau à l'écart près duquel virevoltaient des libellules et des colibris. La vie de la ferme le fascinait aussi : les moutons qui ressemblaient à des petits nuages tombés sur l'herbe tendre, les grands potagers, et les vergers qui fournissaient légumes et fruits à une partie de la ville voisine. S'il n'avait brigué le poste de ministre des Finances, il aurait certainement été heureux d'être un simple gentleman-farmer.

Dire que Constance avait qualifié ces arbres majestueux de gros bosquets désordonnés ! En achetant la liberté d'une voleuse, Gideon n'avait plus à présent qu'Aster Park à lui offrir. Ou plutôt la *promesse* d'Aster Park !

Ainsi que sa charmante personne.

— Comment trouvez-vous ma démarche, monsieur Cole ? demanda Lily d'un ton ironique, l'arrachant à ses pensées.

— Elle s'améliore, mademoiselle Masters, répondit-il après lui avoir jeté un bref coup d'œil. Sans doute parce que c'est difficile, j'imagine, de filer comme une flèche avec une jupe aussi longue.

— Oh, je devrais y arriver, déclara Lily.

Puis elle ralentit l'allure.

— En fait, reprit-elle avant de s'arrêter tout à fait, je vous parie dix livres, monsieur Cole.

— Je vous demande pardon ?

— Dix livres que j'atteins avant vous ce bosquet de hêtres là-bas, à cinquante mètres.

Elle le fixa, les sourcils arqués, attendant sa réponse.

Gideon la contempla avec incrédulité.

— Vous voulez faire une *course à pied* ? Ne soyez pas ridicule, mademoiselle Masters, les dames ne…

— Vous avez peur de perdre ? coupa-t-elle, suave. Oh, je sais à quel point vous détesteriez cela !

Elle secoua la tête et se remit en marche d'un pas vif.

Gideon resta cloué sur place, les yeux rivés sur le bosquet de hêtres. Et l'extravagance, qui était en lui depuis toujours, mais qu'il réprimait depuis si longtemps, revint au grand jour.

Il n'y avait personne pour le voir, après tout…

Lily continuait d'avancer, les mains croisées derrière le dos. Gideon la rattrapa en trois longues enjambées.

— C'est précisément pour cela que je ne perdrai pas, mademoiselle Masters ! déclara-t-il.

Elle s'arrêta de nouveau et ils se mesurèrent du regard en silence.

— Donc vous pariez dix livres, monsieur Cole ?

— Dix ? C'est du vol. Cinq.

— Neuf.

— Huit, c'est ma dernière offre.

Il y eut un autre silence. À quelques mètres de là, Alice lança son bâton dans les airs comme un javelot, puis trottina pour aller le ramasser.

Lentement, comme s'il se demandait s'il rêvait, Gideon posa le panier sur le sol.

— Je vais compter jusqu'à trois, annonça-t-il.

Lily pinça les lèvres, l'air déterminé, se débarrassa de ses souliers et empoigna sa jupe à deux mains tandis que Gideon ôtait sa veste. Il la plia soigneusement avant de la poser sur le sol.

— Un… Deux… Trois !

Ils s'élancèrent.

L'air s'engouffra dans les poumons de Gideon, et en quelques secondes, ses préoccupations s'envolèrent. Ce qu'il ressentait était extraordinaire. Il n'était plus qu'une créature qui courait pour la simple joie de courir.

Et aussi celle de gagner.

Le bosquet de hêtres se rapprochait, et il jubila. C'était sans doute indigne de lui, mais il savait qu'il allait gagner cette course. Il risqua un coup d'œil du côté de Lily.

Quoi ?

Elle était *devant* lui !

Seigneur, mais cette fille filait plus vite que le vent ! Son ruban s'était dénoué et se tortillait dans les airs, tandis que ses cheveux volaient derrière elle telle la queue d'une comète dorée.

Pas question de laisser une *fille* le battre à la course. Il agrandit sa foulée, gagnant du terrain. Hélas, il manquait d'entraînement et elle était née pour courir ! Il tenta une dernière fois de gagner de la vitesse, mais déjà Lily atteignait les arbres. Elle en toucha un, puis se pencha en avant pour reprendre son souffle tout en éclatant d'un rire ravi.

Puis elle eut l'audace de taper tranquillement du pied jusqu'à ce qu'il arrive à sa hauteur. Pour ajouter l'insulte à la blessure d'orgueil, Alice était déjà là, elle aussi, et sautillait sur place en applaudissant.

— Bravo, Lily ! cria-t-elle.

Elle exultait tandis que Gideon haletait.

— Lily court très vite, ajouta la fillette en se penchant pour regarder le visage écarlate de Gideon, qui était plié en deux.

— Et j'ai beaucoup plus d'entraînement, admit Lily, magnanime.

Gideon haletait toujours, penché en avant, et il lui fallut un temps infini avant de réussir à articuler :

— Bonne… réponse… mademoiselle Masters…

Il avait envie de s'affaler sur l'herbe, mais plutôt se tirer une balle que de montrer à Lily à quel point il était épuisé.

— Très fair-play, ajouta-t-il.

— À quel montant s'élève ma dette, à présent, monsieur Cole ? Ne répondez pas avant d'avoir retrouvé votre souffle.

Il tenta de rire, mais ne réussit qu'à croasser. Lily, elle, avait les joues en feu, le front luisant de sueur, et ses cheveux étaient emmêlés. Mais son sourire était radieux. Elle appréciait sa victoire, mais ne se montrait pas triomphante à l'excès, Dieu merci.

Lorsque Gideon parvint enfin à retrouver l'usage normal de ses poumons, il se redressa.

— Je ferai mieux d'aller chercher le panier, dit-il d'un air digne.

Comme il rebroussait chemin en boitillant légèrement, il aperçut le ruban de Lily dans l'herbe. Il le ramassa et fut tenté de le glisser dans sa poche, en souvenir. Il récupéra le panier, sa veste, ainsi que les souliers de la jeune fille.

— Ce sont les bottes, expliqua-t-il en rejoignant les deux sœurs. Ça me ralentit.

— Oui, bien sûr, acquiesça Lily. C'est sûrement pour cela que vous avez… *perdu* ! ajouta-t-elle avec un sourire railleur.

Son sourire était si contagieux qu'il sourit à son tour. Puis, comme il retrouvait ses esprits en même temps que son souffle, il commença à se sentir idiot. S'il était impossible d'imaginer Constance rouge et en sueur, il savait déjà quelle expression elle afficherait à la vue du très raffiné Gideon Cole plié en deux, le souffle coupé, après avoir fait une course avec une *fille* !

Il avait dû s'assombrir, car la lueur dans les yeux de Lily s'éteignit.

— J'ai trouvé votre ruban, dit-il en le lui tendant.

Elle s'en empara, joua un instant avec, le visage baissé, puis elle se rattacha les cheveux. Elle n'avait pas pour autant l'air d'une dame. Mais n'en était pas moins ravissante.

Il lui tendit ses souliers. Elle les laissa choir sur le sol et y glissa les pieds.

— Eh bien, monsieur Cole, que faisons-nous, à présent ? demanda-t-elle d'un ton neutre.

— On mange ! s'exclama Alice.

Cela ressemblait plus à un ordre qu'à une suggestion.

— Excellente idée, Alice. Étendons la nappe ! déclara Gideon en ouvrant le panier.

Il en sortit une pièce de tissu qu'il déplia dans un grand geste. Un pan tomba sur la tête d'Alice. Ravie, elle feignit de se débattre pour se dégager, riant à gorge déployée. Gideon ne put s'empêcher de rire à son tour.

Lily les aida à étaler la nappe sur l'herbe. Elle aussi souriait. Une fois tout le monde installé confortablement, Gideon entreprit de vider le panier.

— Voyons, qu'avons-nous là ? Dieu du ciel ! Du *poulet froid* !

— Hourrah ! s'exclama Alice en applaudissant.

— Et ensuite, nous avons… ça alors ! Des gâteaux au carvi et au citron !

Lily et Alice éclatèrent de rire devant la mine exagérément réjouie de Gideon.

— Ce n'est pas fini, poursuivit-il. Oui, mesdames… c'est incroyable, mais nous avons du… *fromage* !

Il n'aurait su dire pourquoi il plaisantait ainsi. Cela semblait sortir tout naturellement de lui, libéré par la course, peut-être. Jamais de sa vie, en tout cas, il n'avait eu à ce point envie de faire rire des jeunes filles.

Il aligna les sandwichs, les gâteaux et le fromage sur la nappe, et les deux sœurs se jetèrent dessus telles des sauterelles sur une récolte. Il aurait dû faire des remontrances à Lily. « Mademoiselle Masters, n'utilisez jamais vos deux mains pour manger. » La phrase se forma dans son esprit, mais ne franchit pas ses lèvres.

Plus tard, peut-être.

Il roula les manches de sa chemise. Le soleil caressa ses bras nus et se répandit en lui, l'emplissant d'une langueur indéfinissable. « Voilà précisément pourquoi je dois éviter les sorties en plein air, songea-t-il. Elles rendent indolent. »

Des abeilles bourdonnèrent un instant autour d'eux, puis s'en allèrent, remplacées par un papillon qui finit par se poser sur la nappe. Les deux sœurs laissèrent échapper des exclamations admiratives.

— C'est à ça que ressemble le paradis, décréta Alice en désignant d'un geste ample le parc et le manoir au loin. C'est Lily qui l'a dit, ajouta-t-elle. Et que maman habitait dans une maison comme celle-là, avec papa.

Gideon se tourna vers Lily.

— Ainsi donc, mademoiselle Masters, c'est à cela que ressemble le paradis ?

Elle prit une profonde inspiration, comme pour rassembler son courage, et son regard balaya lentement le paysage environnant.

Elle semblait émerveillée, et Gideon eut l'impression de revoir Aster Park pour la première fois de sa vie.

— Il y en a tellement de sortes… murmura-t-elle, comme pour elle-même.

— De sortes ? répéta-t-il, déconcerté.

— De verts. Je n'aurais jamais cru…

Elle s'interrompit, perdue dans ses pensées.

— Lequel préférez-vous ? se surprit-il à demander.

Elle n'hésita pas une seconde.

— Celui-ci, répondit-elle en désignant une feuille de l'arbre qui les abritait, encore lovée sur elle-même comme un bourgeon. Elle est tellement délicate… Presque transparente. On a peur pour elle tant elle est fragile.

Les paroles de Lily résonnèrent étrangement en lui. *On a peur pour elle tant elle est fragile.*

— Avez-vous un vert préféré, monsieur Cole ?

— Eh bien… oui, confessa-t-il, car jamais il ne l'avait avoué à personne. Celui de ce chêne, là-bas. Les feuilles sont à maturité et pourtant, quand le soleil brille à travers…

— … elles ont l'air toute neuves, acheva Lily avec un demi-sourire.

— C'est lorsque le soleil est sur le point de se coucher que je préfère leur couleur, poursuivit-il avec précaution, comme s'il s'aventurait sur un terrain inconnu et potentiellement dangereux.

— Oh, oui ! La lumière est vraiment particulière, à cette heure de la journée, reconnut Lily. Tout ce qu'elle touche apparaît doré. C'est comme si la terre entière s'autorisait à être belle. Y compris à Saint-Giles.

Gideon la dévisagea avec étonnement. Il avait presque le vertige, comme s'il venait de respirer une bouffée d'air pur après des années d'enfermement. Soudain, il eut envie de lui montrer la pierre en forme de chat, le vieux chêne, le ruisseau secret et le troupeau de moutons, juste pour entendre ses commentaires, et voir son regard s'illuminer.

— Mais, Lily, c'est vrai que c'est comme ça au paradis, non ? insista Alice.

— Bien sûr, voyons, confirma Lily avec assurance.

Lassée de la compagnie des adultes, Alice décida d'aller faire un tour près du lac. Gideon et Lily se retrouvèrent donc seuls au milieu des miettes et des serviettes froissées. Le soleil perçait la voûte des feuillages, déposant des petits arcs-en-ciel sur les cheveux de Lily, et Gideon sentit ses pensées dériver dans une direction bien peu innocente.

« Sur sa joue pâle l'éclat du feu, chevelure étincelante... »

La veille, tandis qu'il la détaillait dans la bibliothèque, il avait rêvé de tendre la main pour dénouer le lien qui fermait sa robe de chambre. Très lentement, afin de retarder le choc voluptueux qui, il le savait, accompagnerait la découverte de son corps dénudé...

Sa rêverie fut interrompue par un chatouillement. Baissant les yeux, il vit un minuscule insecte ramper sur son avant-bras. Lily se pencha et lui effleura la peau du doigt, à peine, et pourtant, il ressentit une brûlure pareille à celle d'un tison. Il retint son souffle, les sens soudain en feu. Que diable...

Il se rendit alors compte qu'elle venait sauver l'insecte en lui offrant son ongle. Elle le déposa sur l'herbe avec un petit sourire de satisfaction, puis leva les yeux vers Gideon.

— Il n'arrivait pas à descendre, expliqua-t-elle.

Leurs regards s'aimantèrent, et Gideon fut incapable de prononcer la moindre parole. Ce fut Lily qui détourna les yeux la première, l'air troublé. Se sentant un peu ridicule, il s'efforça de recouvrer ses esprits. Alice l'y aida sans le savoir.

— Lily ! Monsieur Cole ! Regardez !

Elle avait pêché avec son bâton quelque chose qui ressemblait à une vieille racine.

— N'y touche pas, Alice ! s'écrièrent Gideon et Lily d'une seule voix.

Ils se regardèrent, puis se détournèrent aussitôt, déconcertés. Alice lança au loin sa pêche miraculeuse et recommença à fouiller la vase.

— Depuis quand vous occupez-vous seule de votre sœur ? demanda Gideon. Qu'est-il arrivé à vos parents ?

Lily le dévisagea, comme si elle essayait de comprendre pourquoi il lui posait cette question. À moins qu'elle ne cherchât une raison pour ne pas lui répondre.

— Je pourrais vous raconter n'importe quoi, et vous ne sauriez jamais si c'est vrai.

— Mais vous ne le ferez pas.

Lily hésita, puis haussa les épaules.

— Maman était la fille d'un vicaire. Il était veuf et, à sa mort, il lui a laissé très peu d'argent. Papa était… eh bien, il était beaucoup de choses. Je crois même qu'il a été soldat, à une époque. Mais c'était surtout un joueur invétéré, qui en outre aimait boire, conclut-elle avec un sourire amer.

— Que sont-ils devenus ?

— Ils sont décédés. Maman nous a quittées il y a trois ans. Papa l'avait précédée quelques années plus tôt.

Une lueur de tristesse passa dans son regard, telle la flamme d'un feu mourant qu'on tente de ranimer.

Cela faisait donc trois ans qu'elle seule veillait sur sa sœur… et qu'elle risquait chaque jour sa vie dans les rues de Londres. Il ne put s'empêcher de se demander comment Constance se serait débrouillée si elle s'était retrouvée livrée à elle-même dans Saint-Giles…

— Mes parents sont morts quand j'avais dix-sept ans, dit-il malgré lui.

Il n'en avait jamais parlé à personne. En partie parce que les mots lui semblaient impuissants à exprimer son chagrin, et en partie parce qu'il répugnait à évoquer ce souvenir, même avec Helen. Mais pour une raison qui lui échappait, il voulait que Lily sache qu'il comprenait sa douleur.

— Ils étaient en mer, et il y a eu une tempête. Leur bateau n'a pas résisté. J'étais à Oxford, à l'époque. Ensuite, je me suis occupée de ma sœur et... mon père aussi aimait les tables de jeu, ajouta-t-il.

Bizarrement, son père et sa façon de considérer la vie comme une suite de merveilleuses surprises lui manquaient.

Lily leva les yeux sur lui, et il lut dans son regard une profonde sympathie, sans une once pitié. Et cela le réconforta plus que de grandes phrases. Ils demeurèrent silencieux un long moment, se contentant de regarder Alice qui s'était agenouillée au bord du lac et trempait les mains dans l'eau.

— Vous reste-t-il de la famille, mademoiselle Masters ? demanda-t-il d'une voix douce.

— Pas que je sache. Et, de toute façon, je ne saurais par où commencer à chercher.

— Mais cela a dû être difficile de vous occuper seule d'Alice pendant si longtemps. Vous n'aimeriez pas que quelqu'un s'occupe de vous à votre tour ?

— Par « quelqu'un » vous voulez dire « un homme », monsieur Cole ?

Il ne répondit pas, car c'était exactement ce qu'il avait voulu dire.

— Les hommes, fit-elle d'un ton railleur en nouant les bras autour de ses genoux.

Sa robe trop grande bâillait un peu au corsage ; Gideon s'obligea à détourner les yeux. Ce serait intéressant de voir Mlle Masters dans sa nouvelle garde-robe...

— La plupart des hommes parviennent à peine à s'occuper d'eux-mêmes, si j'en crois ce que dit Fanny de ceux qui montent chez elle. Et papa ne faisait pas exception. Jamais je ne me mettrai à la merci d'un homme, je préfère me débrouiller seule. Au moins, je suis libre.

— Mais chargée d'une telle responsabilité.

Lily fronça les sourcils, déconcertée.

— Je ne vois pas les choses ainsi. C'est la vie, voilà tout.

Voilà tout.

Gideon tourna les yeux vers la belle demeure qui se dressait au loin. Un jour, si tout se déroulait selon ses plans, elle leur appartiendrait, à Constance et à lui. Mais jamais Constance ne s'élancerait en courant à travers le parc. Les seules activités physiques qu'elle pratiquait, c'étaient le tir à l'arc, l'équitation, ou encore la danse, qui exigeaient de la grâce et un certain sens des convenances. Il en arrivait à se demander si elle avait jamais transpiré de sa vie. Elle était aristocrate jusqu'à la moelle. Et c'était pour cela qu'il la tenait en si haute estime.

N'est-ce pas ?

— Puisque nous en sommes aux questions, monsieur Cole…

— Oui, mademoiselle Masters ?

— Pourquoi tenez-vous tant à suivre les règles de ce petit livre de politesse alors que cela n'a rien à voir avec ce que vous êtes vraiment ?

Il tourna vivement la tête vers elle. Lily arborait un petit sourire à la fois espiègle et compatissant.

Il pouvait certes ignorer la question, ou s'en moquer, mais il était trop fair-play pour agir ainsi.

— Ces règles ont une raison d'être, mademoiselle Masters. Et si votre mère était une dame, elle le savait sans aucun doute. Il y a un certain… confort à partager les mêmes usages et les mêmes mœurs que les gens du cercle social dans lequel on évolue. C'est rassurant de savoir comment se comporter, ce qu'on attend de vous lorsque…

— Lorsque l'on veut épouser la fille d'un marquis ? termina Lily sans masquer son ironie.

Gideon ne répondit pas. Il regarda au loin, conscient d'être oppressé, soudain.

— Mademoiselle Masters, dit-il enfin, mon père a perdu au jeu tout ce que possédait notre famille, et j'ai travaillé très dur pour accéder à la position qui est la mienne aujourd'hui. Tout le monde devrait aspirer à faire un excellent mariage.

Lily hocha la tête d'un air songeur, comme si elle lui accordait ce point.

— Certes, murmura-t-elle, mais ces règles me font l'effet d'un… d'un papier peint destiné à dissimuler votre véritable personnalité. Tout le monde est votre ami, et cependant, tout le monde reste un étranger. En outre, ces règles ne tiennent pas compte des caprices du destin.

« Comme de payer trente livres pour une voleuse » ? songea Gideon.

— Elles offrent une base civilisée à l'amitié, mademoiselle Masters. Et elles rendent apte à tolérer les caprices du destin.

Lily l'étudia avec attention.

— Vraiment ? fit-elle, railleuse.

Il ne se rappelait pas avoir eu une conversation pareille avec quiconque, encore moins une femme. Il n'avait guère l'habitude de sonder son âme, et il en ressentait des espèces de « picotements » comme lorsqu'on agite un membre engourdi.

— Hola ! Rendez-vous ! hurla Alice.

Elle brandissait son bâton en direction d'un arbre infortuné qui devait être à ses yeux un soldat ennemi. Lily la regarda, et diverses émotions se succédèrent sur son visage : inquiétude, affection, agacement. Des réactions qui étaient plus celles d'une mère que d'une sœur. Et Gideon soupçonna que c'était déjà ainsi du vivant de leurs parents.

— Où se trouve votre sœur, à présent, monsieur Cole ?

— Dans le Yorkshire, répondit-il d'un ton bref.

Alice continuait à crier des ordres. Aussitôt après, elle se mit à fouetter des branchages avec une vigueur toute guerrière.

— Nous ne sommes pas très différents, finalement, monsieur Cole, observa Lily. Nous avons tous deux perdu des êtres chers, nous avons des responsabilités, et une sœur !

En proie à une agitation grandissante, Gideon se leva abruptement.

— Vous avez rendez-vous avec mon oncle, mademoiselle Masters. Je vous en prie, marchez comme une dame plutôt que comme une voleuse tandis que nous regagnerons la maison. Et s'il n'y a qu'une chose à retenir aujourd'hui, c'est qu'une *dame* n'inviterait jamais personne à faire la course.

Elle croisa son regard, le soutint, et déclara calmement :

— En ce qui me concerne, monsieur Cole, je doute qu'un gentleman accepterait ce genre d'invitation.

Gideon prit sa remarque de plein fouet.

Elle se leva à son tour, ignora la main qu'il lui tendait et s'éloigna pour aller chercher sa sœur.

— Dix livres de plus, monsieur Cole ! lança-t-elle pardessus son épaule. Et, à propos, merci pour les bas et le livre.

15 heures : Partie de cartes avec lord Lindsey

Lily trouva le baron habillé de pied en cap. Ses vêtements étaient passablement démodés, mais fort bien coupés. Lily s'y connaissait en mode masculine à force de guetter les gentlemen à dépouiller dans les rues de Londres.

— Vous semblez manquer d'entrain, aujourd'hui, mademoiselle Masters, nota-t-il. Vous allez bien ?

— Chut, lord Lindsey. Je sais pertinemment que vous essayez de me déconcentrer, mais je n'ai pas l'intention de perdre la main. Buvez donc votre thé.

Lord Lindsey rit dans sa barbe et s'exécuta tandis que Lily étudiait son jeu.

— Vous avez perdu la dernière main parce que vous étiez déjà déconcentrée, mademoiselle Masters. Vous avez les joues rouges. Seriez-vous sortie sans bonnet ?

Lily regarda le vieux baron, un peu déconcertée. Sortir sans bonnet n'était *rien* comparé à sortir sans chaussures, ce qu'elle faisait depuis des années. Ce qu'elle se garderait de lui avouer, bien sûr.

— Oui, répondit-elle. Je suis allée à un pique-nique.

— Vous vous êtes amusée ?

— Aster Park est magnifique, déclara-t-elle après une seconde de réflexion.

Ce n'était pas à proprement parler une réponse à sa question, mais elle était bien incapable de dire si elle s'était amusée ou non. Le simple fait de regarder Gideon Cole lui procurait à lui seul un plaisir si vif. Surtout lorsque, appuyé sur le coude, il offrait son visage au soleil. Cela n'avait pas duré, hélas ! Très vite, il avait retrouvé son agitation coutumière, la questionnant sans relâche, avant de se montrer froid et distant afin qu'elle n'oublie pas quelle était sa place.

Il y avait pourtant eu cette petite parenthèse, lorsqu'elle avait enlevé l'insecte sur son bras. Il avait posé sur elle un regard si intense que son cœur s'était emballé. Ce n'était pas du désir qu'elle avait lu dans ses yeux, mais quelque chose qui ressemblait à de la… nostalgie.

De son côté, en secourant l'insecte, elle avait cédé à une impulsion, celle de toucher le bras musclé de Gideon… Que tout cela était compliqué !

Elle se sentait d'autant plus agitée qu'elle évoluait dans un monde inconnu. À Saint-Giles, elle connaissait les dangers qui la guettaient et savait comment les éviter. Tandis qu'avec Gideon Cole… « Encore dix livres et je serai libre de partir », songea-t-elle.

Quant à ce parc… les mots étaient impuissants à le décrire, excepté peut-être « jardin d'Éden ». Personne ne pouvait *posséder* Aster Park. En fait, ce lieu s'appartenait à lui-même.

— Je l'ai gagné au jeu – ce domaine, remarqua négligemment lord Lindsey.

Lily faillit recracher le thé qu'elle venait de porter à sa bouche.

— Ce n'est pas possible !

— Bien sûr que non, répliqua-t-il avec un sourire canaille. Mais j'ai adoré vous le faire croire.

— Vous êtes un fripon, lord Lindsey !

— Ça oui, acquiesça-t-il d'un air absent, en examinant ses cartes. En fait, j'ai hérité de la propriété et du titre après la mort d'un lointain parent. Je ne m'y attendais pas du tout

Il abattit sa carte.

— Ciel ! J'ai du mal à imaginer ce que vous avez dû ressentir, dit Lily en abattant à son tour une carte.

Lord Lindsey haussa les sourcils en constatant qu'elle l'avait battu. Lily ramassa ses gains.

— Ma foi, c'est une question d'adaptation, expliqua-t-il. Nous avons quitté notre petit cottage à la campagne pour cette immense demeure. Béatrice, ma femme, et mes deux fils étaient enchantés. Dommage qu'il n'y ait pas eu de capital avec l'héritage. Aster Park coûte une fortune à entretenir. Mais le domaine parvient à générer quelques revenus. Entre l'élevage des bovins et celui des moutons, nous nous débrouillons.

— Vos fils devaient se plaire, ici.

À peine prononcées, Lily regretta ses paroles. Elle ne voulait surtout pas assombrir l'humeur de lord Lindsey. À son grand soulagement, cependant, il répondit d'un air songeur :

— Oh, sans doute. Mais c'est Gideon qui s'est vraiment intéressé à la propriété. Il l'a adorée à l'instant où il y a posé le pied, et je parie qu'il en connaît chaque recoin. Il était à Oxford à l'époque où j'ai hérité du domaine. Puis ses parents sont morts, et Helen a épousé ce fermier du Yorkshire. J'étais absolument opposé à ce mariage. C'était un tel gâchis pour une jeune fille aussi extraordinaire. Mais son frère et elle sont des entêtés de premier ordre… Enfin, peu importe. Il y a eu très peu de pique-niques à Aster Park, enchaîna-t-il, et j'avoue que je trouve étrange que Gideon soit seulement capable de… s'amuser ainsi.

— Et pourquoi ? demanda Lily en s'efforçant de dissimuler son intérêt.

— Je pensais que ce garçon ne savait plus comment s'arrêter de travailler. Depuis que ses parents sont morts, il ne fait plus que cela. En plus de se bagarrer de temps à autre, ma foi, ajouta le baron d'un air réjoui.

— Se bagarrer ? répéta Lily d'une toute petite voix.

— Il n'aime pas courber l'échine. Les jeunes garçons sont cruels, et Gideon était pauvre. À Oxford, les riches pensionnaires se moquaient de lui. Il a dû en boxer plus d'un, mais se faire rosser aussi. C'est la tradition, dans cette école, mais il a dû se battre plus souvent qu'à son tour. Question de fierté. Il est en tout cas souvent rentré pour les vacances avec un œil au beurre noir.

Lily était sidérée que lord Lindsey raconte cela d'un ton aussi léger.

— Mais c'est épouvantable ! s'exclama-t-elle.

— C'est la vie, mademoiselle Masters, répliqua-t-il d'un ton bourru, tout en examinant son jeu. Gideon savait ce qu'il risquait en restant à Oxford. Mais il avait de l'ambition. Et c'est à Oxford qu'on rencontre des gens capables de vous aider à atteindre vos buts.

Comme de devenir avocat, ajouta-t-elle à part soi. Et d'épouser la fille d'un marquis.

— Et il y avait votre cousin, reprit lord Lindsey. Le pauvre Kilmartin se faisait maltraiter, lui aussi, parce qu'il était timide et grassouillet. Gideon s'est battu pour le défendre. Mais une fois qu'ils ont été amis, les autres les ont laissés tranquilles. Gideon avait gagné leur respect. Et il l'a toujours. Ses clients d'aujourd'hui le connaissent de cette époque. Ils sont devenus ses amis.

Gideon Cole, un chevalier au grand cœur ? Lily tenta de chasser cette image. Elle ne voulait pas s'intéresser à lui, en savoir trop sur lui. Elle ne voulait pas s'interroger sur les raisons de sa tristesse quand il évoquait sa sœur, ne voulait pas éprouver de nouveau cette faiblesse traîtresse à son égard, cette… tendresse…

Elle ne voulait rien ressentir du tout.

— C'est à vous, lord Lindsey.

Le vieil homme joua, puis se racla la gorge.

— Peut-être pourriez-vous persuader Gideon d'organiser davantage de pique-niques, Lily. Ce garçon a besoin de s'amuser.

« Ce n'est plus un garçon depuis longtemps, lord Lindsey, faillit-elle lui rétorquer. Je peux vous assurer que c'est un homme, à présent. »

Lord Lindsey l'encouragerait-il ainsi s'il avait vent de leur rencontre nocturne dans la bibliothèque, des cadeaux que Gideon lui avait faits et du regard nostalgique dont il l'avait enveloppée ?

19 heures : Dîner

Gideon fit passer une note à Lily par l'intermédiaire de Mme Plunkett, l'informant que ces messieurs dîneraient seuls. Un verre de porto, un cigare, et une conversation entre hommes sur la politique et les chevaux après le repas, voilà qui lui remettrait les idées d'aplomb, avait décidé Gideon.

Car il avait l'impression de ne pas avoir été lui-même de la journée.

Il gagna le salon avec Kilmartin, et les deux amis s'installèrent dans de confortables fauteuils. Nul doute que ses ancêtres, ou même son oncle, les avaient choisis par aversion pour les sièges stylés et inconfortables qui étaient de règle dans toute la maison.

Un feu flambait gaiement dans l'âtre et Gideon se pencha pour allumer son cigare à un tison. Il inspira la fumée avec délices, et contempla pendant quelques instants la danse des flammes sur les braises. Un poème lui revint en mémoire : « Sur sa joue pâle l'éclat du feu, chevelure étincelante qui semblait attendre la caresse de ses mains… »

— Gideon, es-tu vraiment décidé à continuer, ou envisages-tu d'arrêter ?

— D'arrêter ? répéta Gideon sans comprendre.

— De mettre un terme à notre projet de fournir à lady Constance une rivale digne d'elle. Que se passe-t-il, Gideon, aurais-tu bu trop de porto ?

— Non.

— Non pour le porto, ou pour arrêter ?

— Pour les deux. Je n'imagine pas d'arrêter maintenant.

— Tu es sûr que tout va bien ?

— J'ai l'esprit ailleurs, Lawrence. Je pensais à…

— Je sais : ton travail, et Constance !

— Exactement, répliqua Gideon en souriant.

— Je dois reconnaître que Mlle Masters est une sacrée découverte, murmura Kilmartin. Ça donnerait presque envie d'aller à Saint-Giles et d'amender tout ce petit monde.

— Allons donc ! s'exclama Gideon. Tu ne tiendrais pas une seconde dans ce quartier.

Kilmartin afficha une expression offensée, puis soupira :

— Tu as sans doute raison.

Tirant sur son cigare, il étendit les jambes devant lui.

— En outre, il y a fort à parier que Mlle Masters soit unique en son genre, observa Gideon.

— Alors tu as eu de la chance qu'elle ait volé ta montre et pas celle d'un autre.

De la chance ? Gideon n'en était plus si certain. Il pianota nerveusement sur l'accoudoir de son fauteuil avant de lâcher à brûle-pourpoint :

— Tu n'aimes pas Constance, n'est-ce pas, Lawrence ?

Ce dernier lui jeta un coup d'œil.

— Eh bien, commença-t-il prudemment, la question n'est pas de l'aimer ou non… Je veux dire, personne ne déclare aimer la déesse Athena…

— Qu'est-ce qui te dérange ? insista Gideon.

— Je ne sais pas exactement… Certes, elle est très belle ; on ne peut pas ne pas la remarquer. Ses manières sont parfaites, elle a des relations… J'imagine qu'elle fera une épouse idéale, encore qu'elle m'intimide. Mais tu sais déjà tout cela. C'est juste que, je t'en prie, n'en prends pas ombrage…

— Mais ?

— J'aimerais qu'elle montre plus d'affection pour toi, avoua Kilmartin avec une certaine inquiétude.

Gideon hocha la tête, pensif.

— Tu penses qu'elle ne m'aime pas ?

— Oh, elle t'aime bien, sans aucun doute. Mais lady Constance Clary aime surtout lady Constance Clary, à mon avis.

— Tu ne crois pas que c'est un luxe, Lawrence, d'exiger de l'amour dans un mariage ?

— Ah ! Te voilà sarcastique, à présent ! Tu n'aurais pas dû me poser cette question, je ne t'aurais pas répondu. Cela dit, tu as peut-être raison. Nul doute que tu seras très heureux avec elle.

Gideon soupira.

— Désolé, Lawrence. Oublie que je t'ai demandé ça.

— Si elle s'aperçoit que Mlle Masters nourrit de tendres sentiments à ton égard, peut-être découvrira-t-elle qu'elle tient sincèrement à toi, suggéra Kilmartin.

Le cœur de Gideon manqua un battement.

— Mlle Masters ? De tendres sentiments pour moi ?

— C'est ton plan, non ? Que Mlle Lily Masters fasse de l'ombre à lady Constance et prétende être folle de toi, précipitant ainsi vos fiançailles, etc.

— Ah ! Euh, oui, bien sûr, marmonna Gideon en s'agitant sur son siège.

Il se sentait rougir et ce n'était pas à cause du feu.

— Eh bien, avons-nous une hôtesse en ville, à présent ? s'enquit-il. Un chaperon, devrais-je dire, pour Mlle Masters ?

— Oui. Tante Hester a accepté de nous loger. J'ai de la chance d'avoir autant de cousins. Elle n'a pas tiqué une seconde lorsque je lui ai parlé de cette cousine du Sussex. Nous pouvons habiter chez elle tous les trois le temps qu'il le faudra. C'est-à-dire, jusqu'à ce que tu te fiances, ou y renonces. Ou que Mlle Masters vole une montre à un invité. Ce qu'elle ne fera pas, j'en suis certain, s'empressa-t-il d'ajouter. Elle s'est joliment transformée, n'est-ce pas ? Qui l'aurait cru ? Elle est charmante, en vérité.

— Notre voleuse, murmura Gideon avec un sourire ironique.

Le silence s'éternisant, il lança un coup d'œil à son ami. Et découvrit que ce dernier l'observait avec attention, les sourcils légèrement froncés.

— Qu'y a-t-il ? demanda-t-il, agacé.

— Gideon, te rends-tu compte que tu viens de prononcer le mot voleuse comme si c'était un terme affectueux ?

— Pardon ?

— « Notre *voleuse* », répéta Kilmartin, imitant son ton.

Stupéfait, Gideon se détourna vivement, et avala une gorgée de porto.

— Tu divagues, mon vieux, répliqua-t-il, ce qui lui valut un ricanement de la part de son ami. Naturellement, enchaîna-t-il, personne ne doit savoir que nous logeons chez ta tante pour surveiller Mlle Masters. Nous prétendrons occuper nos propres appartements.

— Naturellement.

— Lady Anne Clapham ne t'en voudra pas d'escorter ta « cousine » ?

Kilmartin eut un sourire rêveur qui irrita prodigieusement Gideon.

— Lady Anne connaît mes sentiments pour elle. Elle n'en prendra pas ombrage.

— Cela ne t'ennuie pas de lui mentir ? insista-t-il.

— Je lui dirai la vérité quand nous serons vieux et grisonnants, et nous en rirons ensemble, répliqua Kilmartin en se levant. Bon, je vais me coucher. Finis ton porto, mon vieux. Je crois que tu en as besoin.

— Bonne nuit, Lawrence, fit Gideon avec un sourire crispé.

Son ami avait tort. Le porto ne faisait que l'encourager à céder à la tentation d'imaginer Lily debout devant le feu, sa robe de chambre glissait lentement sur ses épaules nues, révélant…

Bon sang ! Il n'aurait jamais dû lire ce satané bouquin français ! La vision de Lily, nue, le hantait.

Il voyait sa chevelure cascadant sur son buste, et lui, s'agenouillant devant elle pour presser les lèvres sur son ventre satiné, puis plus bas encore…

Il jeta d'un geste brusque le fond de son verre sur les flammes, qui sifflèrent et fumèrent comme si le diable en personne venait d'y disparaître.

9

Mme Marceau entra d'un pas vif dans le salon qui jouxtait la chambre de Lily, une kyrielle de domestiques portant des malles et des paquets dans son sillage.

— Lily ! Lily, venez vite ! J'ai hâte de vous voir dans mes créations. Enlevez-moi cette affreuse robe, voulez-vous ? Laissez-nous, maintenant, ordonna-t-elle aux serviteurs qui s'attardaient encore dans la pièce.

Ils obéirent, et Mme Marceau entreprit de déplier religieusement chaque robe, comme si elle sortait des bijoux de leurs écrins, y adjoignant les souliers et les chapeaux assortis. Puis elle recula, et indiqua l'ensemble d'un grand geste du bras.

Lily en demeura bouche bée. Ce n'étaient que soies et satins chatoyants, mousselines, batistes, robes du soir, robes pour la promenade, souliers en chevreau, gants, bas fins... Il y avait beaucoup de bleus, de verts et d'or, comme Gideon Cole l'avait suggéré. Les couleurs de la mer, du ciel et du soleil.

La jeune fille sentit ses mains trembler. Elle osait à peine toucher ces merveilles. Comment pourrait-elle porter ces vêtements de princesse ? Ne valait-il pas mieux les encadrer et les suspendre aux murs ? Ou les enfermer à clé dans une armoire et les compter chaque soir, comme faisait Mme Plunkett avec l'argenterie.

Le sourire de la couturière se fit compréhensif.

— Vous leur ferez honneur, croyez-moi, dit-elle doucement. Essayez d'abord celle-ci, ma chère. Ce style fait fureur à Paris.

Elle s'empara d'une robe en satin d'un bleu inhabituel, et la laissa tomber sur son bras telle une jeune fille en pâmoison.

— Celle-ci est pour votre premier bal, expliqua-t-elle. C'est celui dont on se souvient toute sa vie. Enlevez-moi ce jupon, à présent.

Mme Marceau était si professionnelle que Lily ne songea même pas à protester. Elle se dévêtit, puis leva les bras pour enfiler la robe. Le tissu glissa sur sa peau, léger comme une caresse. La couturière serra ensuite les liens qui fermaient le corsage dans le dos, puis elle alla chercher une paire de gants blancs qu'elle tendit à Lily. Cette dernière tressaillit comme la coutière soulevait sa lourde chevelure pour la tordre en un chignon, qu'elle fixa avec des épingles sorties de sa poche.

Enfin, elle fit pivoter Lily face au miroir.

— Dites-moi que je me suis trompée, mademoiselle Masters ! s'exclama-t-elle. Dites-moi que vous n'êtes pas un diamant de la plus belle eau !

Lily était sans voix. La créature qui se tenait devant le miroir ne pouvait être elle ; c'était impossible. La couleur de la robe faisait paraître son regard plus vif encore, et l'éclat du satin mettait en valeur son teint, qui semblait extraordinairement lumineux. Ses cheveux relevés en chignon révélaient la délicatesse de ses traits tandis que la coupe de la robe soulignait sa silhouette mince. Oubliant la présence de Mme Marceau, Lily, frôla le miroir d'un doigt timide, comme pour s'assurer qu'elle ne rêvait pas

La couturière éclata de rire, ravie.

— Elle vous va comme un gant. Quels sont vos projets pour cet après-midi, mademoiselle Masters ?

— J'ai une leçon de danse, répondit Lily dans un souffle.

— Alors enfilez cela ! ordonna-t-elle en choisissant une robe de mousseline blanche.

Le décolleté était profond et de minuscules boutons fermaient le corsage dans le dos.

— M. Cole ne pourra détacher les yeux de votre charmante personne, je vous le garantis !

Lily rougit. C'était futile et ridicule ! Elle savait qu'il avait l'intention d'épouser la fille d'un marquis…

La leçon de danse devait se dérouler de 13 à 15 heures. *Valses*, avait écrit Gideon dans sa note quotidienne.

Lily arriva alors que l'horloge sonnait 13 heures. Elle hésita un instant sur le seuil, soudain timide dans sa toilette neuve et ses souliers fins. La robe trop grande qu'elle portait jusqu'à présent faisait office de bouclier si bien qu'elle se sentait maintenant exposée aux regards, vulnérable.

Le miroir de sa chambre lui avait appris qu'elle était belle. Pas seulement jolie, comme le lui affirmaient les garçons de Saint-Giles. Et Mme Marceau le lui avait confirmé.

Mais elle ne le croirait vraiment que lorsqu'elle le lirait dans le regard de Gideon Cole.

Il était accoudé au piano, bavardant à mi-voix avec lord Kilmartin, qui était assis devant le clavier. Ce dernier éclata de rire, puis Gideon se tourna légèrement vers le seuil.

Et la vit.

Il se redressa lentement, si lentement. Puis se figea.

La gorge nouée, Lily attendit. « M. Cole ne pourra détacher les yeux de votre charmante personne », avait assuré la couturière.

Gideon la fixait d'un regard si intense qu'elle avait l'impression d'être suspendue dans le vide. Elle ne pouvait ni bouger ni détourner la tête.

« Ainsi, je suis belle », se dit-elle, bouleversée.

Enfin, elle eut la présence d'esprit de faire une révérence. À son grand regret, lorsqu'elle se redressa, Gideon ne la regardait plus.

Kilmartin, lui, la contemplait bouche bée.

— Vous êtes… vous êtes éblouissante, Lily. Cette nouvelle robe… Seigneur ! Elle vous sied à merveille, s'enthousiasma-t-il.

Lily inspira à fond et lui sourit.

— Merci… *Lawrence*, fit-elle en s'inclinant dans une profonde révérence.

Gideon feignait de feuilleter la partition posée sur le piano, et leur tournait le dos.

— Cet après-midi, mademoiselle Masters, vous apprendrez la plus importante, bien que la plus simple des danses : la valse, annonça-t-il en lui faisant face.

— Pourquoi la plus importante ? s'enquit Lily.

— Peut-être parce que c'est la plus… audacieuse. En fait, elle a longtemps été considérée comme scandaleuse. Elle se danse à deux : un homme et une femme, et leurs corps se touchent dans une sorte de… hum, une sorte d'étreinte.

Lily devint écarlate.

— Je préfère les quadrilles, déclara-t-elle d'un ton léger.

— Évidemment, la valse demande une grâce qui n'est pas requise dans les quadrilles, ironisa Gideon. Si vous ne vous sentez pas à la hauteur…

Lily soupira. Il la provoquait, savait qu'elle le savait, et cependant, elle ne put résister.

— Très bien, monsieur Cole, comment valse-t-on ?

Il la rejoignit.

— Tout d'abord, vous devez mettre votre main dans la mienne, répondit-il en lui tendant le bras.

Lily posa doucement sa main gantée dans celle de Gideon. Il baissa les yeux sur elle, mais elle détourna la tête.

— Vous devez vous approcher de moi, mademoiselle Masters, dit-il d'une voix basse.

— Il le faut ?

— Je le crains.

Elle fit un pas en avant.

— Plus près, Lily, murmura-t-il.

Elle rougit davantage, mais s'exécuta, s'avançant si près qu'ils se touchaient presque. Il sentit son odeur à la fois fraîche et musquée, la chaleur de son corps, perçut même son souffle un peu haletant.

Soudain, le cœur de Gideon s'emballa, et il eut lui aussi du mal à respirer.

— À présent, je dois poser la main gauche… comme ceci… expliqua-t-il d'une voix étrangement rauque.

Avec une lenteur torturante, il glissa la main au creux des reins de Lily qui se tendit comme un arc.

Il l'attira imperceptiblement contre lui.

Elle était si menue qu'il aurait pu faire le tour de sa taille des deux mains. Il sentait les petits boutons qui fermaient son corsage dans le dos, et avait une vue plongeante sur sa gorge ronde que dévoilait son décolleté. Un instant, il s'immobilisa, émerveillé.

Ses longs cils projetaient une ombre délicate sur ses joues, et la lumière tamisée soulignait la courbe gracile de son cou. Gideon laissa glisser son regard sur la série de petits boutons dans le prolongement de sa nuque de nymphe. Des petits boutons qu'il serait si facile de défaire…

Le désir jaillit en lui, si violent qu'il faillit chanceler.

Il se figea, le souffle court. Il n'était nullement préparé à cela, à ce qu'il éprouverait en la touchant, si bien qu'il lui fallut près d'une minute pour recouvrer l'usage de la parole.

— Lily, dit-il d'une voix rauque. Regardez-moi.

Elle obéit, le visage empourpré et le regard empreint de méfiance.

Gideon parvint à sourire.

— On ne doit pas regarder son cavalier comme un ennemi, mademoiselle Masters.

— Oh ? murmura-t-elle. Et comment doit-on le regarder ?

Sa voix tremblante fit à Gideon l'effet d'une caresse, et il fut tenté de répondre : « Avec désir, ou même avec chaleur… »

« Pense à Constance », s'ordonna-t-il. Constance si sûre d'elle, qui glissait sur le parquet avec la majesté d'un navire de l'amirauté et était la fille d'un marquis. Comment le regardait-elle lorsqu'ils valsaient ? Et lui, comment la regardait-il ?

— Avec un intérêt poli, répondit-il à Lily, surpris de n'avoir jamais songé que c'était ainsi qu'ils se regardaient, Constance et lui. Souriez, reprit-il, mais pas trop fréquemment. Ne froncez pas les sourcils, à moins que vous ne soyez gravement insultée. Ce qui est fort improbable dans une salle de bal londonienne. Et pensez à lever les yeux sur votre cavalier, et non à les baisser sur vos pieds, comme en ce moment.

— Juste ciel, Gideon, vas-tu te décider à danser ? râla Kilmartin. J'ai les doigts gourds à force d'attendre de plaquer le premier accord !

— Excuse-moi, Lawrence. Lily, vous êtes prête ?

Pour toute réponse, elle leva le menton.

— Tu peux commencer, Lawrence ! lança Gideon.

Kilmartin entama une valse lente, et Gideon s'élança. Lily le suivait avec tant de raideur qu'il avait l'impression de sortir une noyée de la Tamise.

— Vous devez glisser sur le sol, Lily.

Elle se détendit un peu, mais demeurait étrangement lourde pour une personne aussi mince. Quelle capacité de résistance ! songea Gideon dans un soupir.

Il ne pouvait continuer à la remorquer ainsi. Comment lui expliquer le mouvement de la valse ?

— Mademoiselle Masters, faites comme si vous étiez… un oiseau. Comme si la musique était un courant qui vous porte, et moi… les ailes qui vous servent à voler.

Cela semblait complètement absurde, mais Lily lui adressa un regard surpris, puis sourit. Elle ferma brièvement les yeux. Lorsqu'elle les rouvrit, elle était aussi légère qu'une plume entre ses bras.

Un, deux, trois ; un, deux, trois… Sans effort, à présent, ils tournoyaient au rythme de la danse ; Gideon avait l'impression d'être délivré des lois de la pesanteur.

— C'est merveilleux ! s'exclama Lily, radieuse. C'est comme si je volais vraiment.

Gideon ne put s'empêcher de rire. Il se sentait grisé, libre comme jamais il ne l'avait été. Les yeux dans les yeux, émerveillés, ils dansaient en parfaite harmonie. « C'est ainsi que doit être la valse », songea Gideon, stupéfait. Puis une autre pensée le frappa, si surprenante, qu'elle lui coupa le souffle : « C'est ainsi que tout devrait être ! »

Il s'immobilisa brutalement, secoué, et s'écarta. Prise de court, Lily en tituba.

— J'ai un rendez-vous, Lawrence, lança-t-il. Désolé, mon vieux, j'avais oublié. À demain !

Kilmartin cessa de jouer, et pivota vers son ami, l'air abasourdi.

Gideon se dirigea d'un pas vif vers la porte et, s'arrêtant sur le seuil, sortit sa montre de sa poche. Il la tint un instant dans sa main, attendit que les yeux de Lily se posent dessus, que l'éclat de son regard se ternisse.

— Je voulais m'assurer qu'elle était encore là, mademoiselle Masters, lâcha-t-il avant de tourner les talons.

10

Gideon traversa le hall d'entrée à grandes enjambées, aveugle à ce qui l'entourait. Il éprouvait une rage sans nom, tout entière tournée contre lui. En vérité, il se fuyait lui-même, car il s'était trahi. Et il était le seul à blâmer.

Il avait mené sa vie selon un plan de carrière, persuadé que cela le rendrait heureux. Il avait excellé comme étudiant, comme soldat, comme avocat, et avait cru que c'était cela le bonheur. Il espérait se fiancer avec Constance Clary, la fille d'un marquis, et il hériterait de la belle propriété de son oncle. Cela aurait dû le combler, non ?

Non. Parce qu'il venait de découvrir que tout cela n'avait aucune valeur comparé au bonheur absolu qu'il avait ressenti en tournoyant dans la salle de bal avec Lily Masters.

Un bonheur tel que tout son univers s'effondrait.

Et il était l'unique responsable de cette catastrophe. Il fonça vers la porte d'entrée, aperçut vaguement une domestique qui le fixait bouche bée.

Et heurta de plein fouet Gregson, qui avait un paquet à la main.

— Qu'est-ce que c'est que ça, bon sang ? aboya-t-il.

Si sa réaction surprit Gregson, ce dernier n'en montra rien.

— Un paquet vient d'arriver pour lord Lindsey, monsieur.

Gideon le lui arracha littéralement et lut à voix haute le nom de l'expéditeur.

— *McBride, apothicaire…*

Lily parlait souvent de ce McBride. Qui était-il, pour elle ?

Il se reprit. Cela ne le regardait pas. Aussitôt, le désespoir l'envahit et il ferma les yeux. Lorsqu'il les rouvrit, Gregson l'observait d'un air soucieux.

— Monsieur ?

— Ça va aller, Gregson, dit-il d'une voix blanche. Je vais porter ce paquet à mon oncle, merci. Excusez-moi d'avoir élevé la voix.

— Vous avez élevé la voix, monsieur ?

Gideon réussit à sourire.

Lily et Kilmartin étaient demeurés pétrifiés, les yeux rivés sur la porte par laquelle Gideon était sorti si hâtivement.

— Il a un tempérament… passionné, murmura enfin Kilmartin pour tenter d'expliquer la conduite consternante de son ami. Une vraie soupe au lait. Il s'emporte pour un rien, surtout ces temps-ci.

Lily avait encore les joues en feu. L'insulte cruelle de Gideon, sa façon de la planter là… Il l'avait tenue dans ses bras, et elle avait ressenti un bonheur inouï. Or tout cela s'était terminé si brutalement qu'elle en tremblait encore.

— Comment parvenez-vous à le supporter ? articula-t-elle.

Kilmartin parut surpris. Il réfléchit quelques instants.

— Je le supporte parce qu'avec lui on ne s'ennuie jamais. Il est brillant, excessivement loyal, et d'une grande gentillesse. Enfin, d'ordinaire… ajouta-t-il, penaud. C'est l'homme le plus honnête que je connaisse. Ce qui n'est pas sans lui causer des problèmes. Mais en ce qui vous concerne, mademoiselle Masters, je reste perplexe.

Kilmartin l'observait d'un air inquiet et elle lui adressa un faible sourire.

— Je suis certaine que lui aussi vous estime beaucoup, assura-t-elle.

— Vous êtes quelqu'un de bien, mademoiselle Masters, déclara-t-il en se levant. Je crois que je ferais bien d'aller lui parler.

Il s'inclina, elle lui répondit d'une révérence.

Il fallait absolument qu'elle s'occupe afin de chasser Gideon Cole de ses pensées. Elle décida donc d'aller retrouver Alice, qui était censée visiter la porcherie.

Elle fit un crochet par sa chambre pour se changer, troqua sa robe de mousseline pour une robe de taffetas d'un brun doux. À présent, il ne lui restait plus qu'à trouver son chemin dans les dépendances d'Aster Park.

Elle découvrit sa sœur devant un enclos dans lequel une énorme truie allaitait ses petits. Sa robe était passablement crottée, mais elle semblait absolument ravie. Un homme au visage crasseux se tenait près d'elle et l'écoutait patiemment.

— Lily ! s'écria-t-elle en voyant sa sœur. Regarde comme ils sont mignons ! Je leur ai donné un nom à chacun : là, il y a Daisy, et à côté Phillip, Margaret, Fannny (c'est celle qui crie le plus fort), et Lily. Comme toi.

Lily examina son homonyme, toute rose avec des taches noires sur l'arrière-train et des cils raides. Elle était jolie, somme toute, et vigoureuse, car elle tétait plus fort que les autres.

— Je suis flattée, Alice. Ils sont adorables.

— Et on va les manger bientôt, expliqua Alice sans ciller.

Lily tressaillit, et jeta un coup d'œil au porcher qui paraissait s'amuser beaucoup.

— Ah, oui… murmura-t-elle.

— C'est ça la vie, dans une ferme, expliqua Alice. Chaque animal a un rôle à jouer. C'est Dawson qui me l'a dit, ajouta-t-elle en désignant le porcher.

Celui-ci s'inclina et Lily le salua à son tour.

— Il paraît que je ferai une très bonne fermière, enchaîna la fillette. J'apprends vite.

— Ce n'est pas nouveau, dit Lily en lui tirant sa natte.

Elles échangèrent un sourire. Et Lily songea soudain que les nouvelles ambitions de sa sœur n'avaient plus rien à voir avec ses rêves d'enfant. Elle commençait à envisager l'avenir de façon pratique. Or à Saint-Giles, il n'y avait ni ferme, ni parc, ni lacs, ni fontaines.

Peu importait qu'elle ait été prévenue dès le départ, Lily savait que sa sœur lui en voudrait de devoir quitter Aster Park.

Et Gideon Cole – maudit soit-il ! – avait raison lorsqu'il avait tenté de lui faire comprendre qu'elles ne pourraient demeurer à Saint-Giles éternellement.

Que deviendraient-elles ? se demanda-t-elle, effrayée. À quoi lui servirait d'avoir connu ces gens riches, elle qui vivait depuis si longtemps comme une sauvageonne ?

Elle serait toujours divisée, suspectait-elle, moitié jeune fille éduquée, moitié voleuse. Tiraillée entre l'envie de fuir, de retrouver sa liberté, et celle de rester afin de savoir comment cette histoire invraisemblable allait s'achever.

Gideon trouva son oncle au lit, mais les rideaux de sa chambre n'étaient plus fermés. De toute l'évidence, le vieil homme s'était déjà levé. À preuve, un chevalet installé dans un coin, avec une palette couverte de peinture sèche à côté. Le tableau représentait le paysage qu'on voyait depuis la fenêtre.

Lord Lindsey avait autrefois pratiqué l'aquarelle. Apparemment, la lumière l'avait inspiré, aujourd'hui. Après tant d'années, songea Gideon, médusé. C'était un véritable miracle !

Lord Lindsey leva les yeux du livre qu'il était en train de lire. Gideon nota qu'il s'agissait de l'*Encyclopédie d'histoire naturelle* appartenant à Lily. Elle était ouverte à la page des antilopes.

— Oh, c'est toi, Gideon ! Entre, je t'en prie.

En dépit de son ton bienveillant, son oncle semblait ailleurs. Visiblement, les antilopes le captivaient.

— Tu as l'air ravi de me voir, railla Gideon.

Lord Lindsey ne releva pas l'ironie.

— Où est donc Mlle Masters ? s'enquit-il. C'est un souffle d'air pur, cette petite !

— Je croyais que tu n'aimais pas l'air pur, oncle Edward, grommela Gideon.

Cette fois, le vieil homme tressaillit et dévisagea son neveu.

— Qu'est-ce que tu as, mon garçon ? Approche un peu...

Gideon hésita.

— Allons ! ordonna lord Lindsey.

Gideon obéit et son oncle fronça les sourcils d'un air inquiet.

— Grand Dieu, que se passe-t-il ? Tu as fait un mauvais placement ? Perdu un procès ? Ne me dis pas... qu'il s'agit d'une femme, Gideon ! Cette blonde... comment s'appelle-t-elle, déjà ? Constance ? Assieds-toi et raconte-moi.

— Je vous ai apporté un paquet qui vous est adressé, oncle Edward.

— On verra plus tard. Quelque chose te tourmente, et je doute que cela concerne ce paquet.

Gideon s'assit sur la chaise près du lit et demeura immobile, les épaules voûtées, regrettant de ne pas avoir franchi la porte de cette maison pour marcher... jusqu'à épuisement.

— Je ne peux pas vous en parler, mon oncle, répondit-il finalement. Mais je vous remercie de votre sollicitude.

— Balivernes ! Regarde-moi ! As-tu des ennuis ? Je suis là pour t'aider.

Gideon lui adressa un pâle sourire.

— Rien de grave, je vous assure. Je vous prie de m'excuser. C'est une saute humeur, cela passera.

— As-tu une maîtresse, Gideon ?

— Oncle Edward ! s'exclama celui-ci.

— Franchement, tu es beaucoup trop sérieux. Tu travailles trop. Si tu n'as pas prévu de te marier sous peu, tu ferais bien de prendre une maîtresse. Elles font des merveilles en cas de… sautes d'humeur.

Gideon observa son oncle un instant.

— Vous aviez une maîtresse, oncle Edward ?

— Naturellement, répondit ce dernier avec un sourire canaille.

Cette fois, Gideon le contempla en silence.

— Vas-y, mon garçon. Pose-moi des questions !

— Alors que vous étiez marié à tante Béatrice ?

— Eh bien, j'aimais vraiment ta tante, Gideon…

— Ce n'est pas une réponse, mon oncle.

— Laisse-moi finir. J'aimais Béatrice. Nous étions heureux ensemble, et il y avait les garçons. Mais Thérèse… Comment dire ?

Il s'interrompit et une expression mélancolique se peignit sur son visage.

— Thérèse était vivante. C'était la vie même.

Gideon hésita un instant avant de poser la question qui lui brûlait les lèvres :

— Aimiez-vous tante Béatrice lorsque vous l'avez épousée ?

Son oncle le contempla quelques secondes d'un air songeur. Gideon retenait son souffle.

— Beatrice et moi avions beaucoup d'affection l'un pour l'autre lorsque nous nous sommes mariés, répondit-il enfin d'une voix légèrement entrecoupée. Puis avec le temps, les joies et les chagrins partagés, cela s'est changé en amour. C'est ainsi dans la plupart des mariages. Mais je voyais Thérèse aussi souvent que possible.

— Vous l'aimiez elle aussi, ou était-ce seulement une attirance physique ?

— Au point où nous en sommes, je peux te dire la vérité. J'aimais Béatrice, mais j'étais amoureux de Thérèse. C'était une situation assez peu commode, et pourtant, elle me convenait.

— Qu'est-elle devenue ? demanda Gideon, moins choqué qu'il ne l'aurait cru.

— Elle a décidé de se marier avec un fermier du Devonshire, pour des raisons qui lui sont propres, et n'a plus jamais voulu me revoir ensuite. Ç'a failli me tuer.

L'aveu dramatique sembla résonner dans la pièce. Gideon et son oncle restèrent longtemps silencieux, chacun plongé dans ses pensées.

— Il n'y a eu personne d'autre après elle, murmura lord Lindsey.

— Avez-vous jamais regretté votre choix ?

— Mon choix ? répéta le baron, surpris. Mais je n'avais aucun choix ! Un jeune homme de bonne famille n'épouse pas sa maîtresse. J'aimais et j'étais aimé par deux femmes d'exception. Et je vivais une passion profonde avec l'une d'elles.

Il toussota, et enchaîna :

— Je ne suis pas certain que tu sois venu ici pour m'interroger sur ma vie sentimentale, mais si c'est le cas, j'espère t'avoir été utile. Tu es un bon garçon, Gideon. Tu m'as accordé beaucoup plus de temps et d'attentions que ton devoir ne l'exigeait, et je sais que c'est désintéressé. Je suis fier de toi, et je te considère comme mon fils.

« Le vieux fripon va finir par me faire pleurer », songea Gideon en prenant la main de son oncle. Celui-ci la serra avec force, puis la tapota et la lâcha.

— Allez, assez de sentiments, hein, mon garçon ? Qu'y a-t-il dans ce paquet ?

— Aucune idée. Il vous est adressé, oncle Edward.

Lord Lindsey déchira le papier avec l'enthousiasme d'un enfant devant un cadeau de Noël. Il en sortit deux bouteilles à large goulot, et une feuille de papier.

— *Complomants de McBride*, lut-il à haute voix.

— Qu'est-ce que ça signifie ? fit Gideon, éberlué.

— Je pense qu'il veut dire « compliments », s'esclaffa lord Lindsey. Avec les compliments de McBride. C'est un ami de Lily, un apothicaire. Je lui ai passé commande.

Le baron tendit l'une des bouteilles à Gideon, qui la déboucha, la renifla, puis eut un haut-le-corps.

— Juste ciel ! Je crois que c'est du gin pur.

Il jeta un coup d'œil dans la bouteille, puis rectifia :

— Erreur. C'est du gin, avec un truc qui flotte dedans.

Il rendit la bouteille à son oncle, qui la huma d'un air appréciateur.

— Ah, c'est ce qu'on appelle un élixir. Nous y goûtons ?

— Ce n'est guère prudent, oncle Edward.

— Bah ! Ça me tuera ou ça me guérira, peu importe, les deux possibilités me conviennent. Sonne pour demander des verres, veux-tu ?

Soudain, s'enivrer avec l'élixir de McBride parut une idée formidable, et Gideon sonna le valet.

Lily s'apprêtait à franchir le seuil de la chambre de lord Lindsey pour leur traditionnelle partie de cartes quand elle entendit... ronfler. Puis il y eut toute une série de grognements et de bruits nasillards.

On aurait dit des porcelets dans leur enclos.

Prudente, elle s'avança d'un pas, et glissa un regard dans la pièce.

Gideon et Kilmartin, sans bottes et en manches de chemise, étaient étendus en travers du lit de lord Lindsey, ou plutôt, *sur* lord Lindsey, tels des chiots. La pièce empestait le gin.

Et les pieds.

Les trois hommes ronflaient bruyamment, mais à des hauteurs et à des rythmes différents. Une véritable symphonie respiratoire. Lily entra sur la pointe des pieds et aperçut deux bouteilles familières sur la table de nuit. Ainsi, McBride avait reçu sa lettre et avait envoyé l'élixir qu'elle lui avait demandé. Elle s'empara de la feuille près des bouteilles et lut : *Complomants de McBride.*

Les ronflements et les grognements continuaient autour d'elle. Soudain, elle se rendit compte que c'était là l'occasion ou jamais de contempler Gideon Cole à sa guise. Elle faillit ramper sur le lit pour s'approcher de lui, et sursauta lorsque Kilmartin lança un bras en avant. Le cœur battant la chamade, elle s'approcha de Gideon.

Ses longs cils épais frissonnaient sur ses joues ombrées d'une barbe naissante, et ses cheveux en bataille révélaient une tempe d'un blanc bleuté. Il avait la bouche entrouverte.

Elle devait vraiment être follement amoureuse si elle le trouvait fascinant alors qu'il était ivre mort !

Pourtant, quelques heures auparavant, il s'était montré délibérément cruel envers elle, insinuant qu'elle n'était qu'une voleuse sans honneur. Et cependant, elle avait perçu dans son attitude comme de la peur.

Mais de quoi diable avait-il peur ? Quel danger pourrait-elle représenter pour lui ?

Une réponse lui vint, fort tentante : le même que celui qu'elle voyait en lui.

— Vous lui faites du bien, mademoiselle.

Lily sursauta. Mme Plunkett se tenait sur le seuil, observant la scène de débauche de l'air blasé de celle qui en a vu d'autres. Elle disparut aussi rapidement qu'elle était apparue, et Lily entendit son pas lourd s'éloigner dans le couloir.

Elle s'élança hors de la chambre.

— Madame Plunkett ! appela-t-elle. Auquel je fais du bien ?

— À qui, corrigea la gouvernante sans se retourner.

Ce soir-là, on leur servit le dîner dans leur chambre, ce qui ne surprit nullement Lily. Ces messieurs ne devaient guère avoir d'appétit...

Alice bavarda gaiement, passant du jardin, aux porcelets, puis aux domestiques dont la vie lui paraissait incroyablement intéressante.

Lily lui brossa longuement les cheveux avant de se coucher.

— Alice, dans un jour ou deux, je vais partir en voyage avec M. Cole et lord Kilmartin, annonça-t-elle. Nous serons absents... un certain temps. Mais pas très longtemps, ajouta-t-elle.

— Je peux venir ?

— Non, ma chérie, c'est un voyage pour les grandes personnes. Tu t'ennuierais. Nous avons pensé que tu préférerais rester ici avec Mme Plunkett et Boone, pour les aider à s'occuper d'Aster Park pendant notre absence. Dawson aura peut-être besoin d'aide avec les porcelets, lui aussi.

— Lily ? Est-ce que tu vas épouser M. Cole ?

Lily se figea.

— Non, Alice, répondit-elle en se remettant à démêler les cheveux de sa sœur.

— Mais tu devrais ! Peut-être faudrait-il que je lui demande de t'épouser. Aïe ! Lily, tu tires trop fort !

— Alice, promets-moi solennellement que tu ne lui demanderas rien de la sorte.

— Mais je suis sûre que ça ne l'ennuierait pas de t'épouser ! Et comme ça, on vivrait ensemble pour toute la vie. Et on ferait des pique-niques.

Dans des moments pareils, Lily en venait presque à haïr Gideon Cole. Lorsque cette comédie serait terminée et qu'il serait enfin fiancé à lady Constance Clary, ce serait à elle que reviendrait la désagréable tâche d'expliquer à Alice pourquoi elles ne le reverraient jamais.

Mais après tout, c'était sa faute à elle, Lily, si elles étaient ici.

— Nous aurons beaucoup d'autres aventures, ma chérie, assura-t-elle, le cœur serré.

Sa sœur paraissait perplexe, mais elle n'insista pas. Dieu merci…

11

On frappa à l'heure habituelle, mais Lily, qui attendait depuis un bon moment, bondit à la porte. Elle prit le plateau des mains de Mme Plunkett, et chercha en vain la note de Gideon.

Une peur étrange lui noua l'estomac. Elle leva les yeux vers la gouvernante, priant pour que son regard ne révèle rien de ce qu'elle ressentait.

— Vous devez vous rendre dans la salle de bal lorsque vous aurez terminé votre petit-déjeuner, mademoiselle Masters. Ensuite, vous avez la journée de libre. Ces messieurs ont… d'autres projets.

« Comme de soigner leur migraine », faillit remarquer Lily.

— Lord Lindsey également ? s'enquit-elle.

Mme Plunkett hésita. Lily crut même la voir esquisser un sourire.

— Lord Lindsey souhaite dormir une grande partie de l'après-midi. Il vous envoie ses excuses. Ce soir, le dîner vous sera servi dans votre chambre.

Lily la remercia d'une voix tremblante d'énervement.

Alice s'éloigna avec la gouvernante en bavardant joyeusement. Dieu qu'elle aurait aimé être aussi insouciante que sa sœur !

Il y avait un homme dans la salle de bal, mais ce n'était ni Gideon Cole ni lord Kilmartin. Mince, les cheveux courts, il portait des lunettes et était vêtu d'un costume bleu sombre à boutons de cuivre. Il se tenait près du piano, l'air mal assuré.

— Mademoiselle Masters ? demanda-t-il en s'inclinant.

Lily fit une révérence. Comme cela lui était devenu naturel !

— Oui, monsieur… ?

— Paul, répondit-il d'une voix douce.

— Pardonnez-moi, monsieur, mais j'aimerais connaître votre nom de famille.

— Pardonnez-moi, mademoiselle Masters, bredouilla-t-il, je ne voulais pas être présomptueux. Mon nom de famille est Paul.

Lily le regarda, désemparée.

— Vous êtes monsieur Paul Paul ?

— Non, Geoffrey Paul, mademoiselle Masters. Je suis professeur de piano.

— Oh ! s'exclama Lily, avant de froncer les sourcils, perplexe.

Puis elle comprit.

— On vous a demandé de…

— De vous donner une leçon de piano ? Oui, mademoiselle.

Ainsi, Gideon *savait*, se dit-elle, incrédule. Il avait deviné qu'elle mourait d'envie de jouer depuis son arrivée. Décidément, cet homme était d'une perspicacité inouïe…

— Avez-vous déjà joué de cet instrument, mademoiselle Masters ? s'enquit M. Paul, rompant le silence.

— Non. Enfin, si, quand j'étais petite. Je ne connaissais que des airs très simples, et je doute de m'en rappeler.

— Tous les airs sont simples une fois qu'on les connaît, mademoiselle Masters, déclara M. Paul en souriant. Et vous serez surprise de ce dont vos doigts se souviennent.

Il choisit une partition, la posa sur le piano, puis s'installa sur la banquette.

— Savez-vous lire la musique, mademoiselle Masters ?

— Non, avoua-t-elle en s'asseyant à côté de lui.

Elle positionna la main droite au-dessus du do du milieu du clavier, ferma les yeux et joua deux notes. Puis elle rouvrit les yeux et laissa ses doigts courir librement sur les touches. Peu à peu, un air hésitant prit forme. Jamais elle n'aurait cru y parvenir !

Elle s'arrêta et interrogea M. Paul du regard, émerveillée.

Il lui adressa un sourire encourageant.

— Je reconnais le morceau, mademoiselle Masters. C'est *La Rosée sur la rose blanche*, une berceuse, n'est-ce pas ? Nous recommençons ?

— Avec plaisir !

Il s'attarda longuement près de la porte, les yeux rivés sur elle tandis qu'elle jouait encore et encore le même morceau. Il la regarda rire de ses erreurs, et lever son beau visage lumineux vers M. Paul pour qu'il la guide.

Il aurait pu la contempler des heures durant sans se lasser.

« L'amour embellit le moindre geste. »

Il sursauta comme si un rat venait de lui passer sur les pieds. Qui avait dit cela ? Un poète, sans doute. Il fallait absolument qu'il cesse de lire de la poésie. Cela lui corrompait l'esprit, et un avocat devait avoir l'esprit aiguisé.

Grâce à l'élixir de McBride, il avait l'impression qu'un étau lui serrait les tempes, et la musique n'arrangeait rien. Son oncle, lui, semblait tout à fait remis. Il avait juste émis le souhait de dormir tout l'après-midi et paraissait encore plus gai que la veille. Le pauvre Kilmartin, en revanche, était toujours en proie à d'affreux vomissements.

Gideon se sentait un peu mieux, à condition d'éviter la lumière du soleil et de ne boire que du thé très fort.

Ce matin, il s'était en tout cas trouvé suffisamment bien pour envoyer un mot à M. Paul, professeur de piano fort respecté dans la région. L'idée lui était venue quelques jours auparavant, et l'élixir de McBride l'avait décidé à la concrétiser.

Après réflexion, il avait décidé d'engager aussi M. Paul pour jouer les valses. Ainsi, Kilmartin danserait avec Lily, et lui-même, eh bien… il s'occuperait à autre chose.

Car il n'était plus question de la toucher.

Lorsque M. Paul prit congé, Lily chercha comment occuper sa journée de liberté et décida de retourner à la bibliothèque. Elle y pénétra avec précaution de crainte de tomber sur Gideon Cole.

Il n'y était pas, mais elle perçut sa présence avec acuité. Ses yeux se posèrent sur le fauteuil près du feu, et elle le revit tandis qu'il la déshabillait du regard…

Elle s'ébroua. Bon sang, avait-elle oublié à quel point il pouvait se montrer cynique et cruel ? Au fond, il avait juste envie de la mettre dans son lit, mais s'y refusait par orgueil, parce qu'elle n'était qu'une petite voleuse de Saint-Giles. Elle n'avait rien à attendre d'un homme pareil.

Cela dit, il lui avait envoyé des bas et un livre. Il avait aussi engagé un professeur de piano.

Elle secoua la tête et alla s'installer dans le fauteuil. Son odeur s'y attardait encore, lui sembla-t-il. Fermant les yeux, elle s'imagina dans ses bras. Il lui suffirait de renverser la tête pour que ses lèvres lui effleurent la gorge, que ses mains viennent se poser sur…

Elle se redressa. Seigneur, elle regrettait d'avoir lu le petit livre français, car il enflammait à présent son imagination, qui n'en avait certes pas besoin !

Elle remarqua soudain le gros volume posé sur le guéridon, près du fauteuil. *Éléments de la législation anglaise*, lut-elle. Gideon semblait avoir glissé quelque chose à l'intérieur pour marquer une page.

Curieuse, elle l'ouvrit.

Et découvrit un petit livre relié de cuir rouge, qu'elle reconnut aussitôt.

C'était l'ouvrage qu'il lisait ce fameux soir où elle avait fait une excursion dans la bibliothèque.

Poèmes choisis de John Keats.

Intéressant ! Gideon Cole lisait de la poésie, mais s'efforçait de faire croire qu'il ne s'intéressait qu'au droit... Lily replia les jambes sous elle et ouvrit tendrement le petit livre comme s'il s'agissait du cœur de Gideon. Il avait été beaucoup feuilleté, visiblement, car toutes les pages étaient plus ou moins écornées. Il y avait même une tache rouge sur l'une d'elles. Du porto, sans doute. Elle décida de commencer là sa lecture.

Toi, fiancée du repos, que personne encore n'a ravie,
Toi, sœur de lait du silence et du temps ralenti

Spontanément, elle avait lu à voix haute, étonnée par la musique des mots. Elle continua, lentement, solennellement, comme si elle récitait un sortilège capable de remonter le temps, et qui lui permettrait de voir l'urne grecque qui avait inspiré cette ode à Keats. Elle lut les derniers vers, émerveillée.

La beauté est vérité, la vérité, beauté ; c'est là tout
Ce qu'on sait sur terre, et tout ce qu'il faut savoir.

Lily reposa le livre sur ses genoux.

Gideon était un être capricieux, impatient, exaspérant, qui s'efforçait d'étouffer le meilleur de lui-même. Qui vivait chaque instant en prévision de quelque jour futur. Mais en ce qui la concernait, Gideon Cole était la beauté même. Et la vérité.

Et, en cet instant, c'était tout ce qu'elle voulait ou avait besoin de savoir.

Elle ferma les yeux pour ne plus voir la bibliothèque, pour s'immerger dans cette pensée. Et c'était comme d'être suspendue entre ciel et terre, dans une douce et chaleureuse lumière…

… juste avant la chute.

12

L. M. Voici votre programme de la journée :
10h30 : Danse
Midi : Déjeuner et partie de cartes avec lord Lindsey
13h30 : Leçon de maintien
19 heures : Dîner

La matinée sera consacrée à la valse, des rendez-vous ayant interféré avec vos leçons. La soirée sera consacrée à la préparation des bagages. Le dîner sera servi dans nos appartements respectifs.

Lily relut la note, et s'empourpra de joie et d'anticipation. Ils allaient valser toute la matinée ! Gideon poserait la main sur sa taille, la couverait de son regard brûlant, elle sentirait sa chaleur et son parfum…

Toute la matinée !

Gideon et Kilmartin l'attendaient dans la salle de bal. Tous deux affichaient un teint blafard, et semblaient tout juste remis de leur abus d'alcool.

— Bonjour, mademoiselle Masters.

La voix provenait de derrière le piano. Lily pivota, surprise, et découvrit M. Paul.

— Oh ! Bonjour, monsieur Paul ! répondit-elle en s'inclinant.

Il y eut un silence embarrassé, puis Gideon se racla la gorge.

— M. Paul jouera différentes valses, expliqua-t-il. Lord Kilmartin sera votre cavalier, mademoiselle Masters, car nous pensons que vous devez vous habituer à danser avec toutes sortes de... partenaires.

Elle crut défaillir de déception.

— Je vois, murmura-t-elle.

Gideon prit une profonde inspiration, puis débita d'une voix neutre, comme s'il récitait une leçon :

— J'ai à faire dans la propriété de mon oncle. Je vous verrai avec lord Kilmartin cet après-midi, à l'heure que je vous ai indiquée.

Il jeta un coup d'œil à M. Paul. Il pouvait difficilement évoquer une « leçon de maintien » devant lui, devina Lily. Il se serait étonné qu'une jeune femme de la noblesse en ait besoin.

Elle ne répondit pas.

Gideon s'inclina brièvement, et sortit sans lui accorder un regard. Blessée, elle se détourna, et s'aperçut que Kilmartin l'observait.

— Prête ? s'enquit-il avec douceur. Monsieur Paul, s'il vous plaît, pouvez-vous jouer une valse lente.

— Certainement, lord Kilmartin.

Kilmartin tendit la main à la jeune fille, l'invitant à approcher. Elle le rejoignit d'un pas mécanique, et s'efforça de lui sourire. Après tout, elle était censée valser toute la matinée...

Lily entra dans la salle de bal pour sa leçon de maintien, Kilmartin à son côté. Elle paraissait fort réservée.

« Un homme peut-il se mépriser davantage que moi ? » songea Gideon avec amertume. Il se conduisait comme un fou, chaleureux et enjoué un instant, capricieux et blessant l'instant d'après. Rien d'étonnant à ce qu'elle paraisse si distante.

— Gideon, as-tu besoin de moi pour cette partie de la leçon ? demanda Kilmartin. J'aimerais m'allonger un peu dans le noir avec un linge glacé sur le front.

Gideon examina son ami, et dut reconnaître qu'il avait le teint verdâtre. Toutes ces valses n'avaient pas dû arranger les choses. Il se sentit coupable de lui avoir imposé cette tâche.

— Nous devrions pouvoir nous en sortir sans toi, Lawrence. Du reste, nous allons simplement apprendre à marcher, puisque Mlle Masters a tendance à filer comme le vent.

À ces mots, Lily se redressa, visiblement piquée au vif. Bien. Cela valait mieux que l'expression froide et triste qu'elle arborait un peu plus tôt.

— Merci, Gideon, fit Kilmartin. N'oublie pas que tu dois voir la jument de Cunnington cet après-midi. Je vous dis à demain, mademoiselle Masters. Nous partirons de bonne heure.

— Très bien, lord Kilmartin, murmura Lily en s'inclinant.

Une fois seuls, les deux jeunes gens se dévisagèrent dans un silence embarrassé. Elle avait toujours l'air buté, mais il ne voyait que son cou gracile et souple qui évoquait celui d'un cygne.

Un cygne !

— Suivez-moi, mademoiselle Masters, ordonna-t-il en pivotant sur ses talons.

Il entendit les souliers de Lily claquer sur le sol de marbre tandis qu'elle lui emboîtait le pas.

Une fois dehors, ils se dirigèrent vers le jardin de derrière, ne s'arrêtant que devant le grand bassin. Là, Gideon désigna les trois cygnes qui voguaient majestueusement sur l'eau.

— Vous voyez comme ils glissent, mademoiselle Masters ? La tête haute, mais pas trop ? C'est ainsi que vous devez faire. Vous levez toujours un peu trop le menton. Essayez.

Elle fit quelques pas, sa robe balayant l'herbe.

— Que dites-vous de cela ? demanda-t-elle.

— Hmm… Les épaules, ça va, mais baissez un peu la tête, et glissez… Non, ne vous précipitez pas ! Rappelez-vous, vous n'allez nulle part en particulier, et vous ne fuyez personne… Feignez d'être… une reine. Vous n'avez à vous méfier de rien, vous régnez, vous possédez tout. Et tout le monde vous regarde.

Lily se secoua légèrement, comme pour se défaire d'un poids imaginaire, puis, carrant les épaules, le menton à peine levé, elle avança d'un pas majestueux.

Elle glissait. Magnifiquement. Enfin !

— C'est ça, Lily ! Splendide ! Une vraie reine…

Elle affichait une fierté et une grâce souveraines, ses cheveux étincelant au soleil comme une couronne d'or massif.

Elle s'arrêta.

— J'ai réussi ? questionna-t-elle, le regard plein d'espoir.

— Oui, répondit-il avec un sourire. À la perfection.

Une mèche reposait sur son cou tel un fil d'or et Gideon ne put s'empêcher de tendre la main pour la remettre en place. Ce faisant, ses doigts effleurèrent la peau soyeuse.

Lily se figea.

Gideon fronça les sourcils. L'espace d'une interminable minute, il perçut quelques détails : la dentelle qui soulignait son décolleté, un cygne qui agitait les ailes dans le bassin, le parfum des roses anciennes. Puis l'univers parut se rétrécir, se bornant aux yeux et à la bouche de Lily.

Sa main se referma sur le cou de la jeune fille tandis qu'il continuait à la regarder. Il se mit à caresser doucement sa peau du pouce. Elle trembla et ferma les yeux.

— Pardonnez-moi, Lily, murmura-t-il dans un souffle.

Il s'inclina et effleura ses lèvres des siennes. C'était à peine un baiser, et il ne put s'en contenter. Il avait envie de l'embrasser depuis trop longtemps ! Et sa bouche sous la sienne était si douce, si généreuse. Il insista, franchit le barrage de ses lèvres et la caressa de la langue. Lily laissa échapper un gémissement.

S'enhardissant, Gideon glissa les mains autour de sa taille pour l'attirer contre lui. Les mains de Lily remontèrent sur son torse, se nouèrent derrrière sa nuque, puis elle renversa la tête, s'offrant à lui.

Il n'y avait aucun artifice dans son baiser, rien qu'un instinct primitif et sûr. Émerveillé, ivre de désir, Gideon s'empara de sa bouche avec avidité. Jamais il n'avait éprouvé un plaisir à la fois si vif et si doux.

Il délaissa sa bouche pour sa gorge, et elle soupira, murmurant quelques paroles incompréhensibles. Resserrant son étreinte, il la souleva contre lui pour qu'elle sache à quel point il la désirait. Elle enfouit le visage au creux de son épaule, se pressa contre lui en ondulant des hanches, et il crut devenir fou. Seigneur, elle aussi le désirait !

Soudain, il se permit toutes les audaces. Il chercha de nouveau sa bouche, s'en empara avec fièvre, sa main remonta sa jupe pour caresser la peau satinée de ses cuisses, s'insinuer jusqu'à l'endroit brûlant et humide qui s'épanouissait sous ses doigts et la faire vibrer de plaisir, crier même… « Je vais la prendre ici, dans le jardin… », songea-t-il.

Puis un cygne poussa un cri irrité, et Gideon recouvra brutalement ses esprits.

Il s'arracha à sa bouche, et l'écarta de lui. Lily appuya le front contre son torse, et ils demeurèrent ainsi de longues minutes, leurs souffles rauques dans le silence.

Finalement, Gideon se détacha de Lily et baissa les yeux sur elle. Elle avait les joues empourprées, les lèvres gonflées et les yeux encore voilés de désir.

Il se laissa tomber sur un petit banc de fer forgé, les paumes sur les cuisses. Il semblait aux abois.

— Lily, je n'ai pas le droit… Je n'aurais pas dû…

Elle s'assit lentement à l'autre bout du banc. Dans le silence qui suivit, elle entendit la fontaine couler à flots dans le bassin des cygnes.

Elle avait le vertige, était comme ivre de Gideon Cole. Tout son corps, ses lèvres, sa gorge, son ventre, la brûlait comme si elle avait été exposée à un feu ardent. Ce baiser avait été dévastateur, bien plus puissant que *tout* ce qu'elle avait imaginé, ou lu dans les livres.

— Constance, articula-t-il avec difficulté. Constance est tout ce qui compte pour moi.

Il se tourna vers Lily, puis baissa vivement les yeux comme si la regarder était trop douloureux.

— Elle a... la fortune et la position sociale, reprit-il. C'est la fille d'un marquis.

On aurait dit qu'il essayait de se persuader lui-même. Lily se taisait.

— Vous comprenez, ma sœur Helen a eu le malheur de faire un mauvais mariage. Son mari boit.

— Comme mon père, murmura Lily.

Gideon la regarda.

— Vous a-t-il jamais frappée ?

— Non. Il se contentait de dépenser tout ce que nous avions pour boire, répondit-elle avec un sourire triste. Monsieur Cole, essayez-vous de me dire que votre beau-frère bat votre sœur ?

Gideon ferma les yeux d'un air las. Lorsqu'il les rouvrit, son regard était tourmenté.

— Elle a des marques sur le visage, Lily... comme s'il lui donnait des coups de poing. Je l'ai remarqué plus d'une fois. Elle ne s'est jamais plainte ouvertement mais... j'en suis certain. Il boit, et ensuite, il la frappe.

— Oh, Gideon ! souffla Lily.

— Lorsque nous avons perdu nos parents, nous nous sommes retrouvés avec très peu d'argent et beaucoup de dettes. Je n'étais qu'un adolescent. Et j'avais peur, je l'avoue. J'ai vendu notre maison pour régler nos dettes, et il restait à peine assez pour que je finisse mes études. Alors Helen a décidé d'accepter une demande en mariage afin que je puisse continuer à aller à Oxford. Elle avait dix-sept ans, mais elle m'a assuré qu'elle aimait l'idée de se marier. J'aurais mieux fait de m'engager dans l'armée, et de lui constituer une dot qui lui aurait permis de faire un meilleur mariage. Je m'en aperçois aujourd'hui, mais à l'époque je voulais rester à Oxford. Je voulais réparer les torts que mon père nous avait faits, reconstituer notre fortune, restaurer l'honneur de la famille... Helen le savait. Je crois que c'est en partie pour cela qu'elle a accepté de s'unir à ce riche fermier. Il n'était pas méchant, du reste, au début. Mais son penchant pour la boisson a empiré, ainsi que son comportement...

Lily imaginait sans peine ce qu'il devait ressentir. Gideon Cole, qui se battait aux côtés des faibles et des opprimés, incapable de protéger sa propre sœur !

— Votre oncle ne peut pas l'héberger ? questionna-t-elle.

— Il était farouchement opposé à ce mariage, et Helen a passé outre. Ils ne se parlent plus depuis. Mais lorsque j'aurai épousé lady Constance, je pense pouvoir la persuader de venir vivre avec nous. Ou au moins l'installer dans sa propre maison.

Gideon était bon, songea Lily. Bon et généreux. Il était humain, et respectable. Mais rien n'avait changé malgré ce baiser passionné. Son plan de carrière demeurait, et épouser lady Constance était la clé de voûte de son avenir.

— Je ne vous contraindrai pas à rester si vous préférez quitter Aster Park, dit-il, la voix brisée par l'émotion.

À cet instant précis, Lily sut qu'elle l'aimait.

C'était à la fois délicieux et étrange, un bonheur et une torture. Elle contempla le profil de Gideon. Comment quelqu'un qui semblait lui être destiné de toute éternité pouvait-il lui échapper à jamais ?

Elle écouta l'eau de la fontaine se déverser dans le bassin. C'était donc cela l'amour. Un sentiment qui vous emplit toute, et qu'il vous faut repousser de crainte qu'il ne vous submerge.

— Je vous accompagnerai à Londres, Gideon, et je vous aiderai à gagner le cœur de Constance. Je ferai même tout mon possible.

Et elle pensait chacune des paroles qu'elle avait prononcées, même si cela lui déchirait le cœur.

— Merci, Lily, murmura-t-il.

— Mais une fois que vous serez fiancé à lady Clary, je m'en irai, ajouta-t-elle avec douceur.

Cette fois, il la dévisagea, comme s'il cherchait à graver ses traits dans sa mémoire.

— Si c'est ce que vous souhaitez, murmura-t-il d'une voix sourde.

Mais tous deux savaient qu'elle n'avait d'autre choix pour préserver sa fierté. « Ne te mets jamais à la merci d'un homme », lui avait dit sa mère.

— Oui, c'est ce que je souhaite, assura-t-elle fermement.

Il hocha la tête.

— Que ferez-vous, après ?

— Ce que j'ai toujours fait. Survivre.

Elle s'efforça de prendre un ton léger, mais sa voix la trahit. Le silence les enveloppa, et chaque minute qui passait semblait creuser un gouffre entre eux.

— Gideon ! appela la voix de Kilmartin à l'autre bout du jardin. Tu viens voir la jument de M. Cunnington ?

— J'arrive, Lawrence.

Gideon se leva et Lily l'imita.

— Nous nous verrons au dîner, mademoiselle Masters ?

— Entendu, monsieur Cole, répondit-elle, assortissant ses paroles d'une gracieuse révérence.

— Je ne m'inquiète pas pour votre entrée dans le monde, Lily. Vous êtes une vraie dame, peut-être la plus authentique que j'aie jamais rencontrée.

Il s'inclina profondément puis tourna les talons. Elle le suivit des yeux jusqu'à ce qu'il disparaisse à sa vue.

13

— Encore une fichue cousine, hein ?

Telles furent les paroles avec lesquelles la revêche tante Hester les accueillit. Elle examina Lily à travers son face-à-main qui agrandissait exagérément ses yeux bleus et le réseau de rides qui sillonnaient son visage, et ajouta :

— Vous ne ressemblez pas du tout aux Mowbry. Mais je dois dire que les membres de la famille de Lawrence se reproduisent comme des lapins. Impossible de savoir où on en est… Enfin, ravie de faire votre connaissance, ma chère. Et puisque nous sommes parentes, vous pouvez m'appeler tante Hester. On m'a demandé de vous servir de chaperon et j'espère que vous appréciez mon dévouement. Bon sang, je ne connais rien de plus ennuyeux !

Sur ce, elle tourna abruptement les talons et quitta la pièce en boitillant.

Le trio échangea des regards étonnés.

— Eh bien ! Elle est absolument charmante, Lawrence, commenta Gideon, ironique.

— Elle est très âgée, Gideon. À mon avis, nous pourrions recevoir toutes les actrices du théâtre de Drury Lane dans le salon sans qu'elle s'en soucie. Ni n'entende quoi que ce soit, soit dit en passant. Mais elle a la respectabilité dont nous avons besoin. Méfie-toi tout de même de sa canne. Elle sait s'en servir !

— Elle dit des gros mots, s'étonna Lily. Et elle ne fait pas de révérence.

— C'est le privilège de l'âge et de la fortune, je suppose, soupira Kilmartin. Et si elle tentait de faire une révérence, elle ne pourrait sans doute pas se redresser !

— Je l'aime bien, déclara Lily.

— Que cela ne vous donne pas d'idées, mademoiselle Masters, lança Gideon en réprimant un sourire. *Vous* ferez des révérences et direz « juste ciel ». À présent, allons nous installer dans nos chambres. Où sont nos malles ?

À cet instant, plusieurs domestiques, étonnamment jeunes, beaux et bien bâtis, pénétrèrent dans la maison avec lesdites malles et s'engagèrent dans l'escalier.

Gideon indiqua un plateau débordant de cartes de visite.

— J'ai envoyé un mot à un certain nombre de relations pour les informer que je serais présent pour la saison. Lawrence a fait de même, et il n'a pas oublié de mentionner qu'il venait avec vous ; d'où cette avalanche d'invitations. Tout le monde est curieux de voir à quoi vous ressemblez, mademoiselle Masters. La nouveauté intrigue toujours. Nous commencerons ce soir avec le bal de lady Braxton. Vous sentez-vous prête à affronter la haute société ?

Comme il s'y attendait, Lily lui adressa un regard de défi.

— Ne levez pas le menton d'un air aussi menaçant, mademoiselle Masters. Pensez aux cygnes !

Lily rougit et il regretta aussitôt cette allusion involontaire à leur baiser. Embarrassé, il décida de suivre les valets dans l'escalier en leur lançant des ordres. Et prétendit, en vain, ne pas être conscient des yeux aiguemarine qui observaient chacun de ses mouvements.

À peine réveillé, Gideon s'assit sur son lit et ouvrit l'écrin qu'il n'avait pas touché depuis des années. Le couvercle grinça, mais le collier – un petit diamant au bout d'une chaîne en or – n'avait rien perdu de son éclat.

C'était le collier de sa mère, l'un des rares que son père n'avait pas mis au clou ou perdus au jeu. Elle y tenait beaucoup, et Gideon et sa sœur savaient qu'elle ne le portait que dans les grandes occasions.

À une époque, il avait songé à offrir ce bijou à Constance une fois qu'ils seraient mariés, puis il avait changé d'avis. Ce diamant de petite taille lui paraîtrait indigne d'elle, la fille d'un marquis. Il aurait aussi pu le donner à Helen, mais il craignait que son mari ne mette la main dessus.

Pourquoi avait-il choisi Lily ? Certes, il lui fallait un collier pour compléter ses toilettes, mais elle ne faisait que passer dans sa vie. Une fois cette comédie terminée, elle partirait. Et s'il parvenait à oublier leur baiser, il ne garderait plus qu'un vague souvenir de leur rencontre.

Sauf qu'il ne parvenait pas à l'oublier.

Il y pensait sans cesse, et chaque fois, un désir brûlant s'emparait de lui. La nuit dernière, cela l'avait empêché de dormir au point qu'il s'était dit qu'il mourrait s'il ne pouvait posséder Lily Masters le plus rapidement possible.

C'était de la folie, ni plus ni moins.

D'autant qu'il ne voulait pas l'y contraindre par la persuasion. Il voulait qu'elle vienne à lui pour lui-même et non parce qu'elle voyait en lui un éventuel… protecteur. Si donc elle ne venait pas de son plein gré, jamais il ne se passerait rien entre eux.

« Bon sang, reprends-toi, mon vieux ! » se tança-t-il. Cette tocade, il en était convaincu, était due au fait qu'il avait été littéralement cloîtré avec elle, à Aster Park. Et qu'il n'avait pas eu de femme dans son lit depuis trop longtemps.

Dire qu'il avait perdu tout contrôle au point de soulever la robe de Lily… Il réprima un sourire. Voilà qui ne risquait pas de lui arriver avec Constance ! D'ailleurs, à l'instant où il la reverrait, il recouvrirait la raison, cela ne faisait aucun doute.

Soudain, il décida d'aller à son club plutôt que de dîner avec Lawrence et Lily. Ils n'auraient qu'à passer le prendre en se rendant au bal. Mais auparavant, il laisserait le collier à Kilmartin afin qu'il le remette à Lily. Il préférait ne pas voir le regard émerveillé de la jeune fille quand elle découvrirait le bijou. Elle serait déjà assez difficile à oublier comme ça. Inutile de s'imposer un autre souvenir douloureux.

— Gideon s'est absenté quelques heures, mademoiselle Masters, lança gaiement Lawrence au dîner. Nous passerons le prendre au *White's* avant le bal. Mais, Seigneur, vous êtes jolie comme un cœur !

La nouvelle de la défection de Gideon annoncée si joyeusement, et suivie d'un *compliment*... Un instant, Lily fut totalement déconcertée.

— Euh... merci, lord Kilmartin. Qu'est-ce que le *White's* ?

— Un des plus vieux clubs de Londres, ma chère. Et des mieux fréquentés.

Lily portait la robe de satin bleu dans laquelle elle ressemblait à un « diamant de la plus belle eau », selon Mme Marceau. Elle aurait tant voulu en avoir la confirmation dans les yeux de Gideon. Elle y aurait puisé du courage.

— Ah ! J'oubliais. Il a laissé quelque chose pour vous, ajouta Kilmartin. Un collier. Nous aurions dû y penser avant, car c'est l'indispensable complément d'une toilette.

Il tendit l'écrin à Lily. Elle s'en empara d'un air incrédule, l'ouvrit en tremblant. Et son cœur s'emballa. Gideon lui donnait un *diamant* ?

— C'est un diamant, confirma Kilmartin. Petit, mais très pur. Je crois qu'il appartenait à la mère de Gideon.

— Oh...

— Hum... Avez-vous besoin d'aide pour le fermoir ? s'enquit-il, l'air soudain mal à l'aise.

De toute évidence, il n'avait aucune envie de toucher le cou de Lily.

— Non, je vous remercie, répondit-elle en serrant l'écrin contre elle comme s'il s'agissait du cœur de Gideon.

Une grande partie du trajet jusqu'à la demeure des Braxton se déroula dans un silence gêné. Kilmartin, Gideon et Lily étaient aussi tendus que trois bandits de grand chemin sur le point d'attaquer une malle-poste.

Lily était assise en face de Gideon. Elle portait un châle de soie, si bien qu'il ne savait pas quelle robe elle avait choisie. Il se demanda s'il n'aurait pas dû la conseiller.

Tante Hester était assise près de Lily et ronflait doucement. Elle les avait prévenus qu'une fois son rôle de chaperon bien évident pour tout le monde, elle filerait discrètement – si tant est que ce terme puisse s'appliquer à une personnalité pareille.

Gideon prit enfin la parole pour expliquer le déroulement des opérations : Lily entrerait la première au bras de Kilmartin, et tante Hester les suivrait. Gideon entrerait peu après, et se mélangerait à la foule pour surveiller les réactions des invités. Il retrouverait ensuite Kilmartin et saluerait ostensiblement Mlle Masters.

— Éludez toutes les questions, lui rappela Gideon.

— Et n'oubliez pas les détails sur le Sussex, ajouta nerveusement Kilmartin.

Lily sourit, et ce fut comme si un rayon de soleil éclairait la voiture plongée dans la pénombre. À sa façon, elle les rassurait, alors que cela aurait dû être le contraire. Un comble ! songea Gideon.

Cela commença assez subtilement. Kilmartin et Lily franchirent le seuil brillamment éclairé et passèrent devant la rangée de valets de pied. Comme convenu, Gideon demeura en retrait.

Il vit lord Stanley se tourner nonchalamment vers l'entrée, comme s'il cherchait quelqu'un. Puis son regard se posa sur Lily. Et il se figea. Quelques secondes plus tard, s'arrachant à sa contemplation, il se pencha pour chuchoter à l'oreille de son compagnon, lord Carrington.

Les deux hommes suivirent Lily du regard tandis qu'elle fendait la foule au bras de Kilmartin. Peu accoutumé à être au centre de l'attention, et ravi d'apparaître en compagnie d'une aussi jolie jeune fille, celui-ci avait les joues en feu.

Dans sa robe de satin bleu-argent, Lily était resplendissante. Une brume flottant sur l'aube. « Madame Marceau a vraiment du génie », songea Gideon. La jeune fille avait quelque chose de quasi surnaturel !

Lui seul, ici, savait à quel point elle était de chair et de sang. Car lui seul avait senti son cœur battre contre le sien et goûté à la douceur de ses lèvres.

Il prit une profonde inspiration. Il était supposé s'intéresser à Constance, non ? Il la chercha des yeux.

Et la repéra sans peine. Dans sa robe de soie vert tendre rebrodée d'or, elle ressemblait à la déesse du printemps. Comme d'habitude, elle était entourée d'un groupe de mortels au milieu desquels babillaient celles qu'il appelait ses suivantes. Elle avait une allure à couper le souffle.

Il suivit la direction de son regard, et s'aperçut qu'elle regardait Lily. Elle affichait une expression qu'il ne lui avait jamais vue : une sorte de hargne froide...

La foule absorba Kilmartin et Lily, et Gideon les perdit de vue.

Prenant soudain conscience du regard de Gideon sur elle, Constance se ressaisit, et lui adressa un sourire éblouissant assorti d'un léger signe de tête. Il lui rendit son salut. Puis il l'ignora, de même que les différentes personnes qui tentaient d'attirer son attention, et partit à la recherche de Kilmartin et de Lily.

Lily décida de traiter l'événement comme un rêve, car dans les rêves, il suffisait de se laisser porter, et de s'émerveiller. Son cœur, qui battait à grands coups, retrouva lentement un rythme normal.

De sa vie elle n'avait vu autant de gens beaux et propres rassemblés en un même lieu. Tous semblaient scintiller sous le lustre imposant. Partout ce n'était que bagues, colliers, bracelets et diadèmes. Des bijoux dont un seul les aurait fait vivre, Alice et elle, jusqu'à la fin de leurs jours.

Mais elle était ici pour Gideon et son fichu plan de carrière, non pour voler. Des jeunes gens élégants ne cessaient de se succéder, demandant avec empressement qu'on les présente. Lord Jarvis, un gentleman blond fort aimable, lui réclama une valse. Elle accorda des quadrilles à quelques autres, leur offrant son carnet de bal sous l'œil nerveux de Kilmartin.

Gideon arriva à l'instant où elle extrayait sa main de la grande patte du beau George Willett.

— Enchantée d'avoir fait votre connaissance, monsieur Willett, dit-elle. À tout à l'heure pour notre danse.

Éperdu d'admiration, Willett s'inclina en silence, avant de s'éloigner.

— Oh ! Bonsoir, Gideon. Je crois que tu connais ma cousine, Mlle Masters ? fit Kilmartin comme s'il récitait un texte appris par cœur.

— Essaye d'être un peu plus convaincant, mon vieux, murmura Gideon. Ravi de vous revoir, mademoiselle Masters, poursuivit-il en élevant la voix.

Il s'inclina sur la main de Lily, puis se redressa et croisa son regard.

C'est l'expression déconcertée de Kilmartin qui lui fit prendre conscience que Gideon et elle se regardaient depuis beaucoup trop longtemps. Elle retira sa main et, inconsciemment, la porta au diamant qui reposait sur son décolleté. Gideon suivit son geste du regard et parut soudain ébranlé.

— Mlle Masters vient de faire la connaissance de lord Jarvis, murmura Kilmartin d'une voix surexcitée. Et il a réclamé une valse !

— Très bonne nouvelle, Lawrence. C'est une valse qu'il ne dansera pas avec Constance. Me ferez-vous l'honneur de m'accorder une valse ou deux, mademoiselle Masters ? ajouta-t-il avec un regard légèrement amusé.

Lily se contenta de hocher la tête, et se hâta de rectifier son expression un poil trop combative, arrachant un sourire en coin à Gideon.

Elle perçut tout à coup une tache de couleur vive à la limite de son champ de vision. Tournant la tête, elle découvrit une femme incroyablement belle, vêtue de vert et d'or, qui se dirigeait vers eux avec la grâce aérienne d'une feuille volant au vent. On aurait dit une allégorie vivante du printemps, songea Lily, saisie.

Cette déesse ne pouvait être que lady Constance Clary, devina-t-elle, le cœur serré.

Son rêve se fracassa en mille morceaux. Car tout ce que Gideon avait dit à son sujet était vrai. Soudain, elle regretta de lui avoir promis de l'aider. Comment pouvait-on rivaliser avec une telle divinité ?

À l'évidence, ce baiser dans le jardin lui avait fait perdre tout bon sens. Personne ne devrait avoir à tenir une promesse faite après une pareille étreinte, songea-t-elle, au désespoir. Et si elle partait sur-le-champ ?

— Bonsoir, lady Clary, dit Gideon à la déesse. Permettez-moi de vous présenter Mlle Lily Masters, la cousine de lord Kilmartin. Elle vit dans le Sussex.

Constance posa son froid regard gris sur Lily – ses yeux étaient immenses, bordés de cils pâles, et ses prunelles presque transparentes –, puis elle s'inclina dans une révérence des plus gracieuses.

— Bonsoir, mademoiselle Masters.

Si le ton de Constance avait été chaleureux, Lily ne l'aurait pas supporté. Elle se serait peut-être élancée dans la nuit en criant : « Elle est trop parfaite ! Je n'y arriverai jamais ! » Mais la voix de lady Clary était d'acier, telle une épée qu'on aurait dégainée de son fourreau, et l'instinct de Lily la poussa à se battre.

Elle plongea à son tour dans l'une de ses charmantes révérences, puis afficha une expression mêlant savamment sympathie et indifférence.

— Bonsoir, lady Clary. Je suis ravie de faire votre connaissance.

La voix sensuelle de Lily arracha un tressaillement à Constance. Elle ne s'attendait manifestement pas à un tel outil de séduction…

— Très heureuse moi aussi, mademoiselle Masters. Puis-je me permettre de vous dire que votre robe est tout à fait… saisissante, ajouta-t-elle avec juste ce qu'il fallait d'ironie pour être désagréable.

Gideon et Kilmartin se tournèrent vers Lily d'un même mouvement.

— Oh ! Merci ! La vôtre est aussi très…

Lily balaya Constance du regard, puis, l'expression soigneusement neutre, comme si elle s'efforçait d'éviter un faux pas, conclut :

— … inhabituelle.

Constance fronça imperceptiblement les sourcils. Nul doute qu'elle s'était attendue à un vague bredouillement ou à un rougissement mortifié en guise de réponse. Elle n'était certes pas habituée à ce qu'on lui retourne ses insultes avec une telle assurance.

— Puis-je vous demander qui est votre couturière, mademoiselle Masters ?

— Certainement, lady Clary. Je m'habille à Londres chez Mme Marceau.

Constance eut un sourire condescendant.

— Ah ! Je vois. Je n'ai jamais entendu parler d'elle.

— Vraiment ? s'exclama Lily avec une extrême compassion. Il est vrai qu'elle est très sélective. C'est *elle* qui choisit ses clientes, et non le contraire. Et c'est un honneur, je dois dire, de faire partie de sa sélection. Je possède désormais une jolie collection de ses ravissantes toilettes. Ses robes de lecture sont les plus belles que j'aie vues !

Constance parvint tant bien que mal à dissimuler son étonnement.

— Des robes de lecture ? répéta-t-elle.

Lily vit Gideon et Kilmartin tourner la tête dans sa direction.

— Oui, fit-elle d'un air étonné.

Puis feignant de comprendre brusquement, elle ajouta d'un ton empreint de pitié :

— Oh ! Cette mode n'est pas encore arrivée à Londres ? Elle fait pourtant fureur à Paris.

Constance se pétrifia une fraction de seconde, puis répondit :

— Elle est arrivée à Londres, bien sûr. D'ailleurs, j'*adore* ces robes. Ma couturière en crée de superbes. La vôtre est-elle très chère ?

Lily jubilait.

— Mon Dieu, murmura-t-elle en fronçant les sourcils, cela dépend de ce que vous entendez par « cher ».

Et elle lança un regard éloquent à Gideon, afin que son allusion soit absolument claire.

Constance regarda tour à tour Gideon et Lily.

— Je parlais de ses tarifs, précisa-t-elle d'un ton sec.

— Hmm. Je suppose qu'elle l'est… pour quelqu'un qui se soucie de ce genre de choses, veux-je dire, répliqua-t-elle avec un sourire radieux.

Constance n'eut d'autre choix que de sourire à son tour.

Gideon jugea bon d'intervenir.

— L'air de la campagne vous réussit, Constance. Vous respirez la santé.

Lily faillit éclater de rire. Elle doutait que ce soit là le genre de compliment que lady Clary appréciait de recevoir en présence de la mystérieuse Mlle Lily Masters !

— Merci, Gideon, répondit Constance, avant de glisser un coup d'œil à Lily, l'air de dire : « Vous voyez ? Je l'appelle par son prénom, moi. »

Lily ne sembla nullement affectée.

— Mlle Masters m'a fait l'honneur de m'accorder quelques valses. Mais peut-être consentirez-vous à m'en accorder une aussi, Constance, risqua Gideon.

— Oh ! Quel dommage, Gideon ! susurra Constance. J'ai promis toutes les valses à lord Jarvis !

Lily fronça les sourcils d'un air perplexe.

— Toutes les valses, ma chère ? fit-elle. J'en suis étonnée, car je lui en ai, moi aussi, promis une… Du reste, le voilà qui vient me chercher.

Constance vira à l'écarlate tandis que Lily décochait un sourire éclatant à lord Jarvis, qui ne semblait pas le moins du monde coupable. Il s'inclina devant Constance, Gideon et Kilmartin, puis guida fièrement Lily vers la piste. La jeune femme ne jeta pas un seul regard en arrière, et Gideon dut résister à l'envie de la retenir par le bras.

— Pour ce qui est de *mes* valses, observa Kilmartin d'un air satisfait, je les ai toutes promises à lady Anne Clapham.

Sur ce, il partit à la recherche de sa cavalière, laissant Gideon seul avec Constance, qui avait encore les joues empourprées et l'air incrédule.

Gideon n'aurait pas cru lord Jarvis si prompt à apprécier la nouveauté. Avec quel empressement il était venu chercher Lily pour danser !

Il se força à s'arracher à la contemplation du couple en train de valser et se tourna vers sa compagne. Intéressante, la rapidité avec laquelle elle avait inventé un mensonge – très maladroit, d'ailleurs – pour sauvegarder son amour-propre. Cela dit, c'était bien la première fois qu'il la voyait en difficulté. Il saisit l'occasion de jouer les héros.

— Me ferez-vous l'honneur de danser cette valse avec moi, Constance ? Lord Jarvis semble avoir oublié ses engagements, ce soir.

En guise de réponse, elle prit le bras de Gideon et lui adressa un sourire plein de grâce. C'était vraiment une créature spectaculaire, songea-t-il. Elle ferait une épouse de rêve !

Ils s'avancèrent sur la piste et Gideon ne put s'empêcher de chercher Lily des yeux.

Lily se remémora l'expression de stupeur de lady Constance lorsque lord Jarvis était venu la chercher pour danser. Quel plaisir d'avoir rabattu son caquet à cette pimbêche !

Hélas, son plaisir était gâché parce que en ce moment même, c'était Gideon qui dansait avec Constance. Il avait posé la main sur sa taille, riait avec elle, tourbillonnait avec elle... Ils formaient un couple magnifique, elle devait l'admettre. Des dieux descendus de l'Olympe.

Lily détestait lady Constance Clary.

Soudain, elle se rendit compte que lord Jarvis lui parlait.

— Et d'où êtes-vous originaire, mademoiselle Masters ?

— Du Sussex, lord Jarvis. Près de Wilmington.

— Un endroit charmant. Connaissez-vous Brighton ?

— Mon père nous y emmène tous les ans. Nous apprécions beaucoup l'air marin.

— Dois-je en conclure que vous aimez le grand air, en général ?

— Tout à fait ! J'adore monter à cheval. Le mien s'appelle McBride. Il est superbe. Je lui ai donné le nom de l'ancien palefrenier de mon père parce qu'il a une longue figure sombre, exactement comme lui.

Lily se laissa emporter par son récit. C'était si amusant d'inventer !

— Et qu'est devenu McBride, le palefrenier ? s'enquit lord Jarvis.

— Il a épousé la servante de l'auberge et lui a fait neuf enfants. Il est mort de bonheur il y a quelques années. Enfin, c'est ce que prétend papa.

Lord Jarvis éclata de rire, et Lily lui adressa un sourire ravi.

— Mais où donc vous cachiez-vous, mademoiselle Masters ? s'exclama Jarvis.

— C'est ma première saison, répondit Lily d'un ton grave. Papa a pensé qu'il était temps pour moi de renoncer à Brighton pour venir à Londres. « Grand temps que ces jeunes gens de la capitale connaissent ton existence, ma chérie », m'a-t-il dit.

Lord Jarvis rit de nouveau, apparemment sous le charme.

Lily retint un cri de triomphe. Elle était parvenue à intéresser un authentique lord !

Et pourtant, elle avait le cœur déchiré de voir l'homme qu'elle aimait valser avec une autre.

— Je suis si heureux de vous revoir, Constance. La couleur de votre robe met merveilleusement vos yeux en valeur.

— N'est-ce pas ? fit Constance. Ma couturière…

Elle s'interrompit. De toute évidence, elle avait beaucoup moins confiance en sa couturière depuis sa conversation avec Lily Masters.

— Hum, ma couturière m'a assuré qu'elle m'avait réservé l'exclusivité de ce tissu, car personne d'autre à Londres ne pourrait porter une couleur pareille.

— Et je sais à quel point cela vous plaît, murmura Gideon.

— Peut-être devrais-je changer de couturière.

Tiens, elle allait à la pêche !

— Peut-être, en effet, Constance. Encore que je détesterais que vous changiez quoi que ce soit à votre personne, ne serait-ce qu'un cheveu. Votre couturière semble tellement bien vous convenir.

Ne sachant trop comment prendre cette remarque, Constance préféra changer de sujet.

— Connaissez-vous Mlle Masters depuis longtemps ? s'enquit-elle d'un ton léger.

— Deux semaines environ, répondit-il tout aussi légèrement. Nous nous sommes trouvés ensemble à la campagne, chez lord Kilmartin.

— Ah oui ?

Constance fit une pause, puis :

— Je devrais peut-être l'inviter à l'un de mes dîners. J'aimerais la connaître. Elle semble très… agréable.

— Elle l'est, en effet, renchérit Gideon.

Il se tut, l'air rêveur.

— Et à quoi ressemble sa famille ? voulut savoir Constance.

— Son père est riche, paraît-il.

— Riche ? répéta-t-elle d'une voix étranglée.

— *Très* riche même, précisa-t-il avec délectation. Il possède pratiquement toutes les terres autour de Wilmington, ainsi que des maisons, des chevaux. Il a eu la main heureuse en matière d'investissements, m'a-t-on dit.

— Mais il n'a pas de titre, lâcha Constance d'un ton triomphant.

— Non, en effet, admit Gideon en fronçant les sourcils, comme s'il ne voyait pas quelle importance cela pouvait avoir.

Constance changea abruptement de tactique.

— Papa m'a demandé de vos nouvelles aujourd'hui. Il vous aime beaucoup.

— S'il vous plaît, transmettez-lui mon meilleur souvenir.

— Il souhaite, ai-je cru comprendre, vous présenter à des gens très importants à son retour de la campagne. Je crois savoir que le poste de ministre des Finances ne va pas tarder à être attribué.

À ces mots, Gideon se détendit un peu, et réalisa alors qu'il était toujours légèrement tendu lorsqu'il dansait avec Constance.

Il lui adressa un sourire chaleureux.

— Dites à votre père que je serais très heureux de rencontrer ces gens importants. Ou de parler avec lui de ce poste de ministre des Finances…

Lily venait d'exécuter un quadrille où elle avait pour partenaire George Willett, et elle était plutôt contente de sa performance. George Willett semblait de cet avis, lui aussi, et lui demanda de bien vouloir lui accorder un entretien plus tard dans la soirée. Le pauvre garçon en bégayait d'émotion.

— J'en serais ravie, monsieur Willett, répondit-elle avec douceur.

Il s'éloigna et elle venait à peine de déployer son éventail quand Gideon se matérialisa à son côté.

— Mademoiselle Masters ? Je crois que c'est notre valse.

Elle leva les yeux vers lui. Il était splendide en habit de soirée, mais elle le préférait en manches de chemise au soleil. Et elle aurait juré que lui aussi préférait cela.

— Si vous continuez à agiter cet éventail avec autant de force, Lily, vous allez faire s'envoler les robes de mousseline, murmura-t-il.

— Et peut-être s'amuserait-on *enfin* ! répliqua-t-elle d'un ton plus acerbe qu'elle ne l'aurait voulu.

Gideon rit et lui offrit le bras. Des têtes se tournèrent vers eux, et l'on dévisagea Lily avec curiosité. Puis les têtes se détournèrent, et la jeune fille devint le sujet des conversations voisines. C'était ce que Gideon voulait, elle le savait. Qu'on la remarque.

Elle contint son impatience, ravala son amour-propre et posa sa main gantée sur le bras de son compagnon pour rejoindre la piste de bal.

Ils se laissèrent emporter par la musique, mais Lily n'avait conscience que de la main de Gideon sur sa taille, de ses doigts qui enserraient les siens, et de son regard cherchant le sien. Une rougeur éloquente lui colora les joues.

— Merci pour le collier, murmura-t-elle, comme Gideon ne semblait pas décidé à parler, tout absorbé qu'il était dans la contemplation de ses yeux.

— Pardon ? fit-il en sursautant.

— Je disais, merci pour le collier, répéta Lily en rougissant de plus belle.

— Oh ! se contenta-t-il de murmurer, visiblement mal à l'aise.

Un silence gêné tomba entre eux.

— Eh bien, lady Clary a-t-elle fini par succomber à votre charme ? demanda finalement Lily. Êtes-vous fiancés ?

Gideon haussa les sourcils.

— Vous êtes bien pressée de vous débarrasser de moi, mademoiselle Masters !

Comme elle ne le contredisait pas, il reprit :

— Je crois en tout cas qu'elle a bien pris note de votre existence.

— Elle est tout à fait spectaculaire, admit Lily.

— Vous pensiez que j'exagérais ses mérites ? s'enquit-il en souriant.

« Ne souriez pas ainsi, vous m'affolez ! faillit dire Lily. Et vous me faites mal en même temps. »

— Je ne la trouve pas sympathique, lâcha-t-elle, réalisant trop tard qu'elle avait formulé sa pensée à voix haute.

— Je ne vous le demande pas, répliqua Gideon tranquillement.

Lily détourna les yeux. Elle aperçut Kilmartin qui tournoyait avec une jolie brune. Lady Anne Clapham, sans doute. Tous les deux paraissaient aux anges.

— Mais vous êtes très bien assortis, concéda-t-elle d'une voix faible.

— Merci, Lily.

— Je le pense sincèrement.

— Non, je veux dire merci pour… Juste merci.

Son regard glissa sur la bouche de Lily, et s'y attarda comme s'il était soudain hypnotisé.

Il fallait absolument qu'elle rompe le charme.

— Je suis ravie de vous être utile, assura-t-elle, crispée.

Il tressaillit, et revint sur terre.

— J'ai entendu dire que vous avez conquis lord Jarvis, remarqua-t-il. Il a répété votre histoire sur le palefrenier nommé McBride qui a conçu neuf enfants et est mort de bonheur.

Lily ne put s'empêcher de sourire.

— Je suis assez doué pour les histoires.

— Je crois que notre plan va fonctionner, murmura-t-il d'un air sombre.

Notre plan ? Oubliait-il que c'était lui seul qui avait eu cette idée ?

— Vous avez investi trente livres sur ma personne, monsieur Cole, lui rappela-t-elle. C'est le moins que je puisse faire.

Il rit de nouveau, et les têtes se tournèrent pour regarder Gideon Cole passer un excellent moment en compagnie d'une jeune beauté qui n'était pas lady Constance Clary.

14

— Sais-tu comment on l'appelle, Gideon ? demanda Kilmartin, dans un état de surexcitation extrême. « La belle Lily » ! Tu te rends compte, elle a déjà un surnom ! Nous avons réussi au-delà de toute espérance.

— En effet.

C'était le lendemain de l'entrée de Lily dans le monde, et ils assistaient à un autre bal chez lady Delloway. Celle-ci avait pris soin de disposer des fauteuils en petits groupes, afin de favoriser les conversations intimes. Lily était perchée au bord d'un sofa et badinait avec le jeune Willett, qui semblait sur le point d'exploser de bonheur.

Gideon trouva soudain fort irritant cette idée de disposer ainsi les sièges.

— Il y a encore mieux, reprit Kilmartin. Au *White's*, on parie que tu vas transférer ton affection de Constance à la belle Lily, et annoncer vos fiançailles avant la fin de la saison ! Il y a aussi d'autres paris sur le nombre de demoiselles infortunées qui se jetteront des ponts et des balcons à l'annonce de ce mariage.

— Vraiment ? fit Gideon d'un air distrait.

Lily riait après avoir donné un petit coup d'éventail sur le bras de George Willett, rouge de plaisir.

— À propos, Constance accouchera du bâtard de Sa Majesté cet automne.

— Parfait, répliqua Gideon du même ton distrait.

— Gideon ! s'exclama Kilmartin.

Gideon se tourna vers son ami en fronçant les sourcils.

— Eh bien, quoi ? Tu cries, maintenant ? s'étonna-t-il.

— Tu n'as pas écouté un mot de ce que je disais.

— J'en ai entendu assez. Lily est populaire, bla bla bla...

— Il faut que nous perfectionnions notre stratégie si tu veux te fiancer avec Constance avant la fin de la saison. Et même gagner quelques livres avec les paris du *White's*, tant qu'à faire. Je sais que tu ne cracherais pas sur quelques billets.

Constance ? Où était-elle ? se demanda soudain Gideon en la cherchant des yeux. Il la repéra de l'autre côté de la pièce. Elle l'observait observant Lily...

Voyant qu'il la regardait, elle lui adressa un sourire éblouissant, comme si elle participait à un concours. Gideon le lui rendit sans enthousiasme. Pourquoi Constance voulait-elle toujours surpasser tout le monde ? Elle était époustouflante en soi. Ce soir, elle portait une robe blanche brodée d'or, et ses cheveux étaient relevés très haut afin de dégager son long cou majestueux. Le regard de Gideon glissa sur sa gorge, puis sur sa taille, et il réalisa... qu'elle ne portait pas de jupon !

Le tissu de sa robe moulait éhontément ses longues jambes de déesse.

Il en tressaillit de surprise. La soirée prenait un tour des plus intéressants, tout à coup ! Constance avait peut-être des talents cachés... Il la savait audacieuse, mais jamais encore il ne l'avait vue provocante.

— Gideon, je gardais le meilleur pour la fin, poursuivit Kilmartin. Un groupe du *White's* a classé les jeunes demoiselles de la saison, et notre Lily vient en tête ! Constance n'est que deuxième. Cela s'est su, naturellement ; j'y ai veillé personnellement, je l'avoue.

— Je pense que « deuxième » est le mot que Constance doit détester le plus, ironisa Gideon.

— Et moi, je crois que Jarvis est sérieusement entiché de Lily. En tout cas, il se montre très attentionné.

— *Quoi ?*

Gideon se tourna si vivement vers Kilmartin que celui-ci recula d'un pas.

— Ils ont perdu la tête ? s'écria-t-il. Elle n'a pas pu faire illusion si facilement !

— Calme-toi, mon vieux. Si Lily parvient à écarter Jarvis de Constance, et à pousser Constance à porter des vêtements quasi transparents pour t'impressionner, j'imagine que tu ne vas pas tarder à devenir ministre. Et à appeler « beau-papa » le marquis Shawcross. Vas-y ! Invite Constance à danser ! Sa robe de sirène devrait améliorer ton humeur.

Lily était à présent entourée de plusieurs admirateurs, et le pauvre Willett était obligé de se démener pour attirer son attention. Gideon les surveilla discrètement, histoire de voir si l'un de ces jeunes fats portait soudain la main à sa poche en réalisant qu'il n'avait plus sa montre. Mais non. Tous affichaient la même expression fascinée.

Spontanément, Gideon jeta un coup d'œil à Constance. Elle surveillait Lily, elle aussi, et une expression amère traversa son visage, lui ôtant tout attrait, nota-t-il, stupéfait.

Lord Stanley, un beau brun athlétique, se penchait maintenant vers Lily. Gideon se raidit comme la main gantée de Stanley se refermait sur le poignet de la jeune fille tandis qu'il lui parlait à l'oreille.

Lily s'écarta brusquement et ses joues s'empourprèrent violemment. Elle tenta de se dégager, mais Stanley la retint.

En un éclair, Gideon fut devant eux. Ils levèrent la tête vers lui d'un même mouvement. Stanley, buté et menaçant, Lily mal assurée et furieuse.

— Lâchez-la, Stanley ! ordonna Gideon. Immédiatement.

Il s'était exprimé d'un ton si glacial que le silence se fit autour du sofa comme s'il venait de tirer un coup de mousquet.

Stanley écarquilla les yeux, puis un sourire déplaisant étira ses lèvres.

— Gideon !

Il lui sembla entendre une voix masculine l'appeler, mais il ne voyait que la main qui serrait le poignet de Lily. Il s'obligea à ouvrir les poings de crainte de s'en servir malgré lui.

— Je suis un excellent tireur, Stanley, reprit-il calmement. Vous voulez vérifier ?

— *Gideon !*

Cette fois, la voix perça la brume de colère qui enveloppait son cerveau et il se retourna. Kilmartin se tenait près de lui, le visage très pâle.

— Gideon, tu ne fais plus cela, murmura son ami.

Stanley lâcha enfin Lily et se leva abruptement. Il avait blêmi, et il n'était pas le seul.

— Veuillez accepter mes excuses si je vous ai offensée, mademoiselle Masters. Monsieur Cole, ajouta-t-il froidement.

Il s'inclina vaguement et s'éloigna d'un pas vif.

Lily se frotta le poignet d'un air absent, puis regarda Gideon. Ses yeux brûlaient encore d'indignation.

L'orchestre entama une valse, et des couples se dirigèrent vers la piste, oublieux du petit drame qui venait de se dérouler près du sofa.

— Tout va bien, mademoiselle Masters ? demanda Gideon.

— Oui, je vous remercie, monsieur Cole.

Il se détourna. Avait-il vraiment failli provoquer en duel un homme qui avait touché le poignet d'une voleuse ? Avait-il été au bord de perdre tout contrôle ?

— Dommage que Constance n'ait pas assisté à cette scène, Gideon, murmura Kilmartin. Tu aurais marqué un paquet de points…

Il s'était exprimé sur le ton de la plaisanterie, mais sa voix chevrotait légèrement

— Peut-être veillerais-je à ce que les membres du *White's* répandent l'histoire, reprit-il.

— Tout cela fait partie de notre petite comédie, prétendit Gideon en adressant à son ami un sourire qui se voulait rassurant, alors même qu'il était secoué.

Il regarda Lily comme si c'était une parfaite inconnue. Et elle soutint son regard jusqu'à ce que Willett vienne gauchement lui rappeler qu'elle lui avait promis cette danse.

Gideon s'inclina devant la jeune fille, puis alla rejoindre Constance. Il éprouva un certain soulagement à l'accompagner sur la piste de danse. Il n'aurait pas besoin de défendre son honneur, car qui oserait la toucher ?

— Eh bien, Constance, comment allez-vous depuis notre dernière rencontre ? demanda-t-il en tentant de chasser les derniers vestiges de rage qui l'habitaient encore.

— Depuis hier soir, vous voulez dire ? répliqua-t-elle, souriant à sa taquinerie. Fort bien, comme d'habitude. Tout d'abord, mon nouveau cheval est arrivé à Londres. Ensuite, j'ai décidé de donner un dîner – ma tante sera là, naturellement, puisque mes parents sont à la campagne. Je pensais inviter…

— Comment avez-vous appelé votre nouveau cheval ? l'interrompit Gideon.

Constance battit des paupières, surprise.

— Mon cheval ? Eh bien, c'est une jument baie. Elle a coûté une fortune, d'après papa. Son pedigree…

— Mais quel nom lui avez-vous donné ? insista Gideon comme si c'était une question de première importance.

Constance paraissait mal à l'aise.

— Voyons, Gideon, c'est une jument, pas une personne ! Elle n'a pas besoin d'avoir un nom.

— *Mon* cheval s'appelle Horatio, comme Nelson, parce que c'est un cheval valeureux. Supposez que les chevaux, comme les gens, aient besoin d'avoir une identité ? Dans ce cas, quel nom donneriez-vous au vôtre ?

Stupéfaite, Constance le fixa comme si un troisième œil venait d'apparaître sur son front. Il ne pouvait l'en blâmer. Mais il avait un besoin impérieux de savoir qui elle était, quelles étaient ses pensées, et quel nom elle pourrait donner à un cheval…

Elle pinça les lèvres comme si elle réfléchissait. À quoi ? se demanda-t-il, au désespoir. Réfléchissait-elle jamais à quoi que ce soit ?

— Oh, parlons d'autre chose, voulez-vous ? proposa-t-elle d'un ton presque tendre, avant d'éclater d'un petit rire crispé.

— Très bien, murmura-t-il en réprimant soupir. Alors dites-moi quelle est votre couleur préférée. Vous en avez une, n'est-ce pas ?

— Juste ciel, Gideon, je crois que vous avez passé trop de temps au tribunal ! Vous ne savez plus que poser des questions. Enfin, celle-là, je peux y répondre. C'est le bleu.

Gideon s'empara avidement de cette information.

— Et pourquoi le bleu ?

— Parce que cela me va très bien !

Il tenta de cacher sa déception. Il aurait pu demander : Quel bleu ? Celui d'un ciel d'été ? Le bleu-vert de l'océan ? Le bleu du ciel à minuit ? Le bleu des bleuets ? Mais soudain, cela lui parut sans intérêt. Il se sentait vaincu.

Que lui arrivait-il ?

— Vous avez raison, Constance. Le bleu vous va très bien, confirma-t-il parce que c'était la réplique qu'elle attendait vraisemblablement de lui.

Elle parut soulagée.

— Tout comme la robe que vous portez, poursuivit-il. Elle est très… spectaculaire.

— Merci… À propos de mon dîner, Gideon, j'inviterai lord Kilmartin, bien sûr, et lady Anne Clapham. Je crois qu'on ne peut pas les séparer…

— Et la cousine de Kilmartin, suggéra-t-il nonchalamment. Mlle Lily Masters.

Il y eut un imperceptible silence.

— Oui, naturellement, acquiesça Constance. Nous jouerons aux cartes, et je prévoirai peut-être un orchestre pour danser un peu.

Elle ne cessa de parler de son projet de dîner durant toute la valse. Mais il ne put s'empêcher de penser qu'elle ne lui avait pas demandé quelle était sa couleur préférée, à lui.

D'ordinaire, Lily était très à l'aise au milieu de la foule. Mais cette foule-là lui donnait le vertige. Les gens étaient si chargés de bijoux qu'il lui était difficile de ne pas se livrer à de brèves estimations. On aurait dit des fruits mûrs prêts à être cueillis.

Elle avait besoin de respirer un peu d'air frais, décida-t-elle. Lord Machin-chose, avec qui elle dansait, la raccompagna auprès de Kilmartin et de lady Anne, mais elle réussit à s'esquiver avant que le couple ne l'ait aperçue.

Elle se fraya un chemin jusqu'à une porte-fenêtre qui ouvrait sur un balcon, consciente des regards admiratifs, mais parfois aussi scrutateur qui l'accompagnaient.

Elle s'était toujours efforcée de passer inaperçue pour faire les poches des passants et n'avait pas l'habitude d'être ainsi au centre de l'attention. Mais Gideon l'avait engagée pour ce travail, aussi résista-t-elle à l'envie de courir pour fuir ces regards. Pour lui.

Il s'était montré si chevaleresque, un peu plus tôt, n'hésitant pas à provoquer un homme en duel pour avoir osé lui toucher le poignet. Il était vrai que cet impudent lui avait fait une proposition très surprenante, et en d'autres circonstances, elle lui aurait flanqué un bon coup de coude ou de genou.

C'était sans doute pour cette raison que les demoiselles de la haute société avaient besoin des hommes. Pour tirer sur ceux qui leur faisaient des propositions malhonnêtes ! Cela semblait excessif, mais tout l'était dans ce milieu.

Cela dit, le regard noir de Gideon ne lui avait pas paru feint. En fait, c'était le même que celui dont il l'avait foudroyée lorsqu'elle avait tenté de lui voler sa montre.

Et elle devait reconnaître qu'elle en avait été un tantinet saisie, car jamais personne n'était venu ainsi à son secours.

Mais à présent, Gideon tenait Constance dans ses bras sur la piste de danse. Constance qui pouvait respirer son odeur, sentir sa main sur sa taille, voir les deux ou trois cheveux gris qu'elle-même avait aperçus sur ses tempes, dans le jardin. Juste avant que sa bouche ne se pose sur la sienne.

« Pour l'amour du ciel, arrête » ! s'ordonna-t-elle. Pourquoi se tourmenter avec ce souvenir ? Cela ne se reproduirait plus, elle le savait.

Une voix de femme surexcitée lui parvint soudain.

— Meggie ! Oh ! Meggie ! J'ai dansé un quadrille avec lui, tu te rends compte ? Avec M. Cole !

— Juste ciel, il t'a touchée ! Et tu ne t'es pas évanouie ? la taquina son amie.

Lily jeta un coup d'œil dans la pièce. Un groupe de jeunes filles s'étaient rassemblées près de la porte-fenêtre. Elle se souvint de leur avoir été présentée, mais ne se rappelait pas leurs noms.

— Oui, justement ! répliqua Meggie d'un ton triomphant. Il m'a touchée ici !

Elle tendit la main et ses amies se rapprochèrent en pouffant, prétendant examiner sa main pour trouver des preuves de ce qu'elle avançait.

— Il est si *merveilleux* ! soupira l'une d'elles.

— Oh, oui ! Merveilleux ! répétèrent les autres en écho.

Seigneur ! songea Lily. Comment un homme pouvait-il supporter une telle adulation sans devenir insupportable ? Non pas que Gideon ne le soit pas, parfois...

Elle s'imagina prenant part à la conversation de ces péronnelles.

« Vous le trouvez merveilleux, mais vous devriez l'embrasser ! Et je dois préciser qu'il a un énorme... enfin, vous savez... Oui, je l'ai senti lorsqu'il m'a serrée contre lui, dans le jardin, alors que nous échangions un baiser passionné. »

Quelle serait leur réaction ?

— Suzy, je t'assure qu'il m'a regardée, s'écria l'une des jeunes filles. Un regard appréciateur. Pendant qu'il dansait avec lady Constance Clary.

— Penses-tu ! Ce n'est pas toi qu'il regardait, mais l'autre. Tu sais, la cousine de lord Kilmartin.

Le cœur de Lily manqua un battement. Gideon l'avait regardée ? Puis elle se morigéna. Cela faisait partie de la comédie qu'ils étaient censés jouer, non ?

— La cousine de lord Kilmartin ? Mlle Lily Masters ? Il paraît qu'elle est riche à millions.

— Mon père dit qu'il connaît son père. Il a fait fortune dans les transports maritimes, ou quelque chose comme ça.

Intéressant, songea Lily. Peut-être pourrait-elle se dispenser de donner des détails sur sa vie supposée dans le Sussex si les gens les inventaient eux-mêmes.

— Elle est très jolie, déclara une jeune fille. Et très agréable.

— Oui, très agréable, renchérirent les autres. Infiniment agréable.

Lily se mordit la lèvre inférieure pour ne pas éclater de rire.

— Mais à cause d'elle, nous devenons invisibles. Je ne crois pas que M. Cole nous accorde le moindre regard. Il n'a d'yeux que pour les lady Constance Clary et les Lily Masters.

« Si elles savaient ! » se dit Lily.

— Croyez-vous que M. Cole épousera Mlle Masters à la place de lady Clary ?

— Pas si lady Clary a son mot à dire.

Elles pouffèrent, puis l'une d'elles leur intima de parler moins fort, comme si Constance risquait de les entendre.

Lily songea qu'elle connaissait mieux Gideon qu'aucune de ces jeunes filles n'y parviendrait jamais. Et Constance ? Ne connaissait-elle de lui que ce qu'il laissait voir en public ? Le jeune homme plein d'esprit mais sage, audacieux mais fiable... Le Gideon qui avait appris par cœur l'horrible petit livre manuel de savoir-vivre.

Aimait-il Constance ? Pas une fois il ne l'avait dit.

Peut-être s'était-il ouvert à elle parce qu'elle n'était pas de son milieu, et que cela n'avait aucune conséquence. Pourtant, au fond d'elle-même, elle savait que c'était faux. Elle avait réussi à faire remonter à la surface le « vrai » Gideon Cole. Probablement parce que, au fond, ils se ressemblaient tous les deux. Et cela devait ennuyer Gideon bien plus que si on lui avait volé sa montre un million de fois !

Les accords de la valse suivante retentirent, et Lily soupira. C'était son tour de danser avec le *merveilleux* Gideon Cole.

— Ah ! Que je serai bien dans mon lit ! s'exclama Kilmartin en étouffant un bâillement. Dire que nous avons encore une réception demain, et après-demain, et le jour d'après... À propos, bien joué, Lily ! Notre ami ne devrait pas tarder à annoncer ses fiançailles si vous continuez ainsi.

Jamais Lily n'avait aussi peu apprécié un compliment.

— Bonne nuit, lord Kilmartin.

— Lawrence ? appela Gideon comme ce dernier franchissait le seuil.

— Oui ?

— Quand comptes-tu demander la main de lady Anne ?

Kilmartin se figea, puis se tourna vers Gideon d'un air inquiet.

— Je n'ai pas de plan de carrière, moi, monsieur Cole. J'ai tout mon temps.

— Et si quelqu'un te la vole pendant que tu prends ton temps ?

Kilmartin jeta un regard apitoyé à son ami, puis s'éloigna dans le couloir.

— Personne ne me la volera, mon vieux, lança-t-il par-dessus son épaule. Nous sommes faits l'un pour l'autre.

Gideon tapota l'accoudoir de son fauteuil d'un air distrait, puis, s'en apercevant, s'arrêta brusquement.

Lily se leva, pour regagner sa chambre elle aussi.

— Eh bien, monsieur Cole, je vais vous souhaiter une bonne...

— Alice vous manque-t-elle ? questionna-t-il à brûle-pourpoint.

Lily lui jeta un regard étonné et se rassit.

— Oui, elle me manque beaucoup, reconnut-elle. Nous n'avons jamais été séparées depuis qu'elle est née.

— Nous n'allons pas tarder à rentrer à Aster Park.

Lily hocha la tête. Ces propos étaient sans doute destinés à la rassurer, mais ils avaient l'effet inverse, car ce retour signifiait qu'il serait fiancé à lady Clary, et qu'Alice et elle les quitteraient, Aster Park et lui, définitivement.

— Alice aime tellement le domaine que je ne dois pas lui manquer beaucoup, reprit-elle d'un ton ironique.

Il demeura silencieux quelques instants, puis murmura d'une voix entrecoupée :

— J'ai... j'ai peine à imaginer que vous ne manquiez à personne.

Lily tressaillit, consciente du sous-entendu. Gideon la couvait d'un regard brûlant de désir. Il lui fallait regagner sa chambre sur-le-champ, comprit-elle, affolée. Mais elle mourait d'envie de se pencher, de prendre le visage de Gideon entre ses mains, de le lui caresser avant de poser les lèvres sur les siennes.

Elle était si troublée qu'elle avait du mal à respirer. Gideon ne la quittait pas des yeux. Son désir était presque palpable. Seigneur, le toucher...

Elle se leva d'un bond.

— Je vais me retirer pour la nuit.

Il se figea, surpris, puis il hocha la tête et baissa les yeux comme s'il avait honte. Elle se détourna et se dirigea vers la porte.

— Lily ?

Elle pivota.

— Vous êtes… vous êtes remarquable, dit-il d'une voix douce.

— Je sais, murmura-t-elle en esquissant un sourire.

Gideon eut un petit rire amer et détourna les yeux.

Lily eut le plus grand mal à monter l'escalier. Dieu qu'elle était stupide ! Elle avait cru que Gideon Cole lui avait déjà brisé le cœur, or, il venait de recommencer ! Elle aurait dû savoir que c'était possible, comme pour ce pauvre Prométhée, dont elle avait lu l'histoire dans son livre sur les mythes grecs. Aussi longtemps qu'elle resterait auprès de lui, comme Prométhée enchaîné à son rocher, Gideon aurait le pouvoir de lui briser le cœur encore et encore, et chaque fois la douleur serait aussi forte.

15

Lily avait autant envie d'être seule avec lady Constance Clary que d'être déportée en Australie.

Jusqu'ici, elle avait eu de la chance. Dans toutes les réceptions, elle était entourée d'une nuée d'admirateurs, et Gideon ou Kilmartin se trouvaient toujours dans les parages. Elle avait donc échappé à une autre confrontation avec la déesse de l'Olympe.

Mais ce soir, deux jours seulement après le bal chez lady Delloway, elle se trouvait sur le territoire de Constance, dans la maison que possédait son père et qu'elle partageait avec sa tante.

Lady Clary l'avait invitée à dîner.

— Mademoiselle Masters, voudriez-vous m'accompagner, s'il vous plaît ? demanda Constance après le repas. Je crois que mon chignon est en train de s'écrouler, et j'aurai besoin d'aide.

Gideon s'entretenait avec un vieux monsieur que Lily ne connaissait pas, et Kilmartin discutait avec lady Anne.

De toute évidence, Constance voulait être seule avec elle.

Lily songea à son *Encyclopédie des sciences naturelles*. On y expliquait comment un lion séparait un zèbre du troupeau afin de le dévorer. Eh bien, elle avait une idée assez précise de ce que le zèbre devait ressentir.

— Bien sûr, lady Clary, répondit-elle.

Elle n'avait pas le choix. Pas question de dire : « Jamais de la vie, lady Clary ! » Elle s'efforça donc de la suivre d'un pas léger, et non comme un prisonnier entravé par des chaînes. En passant devant un miroir, elle entrevit leur reflet : deux belles femmes blondes, l'une grande et bien en chair, éclatante de santé et d'autosatisfaction, l'autre petite et mince, l'air un peu craintif. Elle eut l'impression d'être un moucheron bourdonnant autour d'un superbe cheval.

Elles pénétrèrent dans un boudoir au décor un peu trop chargé. Constance s'assit sur le tabouret devant la coiffeuse et s'examina dans le miroir. Une mèche s'était échappée de son chignon. Elle fronça les sourcils devant une telle insubordination.

— Je suis si heureuse que vous soyez là ce soir, mademoiselle Masters.

— Tout l'honneur est pour moi, lady Clary.

Quelle belle paire d'hypocrites ! songea Lily. On ne devait pas faire mieux dans tout Londres.

— Comment trouvez-vous la capitale, mademoiselle Masters ?

— Je l'apprécie énormément, lady Clary.

— Et y a-t-il des amusements que vous préférez... à d'autres ?

Lily faillit soupirer. Constance était décidément moins intelligente qu'elle ne le pensait.

— Je suis navrée, lady Clary, je ne comprends pas. Que voulez-vous dire ? questionna Lily, l'air innocent.

— Vous ne comprenez pas le mot amusement ? répliqua Constance en plissant les yeux.

— Vous parlez des réceptions, des bals, de ce genre de choses ?

— Oui, ou de danser avec une personne en particulier.

— Oh ! J'aime *tout* ce que Londres peut offrir, lady Clary, répliqua Lily avec enthousiasme.

Le visage de Constance se ferma. Visiblement, elle réfléchissait.

Comme elle se creusait l'esprit à la recherche d'un autre sujet de conversation, le regard de Lily tomba sur l'imposant collier qui ornait le cou de Constance.

— Votre collier est extraordinaire, lady Clary.

— Merci, mademoiselle Masters, fit Constance en y posant une main possessive. Papa me l'a offert pour mon anniversaire. Il y a trois saphirs et deux diamants.

Eh bien, McBride en serait tombé à la renverse ! ne put s'empêcher de penser Lily.

— Papa ne m'achèterait jamais un bijou aussi somptueux, déclara-t-elle. Il laisse cela à mon futur mari.

Constance bondit sur la perche que lui tendait Lily.

— Vous êtes donc fiancée, mademoiselle Masters ?

Affichant une expression énigmatique, Lily répondit :

— Je suppose qu'on peut le dire.

Constance retint son souffle, attendant manifestement qu'elle lui révèle le nom de l'heureux élu. Lily fit durer le supplice le plus possible, puis reprit d'un air dégagé :

— Presque fiancée, pour être plus précise. Comme nous toutes, cette saison, n'est-ce pas, lady Clary ?

Elle croisa le regard de Constance dans le miroir ; ses yeux gris avaient pris un dangereux éclat métallique. « Je viens de me faire une ennemie », comprit-elle. Et cela lui convenait tout à fait.

Lady Clary l'étudiait froidement, se demandant sans doute pourquoi elle ne parvenait pas à la dominer comme elle dominait toutes les autres jeunes filles. Lily aurait adoré lui expliquer que c'était parce qu'elle lui avait servi de modèle, justement !

— Lady Clary, dit-elle en soupirant, si nous nous occupions de votre coiffure ? Vos invités ne vont pas tarder à vous réclamer.

Habituée à ce qu'une femme de chambre s'occupe d'elle, Constance laissa Lily remettre en place la mèche indisciplinée. Ce faisant la main de cette dernière effleura le fermoir du collier dont l'éclat sembla jaillir comme des étincelles au bout de ses doigts.

« Doucement », s'ordonna Lily en portant sa lourde fourchette d'argent à sa bouche. Ni hâte ni précipitation, lui avait seriné Gideon. Elle goûta les légumes en marinade et faillit grimacer tant ils étaient amers. Peut-être une tranche de rôti ferait-elle passer ce goût…

Elle jeta un coup d'œil au plat posé au milieu de la table. La viande nageait dans la sauce, comme la plupart des mets qu'on leur servait.

Elle n'avait pas été surprise de se retrouver à l'écart, à côté d'un vieux monsieur à moitié sourd. Kilmartin et lady Anne Clapham étaient un peu plus loin, au centre de la table. Gideon, lui, était tout au bout, près de Constance. Et lord Jarvis était en face d'elle. Ainsi, Constance avait réuni les deux rivaux tout en restant au centre de leur attention.

— Mon Dieu !

Les conversations cessèrent brusquement, ainsi que le cliquetis des couverts. Tous les regards convergèrent vers la personne qui avait poussé ce cri perçant : lady Clary. Elle avait les yeux écarquillés et sa main était déployée sur son cou.

— Je l'aurai senti s'il était tombé…

Ses invités la fixaient sans comprendre.

— Mon collier ! Je ne l'ai plus ! expliqua-t-elle, indignée. Mon collier de saphirs et de diamants.

Un murmure inquiet fit le tour de la table, puis chacun se baissa pour regarder sur le sol. Il y eut quelques petits rires étouffés, et, une à une, les têtes des convives réapparurent. Mais personne n'avait de collier à la main.

— Nous allons le retrouver, promit Gideon. Il ne peut pas être très loin. Nous allons tous le chercher, n'est-ce pas ? ajouta-t-il d'un ton qui n'admettait pas la contradiction.

Et, effectivement, personne n'osa le contredire.

— Quand l'avez-vous vu pour la dernière fois ? reprit-il.

— Eh bien, quand Mlle Masters et moi sommes allées dans mon boudoir afin qu'elle m'aide à arranger ma coiffure. Je me souviens que je l'avais encore, car elle m'en a fait des compliments.

Gideon pâlit, envahi d'un soupçon qui lui donnait le vertige. « Je suis une excellente voleuse », lui avait-elle affirmé.

C'était d'une logique implacable. Leur plan – ou plutôt son plan à *lui* – avait si brillamment réussi que personne ne suspecterait jamais la richissime Lily Masters d'avoir volé ce collier. Il avait fourni l'occasion à Lily, et Constance l'avait secondé sans le savoir.

L'argent qu'elle tirerait de la vente de ce bijou lui permettrait de ne plus jamais avoir à voler. Elle n'avait sans doute pas pensé que Constance annoncerait cette disparition publiquement. Et si quiconque en venait à la soupçonner, Lily, qui était si douée pour inventer des histoires, serait capable de regarder cette personne droit dans les yeux et… de lui mentir.

À lui aussi, peut-être.

Mais il ne lui en donnerait pas l'occasion.

Après le dîner, les invités se rendirent dans le salon pour jouer aux cartes et bavarder. On envoya un groupe fouiller le boudoir, et un autre inspecter le reste de la maison. En vain. Constance se remit très vite de cette perte. Un bijou se remplaçait aisément, et elle adorait recevoir de nouveaux cadeaux.

Deux jeux de cartes furent organisés dans le salon. Ceux que cela n'intéressait pas s'installèrent dans les fauteuils et les divans pour bavarder. Une fois Constance à la table de jeu, Gideon s'approcha de Lily.

— J'aimerais vous dire un mot, mademoiselle Masters.

Il lui fit discrètement signe de la suivre dans la pièce d'à côté, et s'y dirigea sans l'attendre. Lorsqu'elle le rejoignit, il se tenait près d'un pilier auquel était accrochée une fougère luxuriante.

— Où l'avez-vous mis, Lily ?

Il avait porté le coup directement, sans préambule. Sans douter un instant de sa culpabilité. Elle en fut abasourdie.

— Vous auriez pu me demander : « L'avez-vous pris, Lily ? », répliqua-t-elle d'un air de défi.

Gideon garda le silence. Il était livide, et la scrutait comme s'il cherchait à lire en elle.

— Ou que diriez-vous de : « Voulez-vous partager le butin, Lily ? », siffla-t-elle.

Comment se défendre ? Elle n'avait que des mots à sa disposition, et rien n'obligeait Gideon à la croire.

— Vous admirez le collier, Lily, et voilà qu'il disparaît. Je sais que vous n'aimez pas Constance, et je peux comprendre que vous ayez été tentée de…

— Taisez-vous ! coupa-t-elle d'une voix vibrante de colère. N'essayez pas d'expliquer mes « actes », Gideon ! Je n'ai pas pris ce collier.

Il ne répondit pas, se contentant de la dévisager. Comme s'il pensait qu'en la regardant assez longtemps, elle finirait par révéler quelque vérité essentielle la concernant.

— Je ne l'ai pas pris, répéta-t-elle. Mais pourriez-vous me blâmer si je l'avais fait ? Avez-vous songé à ce que je deviendrai quand cette comédie sera terminée ? Comment suis-je supposée m'occuper d'Alice et de moi-même ? En recevant des messieurs chez moi, peut-être ?

Il tressaillit. Parfait ! se dit-elle, ivre de colère. Elle voulait lui faire mal.

Elle attendit, espérant un signe, un sourire lui montrant qu'il la croyait…

— Vous pouvez me le donner, Lily, dit-il d'une voix tendue. Je prétendrai l'avoir trouvé sous un siège, et nous n'en parlerons plus, je vous le promets.

Lily ferma brièvement les yeux. Elle refusait de lui laisser voir à quel point ses paroles la blessaient.

— J'irai jusqu'au bout de cette comédie, Gideon, puisque je l'ai promis, articula-t-elle d'une voix sans timbre. Du moins si vous me jugez digne de rester sous le toit de tante Hester. On ne sait jamais, je pourrais voler l'argenterie et copuler avec les valets !

Gideon entrouvrit les lèvres comme s'il venait de recevoir un coup de poing dans les côtes, et son visage perdit toute expression. Il était soudain devenu absolument indifférent.

— Vous pouvez rester chez tante Hester, mademoiselle Masters. Ce que vous choisirez d'y faire ne me regarde en rien, car je vais regagner mon appartement pour la durée de notre séjour à Londres. Et, bien sûr, vous irez jusqu'au bout de cette *comédie* si vous voulez ne pas finir en prison. Ai-je été assez clair ?

Sans attendre sa réponse, il s'inclina devant elle et retourna dans le salon, où Constance l'accueillit avec un sourire radieux.

16

Très fort, mon vieux, disait le message. *Si c'est une stratégie, elle fonctionne à merveille. Constance a demandé plusieurs fois de tes nouvelles et semble de plus en plus nerveuse. Je lui ai dit que tu avais dû t'absenter pour affaires. Jarvis, lui, paraît très épris de Lily, même s'il valse de temps en temps avec Constance.*

Cela dit, j'aurais apprécié que tu m'informes de ce nouveau plan, si toutefois c'en est un.

Bien à toi,

Kilmartin

Après le dîner chez Constance, Gideon était resté trois jours chez lui pour s'enivrer à son aise, sans répondre aux messages de Kilmartin.

Il n'aurait su dire ce qui le rendait si profondément malheureux.

L'impression d'avoir été trahi ? L'impossibilité d'assouvir son désir ? Le prix que lui coûtaient ses ambitions ?

Il avait tenté de trouver la réponse dans le whisky. Et n'avait réussi qu'à s'y noyer. À présent, il avait honte, et suffisamment mal au crâne pour mettre un terme à ces enfantillages. Il devait des excuses à Kilmartin.

Quelques heures plus tard, lavé, rasé et vêtu de propre, il sonna à la porte de tante Hester.

— Ma parole, Gideon ! s'exclama Kilmartin lorsqu'il pénétra dans le salon.

— Excuse-moi, Lawrence, murmura Gideon, sur la défensive.

Kilmartin hocha lentement la tête, puis suggéra doucement :

— Tu devrais peut-être t'excuser aussi auprès de Mlle Masters.

Gideon crispa la mâchoire.

Kilmartin n'insista pas et soupira :

— Le plan continue ?

— Absolument.

— J'ai entendu dire que Constance ferait une promenade à cheval dans Hyde Park, aujourd'hui. Tu ferais peut-être bien d'y faire un tour dans mon cabriolet. Avec Lily.

Assise près de lui dans son élégant costume d'amazone bleu, Lily gardait un silence buté.

Gideon ne savait pas quoi lui dire. Une partie de lui s'accrochait à l'espoir pervers qu'elle avait bien pris le collier. Parce que ce serait beaucoup plus facile de dire adieu à une voleuse qui avait trahi sa confiance qu'à la jeune fille remarquable avec qui il avait partagé un inoubliable baiser.

Une autre partie, plus sincère, était quasiment convaincue qu'elle ne l'avait pas volé.

Étrange que Kilmartin n'ait jamais exprimé le moindre soupçon à l'égard de Lily. Il avait au contraire lu des reproches dans les yeux de son ami, lorsqu'il avait refait surface. Comme s'il était le seul à avoir commis une faute !

« Elle nous a tous embobinés », songea-t-il.

Mais, après tout, il n'y avait pas péril en la demeure. Ce n'était pas comme si une nuée de voleurs s'étaient introduits dans les salons londoniens.

Le problème était le suivant : depuis que Lily Masters avait fait irruption dans sa vie, Gideon savait de moins en moins qui il était. À moins que ce ne soit le contraire : il savait de plus en plus qui il était *vraiment*.

Mais cela n'avait pas une grande incidence sur ce qu'il avait l'intention de devenir.

L'élégante allée cavalière de Rotten Row, dans Hyde Park, était bondée, mais ils n'eurent aucun mal à repérer Constance. Elle affichait un maintien majestueux, et semblait nimbée d'un halo de sérénité satisfaite. Elle était perchée sur ce qui devait être sa jument sans nom, en compagnie de... lord Jarvis en personne!

— Bon sang! grommela Gideon.

Lily tressaillit comme si elle s'était réveillée en sursaut et suivit son regard.

— Ne vous inquiétez pas, dit-elle calmement.

C'était la première fois qu'elle ouvrait la bouche depuis près d'une heure, et pour cette raison, ses paroles lui parurent presque intimes.

— Je tiendrai ma *promesse*, monsieur Cole.

Elle avait prononcé le mot « promesse » avec une certaine malice, mais lorsque Gideon lui glissa un coup d'œil, son expression était parfaitement innocente.

— Tiens donc, Cole! s'exclama Jarvis, comme le cabriolet arrivait à leur hauteur. Comment allez-vous?

Sans cesser de sourire, il souleva son chapeau pour saluer Gideon. Il ne semblait pas réaliser qu'ils étaient rivaux, nota Gideon, surpris. À moins qu'il ne considère la recherche d'une épouse comme une sorte de compétition sportive dans laquelle le meilleur gagne...

— Bonjour, Jarvis. Bonjour, lady Clary, répondit Gideon en soulevant son chapeau à son tour.

Constance lui adressa un petit signe de tête qui fit virevolter la longue plume de son élégant couvre-chef.

— Monsieur Cole, mademoiselle Masters, les salua-t-elle froidement. Lord Jarvis et moi étions en train d'évoquer le bal de lady Pemberton, qui a eu lieu hier soir. L'orchestre était excellent.

— Quel dommage que je n'aie pu y assister! Et que je me sois ainsi privé d'une occasion de danser avec vous, répondit Gideon. Malheureusement, des affaires pressantes m'en ont empêché.

Il adressa à Constance un sourire à faire fondre un glacier. La jeune fille n'y résista pas, et le lui rendit.

— Oui, très pressantes, renchérit Lily avec un sourire énigmatique, comme si les affaires de Gideon la concernaient exclusivement.

Le sourire de Constance s'évanouit.

— *Vous* étiez au bal, mademoiselle Masters, remarqua-t-elle avec brusquerie.

Jamais Gideon ne l'avait entendue s'exprimer autrement que d'une voix mélodieuse. Enfin, une faille dans son aristocratique sérénité ! Aucun doute, c'était là le résultat des efforts répétés de Lily.

Il se sentit soudain de meilleure humeur.

— J'y étais en effet, répliqua Lily. Et c'était un vrai plaisir de vous y voir aussi, lady Clary. Mais, curieusement, je n'y ai pas pris autant de plaisir qu'aux précédents. Il me semblait que quelque chose… manquait.

Et elle coula un regard si ardent à Gideon qu'il se troubla.

Constance les enveloppa d'un regard froid, mais ses narines patriciennes frémirent imperceptiblement.

« De plus en plus intéressant », songea Gideon.

— Un splendide animal, Constance, observa-t-il. Votre jument.

— N'est-ce pas ? C'est la jument dont je vous ai parlé, fit-elle en adressant à Lily un regard qui signifiait : « Vous voyez ? J'ai des conversations privées avec lui. »

— Et comment s'appelle-t-elle ? s'enquit Lily d'un ton jovial.

— Mais… elle n'a pas de nom, répondit Constance, stupéfaite qu'on lui pose encore cette question.

— Mavis lui irait bien, dit Lily d'un air songeur.

— Constance est une merveilleuse cavalière, intervint lord Jarvis.

— Merci, Malcom, fit Constance avec chaleur. Montez-vous, mademoiselle Masters ?

Il y eut un silence.

— Oh, bien sûr, lady Clary ! répondit Lily d'une voix veloutée. J'adore faire une bonne *chevauchée*, à l'occasion.

Elle assortit ses paroles d'un bref regard en coin à l'adresse de Gideon.

Ce dernier ne se rappelait pas avoir jamais entendu phrase plus lascive. Il se sentit rougir, et risqua un coup d'œil à Jarvis. Lui aussi s'était empourpré, et était bouche bée de surprise. Il se demandait sûrement s'il avait bien entendu.

Malheureusement, Constance ne semblait pas du tout avoir saisi l'allusion. Évidemment, elle n'avait jamais vécu au-dessous de la chambre d'une prostituée...

Une calèche pleine de jeunes filles les dépassa. Des rires et des fragments de conversation leur parvinrent dont les mots « merveilleux », « divin », « M. Cole » et « Mlle Masters ».

Constance paraissait de plus en plus préoccupée.

Lord Jarvis fut le premier à rompre le silence.

— Mlle Masters aimerait peut-être chevaucher... enfin, que nous fassions tous ensemble une promenade à cheval un jour prochain, proposa-t-il en rougissant.

— Peut-être, répondit Gideon d'un air vague.

— Monsieur Cole ! Monsieur Cole !

Ils tournèrent la tête avec un bel ensemble. Un homme courait dans leur direction, haletant, le chapeau à la main.

— Ah ! Je savais bien que c'était vous, monsieur Cole ! s'écria-t-il en s'immobilisant près d'eux. C'est que vous êtes grand, et je me suis dit : « Wesley, c'est M. Gideon Cole que tu aperçois là-bas ! »

L'homme était grand et costaud, et arborait le teint rougeaud des gens de la campagne. Avec un large sourire, il tendit la main à Gideon, qui se pencha pour la lui serrer.

— Bonjour, monsieur Wesley.

C'était le fils du fermier qui était mort en lui laissant les fameuses trente livres.

Constance fixa un instant la grosse patte du cultivateur, puis porta les yeux sur le visage de Gideon. Elle affichait la même expression confuse et inquiète que lorsqu'il lui avait demandé le nom de sa jument.

— C'est que je suis venu passer la journée à Londres, voyez-vous, monsieur Cole, et quand c'est que je vous ai vu, j'ai voulu venir vous remercier encore de la part de mon pauv'père. Il nous manque, que Dieu veille sur lui, mais nous sommes prospères, et c'est grâce à vous. Si vous ne preniez pas le temps de vous occuper des gens comme nous sans vous faire p…

— C'était avec plaisir, monsieur Wesley, coupa Gideon, certain que l'homme s'apprêtait à dire « sans vous faire payer ».

Ces quelques mots risquaient de pousser Constance à poser de dangereuses questions telles que : « Comment gagnez-vous de l'argent, Gideon, si vos clients ne vous payent pas ? » À quoi il devrait répondre : « Quel argent, Constance ? »

Surpris par la réaction abrupte de Gideon, M. Wesley jeta un coup d'œil à Constance et à Jarvis, vit leurs expressions de dégoût à peine voilé, et cessa de sourire. Il avait compris.

Une brusque bouffée de colère envahit Gideon, chose fort inhabituelle lorsqu'il s'agissait de Constance. Il la réprima. Après tout, ce n'était pas sa faute si elle n'avait jamais rencontré quelqu'un comme M. Wesley, aux manières aussi rudes que ses vêtements étaient peu élégants et sans doute pas très propres.

Un homme grâce à qui les aristocrates raffinées garnissaient leurs tables.

Cela dit, épouser Constance lui permettrait de ne faire payer aucun de ses clients si tel était son souhait. Un véritable bataillon de Wesley…

— Vous avez reçu notre legs, monsieur Cole ? interrogea le fermier. Dodge vous l'a-t-y fait passer ?

— Oui, je l'ai reçu, répondit Gideon aimablement. Et je vous en remercie.

« Regardez ce que j'ai acheté avec ! », fut-il tenté d'ajouter en désignant Lily. Mais il n'en fit rien, bien sûr.

— Eh ben, je m'en vais, monsieur Cole, dit Wesley avec beaucoup de dignité. Merci encore, m'sieur, et que Dieu vous bénisse.

Il s'inclina et s'éloigna en coiffant son vieux chapeau.

Gideon eut envie de le rappeler, n'en fit rien, et eut honte de sa lâcheté.

— Dieu tout-puissant ! s'exclama Constance avec un petit rire méprisant, comme si M. Wesley avait commis un faux pas par le simple fait d'exister.

De nouveau, Gideon sentit la colère monter en lui. De nouveau, il la réprima. Il regarda Lily. Elle suivait le fermier des yeux, et son visage était empreint d'une douceur qu'il ne lui avait pas vue de la journée.

— Votre ensemble est ravissant, mademoiselle Masters, reprit Constance, avec l'air de celle qui a sauvé la conversation.

Encore ! À croire que Constance ne s'intéressait à rien d'autre qu'aux vêtements ! songea Gideon, exaspéré.

— Merci, lady Clary, répondit Lily, l'air sincèrement touché par ce compliment. À propos, j'ai averti ma couturière de votre intérêt pour ses créations. Elle a accepté de vous observer quelque temps afin de voir si vous lui conviendriez comme cliente.

— Si je lui… conviendrais ? répéta Constance, dont le cheval se cabra légèrement comme si elle lui avait donné un coup de pied indigné.

« Ma foi, se dit Gideon, si parler chiffons pouvait la déstabiliser à ce point, cela valait peut-être la peine, après tout ! »

— Oui, expliqua Lily, elle veut s'assurer que ses talents pourront rendre justice à votre silhouette.

Constance parvint à calmer son cheval.

— Je vois. Eh bien, je serais curieuse d'admirer ses robes de lecture. Je n'ai toujours pas vu les vôtres, mademoiselle Masters, ajouta-t-elle avec un regard de défi.

Lily eut une moue perplexe.

— Sans doute parce que je ne porte pas de robe de lecture pour me promener en cabriolet, offrit-elle d'un ton moqueur. Ni pour me rendre à un bal ou à un dîner. Le feriez-vous, lady Clary ?

Constance fixa Lily quelques secondes avant de répondre d'une voix faible :

— Bien sûr que non.

Gideon avait l'impression d'assister à un duel. Il exultait. Quelque chose avait changé, ces derniers jours. Lily était passée du statut de curiosité à celui de rivale. Et Constance n'en avait jamais eu.

« Nous avons réussi ! » se dit-il, émerveillé.

— Nous devons y aller, déclara-t-il dans un silence tendu. Allez-vous à la réception des Ryce-Martin, tous les deux ?

— Certainement, répondit Jarvis avec un grand sourire.

Constance se contenta d'un bref hochement de tête.

— Gideon, dit-elle froidement, mon père souhaite toujours vous parler de ce poste aux Finances. Ils espèrent nommer quelqu'un d'ici la fin du mois.

Il était trop tôt pour crier victoire, mais Gideon éprouva néanmoins une bouffée d'allégresse.

— Je serais heureux de rencontrer votre père quand il le souhaitera, Constance. Et je suis impatient d'assister à la soirée chez les Ryce-Martin.

Il la gratifia d'un regard insistant destiné à l'apaiser. Et y parvint. Constance se détendit visiblement, et lui adressa l'un de ces sourires éblouissants dont elle avait le secret.

Gideon fit claquer les rênes et le cabriolet s'ébranla.

— Un type sympathique, déclara Jarvis.

Gideon n'entendit pas la réplique de Constance.

Lily était de nouveau silencieuse, le visage fermé, comme si le rideau était tombé après la représentation.

Et quelle représentation ! Elle avait réussi l'exploit de déstabiliser Constance avec des petits riens. Jamais encore il n'avait vu cette dernière ainsi prise de court. La situation demeurait certes délicate, et exigeait de louvoyer avec prudence. Mais à cette allure, il ne serait pas surpris que Constance le demande en mariage dans le seul but de contrarier Mlle Masters.

Il faillit faire part à Lily de cette pensée, puis se ravisa. Mieux valait conserver la distance qui existait désormais entre eux. Pour l'un comme pour l'autre.

Lily regarda le cabriolet qui emmenait Gideon s'éloigner. Il l'avait déposée devant chez la tante de Kilmartin comme si elle était un vulgaire seau de charbon. Avec à peu près autant d'égards et d'attentions...

Il l'avait aidée à descendre de la voiture et lui avait aussitôt lâché la main, comme s'il ne supportait pas de demeurer une minute de plus que nécessaire auprès d'elle. Et il avait à peine touché le bord de son chapeau pour la saluer.

Parfait ! se dit-elle, furieuse. Si Gideon se fiançait à cette femme odieuse, au moins aurait-elle la satisfaction de savoir qu'elle était plus forte qu'elle. Même si lady Constance n'en saurait jamais rien.

Enfin, c'était une très infime satisfaction.

Trois soirs de suite, tante Hester et Kilmartin l'avaient accompagnée à des bals et à des réceptions. Trois soirs de suite, ce dernier avait maladroitement tenté d'excuser Gideon, assurant à Lily que sa « disparition » faisait partie de sa stratégie. Et sa sollicitude avait été insupportable, car elle signifiait qu'il la soupçonnait d'avoir été blessée par l'attitude de Gideon.

Et elle qui croyait avoir réussi à dissimuler ses sentiments ! La gentillesse de Kilmartin ne faisait que l'humilier davantage.

Ce matin, elle avait manqué de s'évanouir en voyant Gideon. Il était pâle et avait les yeux cernés. Son expression était indéchiffrable, bien sûr, mais il tripotait nerveusement son chapeau. Visiblement, lui aussi souffrait. Tant mieux !

Elle s'était retranchée dans un silence glacial. Et cela avait failli marcher. Elle n'avait pratiquement rien ressenti lors de leur promenade en cabriolet. Et elle avait éprouvé une vive satisfaction à tourmenter lady Constance. Jusqu'à ce que M. Wesley apparaisse, et que Gideon se retrouve confronté à ses deux personnalités.

L'une d'elles appartenait à l'homme qu'elle aimait.

La froideur qu'il avait témoignée à M. Wesley ne lui était pas naturelle, cela sautait aux yeux. Mais il n'avait pas fini d'être mal à l'aise s'il continuait à étouffer ainsi la meilleure part de lui-même. L'idiot ! Après tout, il méritait d'obtenir ce qu'il recherchait si désespérément. Il serait malheureux avec Constance, et ce serait bien fait pour lui.

Elle dut lutter pour ne pas arracher son chapeau et le piétiner, histoire de calmer sa frustration.

Un valet se matérialisa soudain près d'elle, lui arrachant un tressaillement. Les tapis étaient si épais qu'elle n'entendait jamais les domestiques arriver.

— Vous avez une visite, mademoiselle Masters, annonça-t-il. Mme Marceau vous attend dans le petit salon. J'ai pris la liberté d'y faire servir le thé.

C'était là une bonne nouvelle. La franchise de la couturière la changerait agréablement de l'hypocrisie de lady Constance.

— Merci, fit-elle. Avez-vous pensé à apporter des gâteaux ?

— Oui, mademoiselle Masters, répondit le valet en souriant.

Comme tous les domestiques, il connaissait l'appétit insatiable de la jeune fille.

La couturière se leva lorsque Lily pénétra dans le salon. Elle portait une robe bordeaux d'une élégance irréprochable.

— Madame Marceau, quel bon vent vous amène ?

— J'ai reçu ce matin un monsieur qui m'a demandé si j'étais bien la couturière de Mlle Lily Masters. Il m'a ensuite commandé une « robe de lecture » pour une certaine lady Constance Clary, fille du marquis Shawcross. J'étais éberluée, vous vous en doutez.

Lily ne put s'empêcher de rire.

— Mon Dieu, murmura-t-elle, ça a remarquablement marché ! Figurez-vous que j'ai dit à l'insupportable lady Constance Clary que vous étiez ma couturière et que vous choisissiez vos clients, et non le contraire. Je lui ai même affirmé, il n'y a pas une heure, que vous l'observeriez de loin afin de décider si elle vous convenait ou pas comme cliente.

Mme Marceau lui adressa un regard stupéfait, puis éclata de rire à son tour.

— Oh ! Mademoiselle Masters ! C'est l'histoire la plus drôle que j'ai entendue depuis longtemps. Mais qu'est-ce donc qu'une « robe de lecture » ?

— Libre à vous de décider, madame Marceau. Tout ce que je sais, c'est que cela coûte extrêmement cher.

— Vraiment ? répliqua madame Marceau, ravie.

— Une fortune, renchérit Lily avec un sourire malicieux. Je crois que vous devriez en créer quelques-unes pour lady Clary.

— Avec de longues manches, peut-être...

— Et un petit livre accroché quelque part.

Elles pouffèrent de nouveau et faillirent presque s'étrangler de rire.

17

Ce soir-là, Lily portait une robe de soie vert océan, et lord Jarvis, ainsi que quantité d'autres messieurs, lui affirmèrent qu'elle lui allait à merveille. Qu'elle était splendide. Éblouissante. Bref, elle fut inondée de compliments. Leur hôte, lord Ryce-Martin, compara même ses cheveux à l'or des monnaies romaines. S'il n'y avait eu Gideon et lady Constance Clary, Lily aurait certainement apprécié la réception.

Elle était assise sur un canapé, écoutant lord Jarvis parler de lui. De l'autre côté de la pièce, Gideon conversait avec Constance, la contemplant d'un air à la fois attentif et amusé. Puis soudain, son regard se posa sur elle, s'y attarda une fraction de seconde, avant de se fixer de nouveau sur lady Clary.

« Pourquoi est-ce que j'accepte de jouer cette comédie ? » s'interrogea-t-elle. La réponse fusa : « Parce que je l'ai promis. Parce que je l'aime. »

Ou plutôt, parce qu'elle aimait l'homme qui se dissimulait sous le masque mondain. L'homme bon, simple et fantasque. L'être passionné, capable d'attentions délicates, et qui se souciait de son prochain.

L'homme qui, hélas, réprimait sa vraie nature pour épouser la fille d'un marquis.

Cela faisait cinq jours, maintenant, qu'il avait regagné son appartement. Cinq nuits qu'elle avait passées à écouter les ronflements de tante Hester à travers la cloison à défaut de trouver le sommeil. Le monde semblait si terne, sans Gideon.

Quand diable avait-il l'intention de demander Constance en mariage ? Elle redoutait ce moment qui sonnerait le glas de leur relation. Parfois, elle se demandait quelle serait sa vie si elle épousait lord Jarvis ou l'un de ses autres admirateurs, qu'elle n'avait en rien encouragés, d'ailleurs. Et pour cause. Elle se figurait sans peine leur stupéfaction lorsqu'elle leur avouerait que son très riche père n'était que le produit de son imagination !

— Mademoiselle Masters ? Un message pour vous.

Un valet se tenait devant elle avec un plateau d'argent. Elle le remercia et s'empara dudit message.

Mademoiselle Masters,

Votre sœur est très malade. Le docteur a demandé que vous rentriez de toute urgence à Aster Park. Une voiture de louage vous attend dehors.

Sincères salutations,

Ada Plunkett

Lily relut le message, et eut l'impression de se liquéfier.

— Tout va bien, mademoiselle Masters ?

Elle avait oublié lord Jarvis. Elle tenta de lui adresser un sourire poli, en vain.

— Pardonnez-moi, lord Jarvis. Il semble que ma sœur soit malade. Je dois rentrer à la maison. Si vous voulez bien m'excuser ?

Elle se leva, fit une révérence et, oubliant qu'elle était un cygne, traversa la pièce à vive allure, comme l'ancienne Lily.

— Gideon, vous devriez vraiment organiser une partie de campagne à Aster Park, suggéra Constance. Ce domaine est idéal pour monter à cheval, tirer à l'arc, pique-niquer. Et toutes ces splendides pièces sont idéales pour…

Elle n'acheva pas sa phrase, et Gideon fut aussitôt sur le qui-vive. Ferait-elle une *allusion* pour la première fois de sa vie ?

— Idéales pour quoi, Constance ? l'encouragea-t-il.

« Pour des tête-à-tête », aurait été la réponse parfaite, délivrée d'une voix sensuelle de préférence. Cela dit, il se serait satisfait d'un regard complice glissé sous ses longs cils blonds. Un signe, enfin. N'importe lequel.

Constance fronça les sourcils.

— Pardonnez-moi, Gideon, mon attention a été attirée par la nouvelle robe de Lydia Burhnam. Cette couleur ne lui va pas du tout, vous ne trouvez pas ? Oui, je disais donc que les pièces d'Aster Park sont idéales pour toutes sortes de réceptions et de bals.

Gideon retint un soupir. Constance était une jeune fille de bonne famille, après tout, et virtuellement innocente, en dépit de ses audaces en matière de jupon. Nul doute que son éducation sensuelle restait à faire. Mais qui sait ? son sens inné de la compétition ferait peut-être des merveilles dans la chambre à coucher.

Il imaginait déjà comment il la provoquerait : « Constance, lord Rawlston m'a laissé entendre que son épouse était très douée pour… »

Mais Constance continuait à lui parler, et il interrompit le cours de ses pensées.

— Vous pourriez inviter lord Kilmartin, ainsi que lord Jarvis. De mon côté, j'inviterais quelques amis.

Elle avait prononcé le nom de Jarvis d'un air intéressé, et Gideon s'amusa de sa stratégie un peu trop évidente. Peut-être voulait-elle lui forcer la main. En tout cas, plus il y songeait, plus cette partie de campagne lui paraissait une bonne idée. Car il n'était pas rare que des fiançailles se concluent à l'issue de ces réceptions champêtres.

Et il n'avait aucune objection à ce qu'elle lui force la main ; il était las de jouer la comédie.

Il adressait à peine la parole à Lily depuis qu'il avait regagné son appartement. Et il se sentait déjà plus calme, plus rationnel, plus concentré. Tel qu'il était, en fait, avant de rencontrer Lily. Une preuve de plus, sans doute, que la jeune fille n'était qu'une tocade.

Lord Kilmartin s'approcha, les joues en feu après une valse énergique.

— Constance me suggérait à l'instant d'organiser une partie de campagne à Aster Park ce week-end, Lawrence, fit Gideon. Qu'en penses-tu ?

— C'est une excellente idée ! Naturellement, tu inviteras lady Anne. Et ma chère cousine Lily.

Constance parut soudain moins enthousiaste.

— Naturellement, murmura-t-elle du bout des lèvres. Cette *chère* Mlle Masters… À propos, quand retourne-t-elle dans le Sussex ?

— Eh bien… murmura Kilmartin en jetant un regard entendu à Gideon, peut-être… jamais.

Constance fixa sur Gideon un regard si pénétrant qu'il crut qu'elle tentait de forer un trou au centre de son front.

— Entendu, déclara-t-il avec calme. J'inviterai lady Clapham et Mlle Masters. Soyez rassurée, Constance, il n'y aura aucune compétition…

Il attendit que la jeune fille esquisse un sourire avant de conclure :

— … en matière de tir à l'arc.

Constance pinça les lèvres et Kilmartin se mit à tousser pour masquer son fou rire.

Gideon éprouva une pointe de remords. Il n'était pas franchement fier d'user de tels moyens pour se procurer une épouse aristocrate, mais ils se révélaient si efficaces. Constance elle-même, soupçonnait-il, ne les aurait pas désapprouvés, s'il en jugeait par ses méthodes pour parvenir à ses fins.

Cela dit, c'était épuisant. Il avait le sentiment que cela faisait une éternité qu'il n'avait pas été lui-même, tout simplement.

— Alors c'est décidé ? déclara Kilmartin, comme lord Jarvis les rejoignait. Nous nous retrouvons tous à Aster Park après-demain ?

— Jarvis ! s'écria Gideon avec enthousiasme, afin de semer davantage le trouble dans l'esprit de Constance. J'aimerais vous inviter à une partie de campagne qui débutera après-demain à Aster Park, le domaine de mon oncle. Kilmartin, lady Clary et Mlle Masters seront des nôtres, ainsi que quelques autres…

Il songea aux personnes que Constance inviterait, hésita.

— … amis, termina-t-il finalement.

La remarque de Lily lui revint alors en mémoire : « Tout le monde se prétend votre ami, et cependant, tous demeurent des étrangers. » Il jeta un coup d'œil vers le canapé où elle était assise un instant auparavant. Elle ne s'y trouvait plus.

— Merci, Cole, j'accepte avec grand plaisir, répondit Jarvis. La sœur de Mlle Masters sera peut-être guérie, d'ici là.

Gideon fronça les sourcils.

— Je vous demande pardon ?

— Je bavardais avec Mlle Masters, il y a quelques minutes, lorsqu'elle a reçu un message lui demandant de rentrer chez elle. Sa sœur serait malade, apparemment. Elle… enfin, Mlle Masters semblait tout à fait désemparée. Je pensais que vous étiez au courant, Kilmartin, vu que c'est votre cousine. Elle va me… enfin, je veux dire, elle va nous manquer à tous…

— Elle est rentrée chez elle ! s'exclama Constance, positivement radieuse. Dans le Sussex ? Oh ! Quel dommage ! Gideon, écoutez ! C'est notre valse, je crois… Gideon ? répéta-t-elle, comme il ne répondait pas.

Son cœur battait si fort qu'il entendit à peine sa propre voix lorsqu'il expliqua, le souffle court :

— Constance… votre idée d'une partie de campagne me plaît tellement que je vais rentrer sur-le-champ à Aster Park pour commencer les préparatifs. Je tiens absolument à ce que le domaine soit parfait pour vous accueillir. Vous comprenez, n'est-ce pas ? Vous me pardonnerez pour cette valse ? Je suis certain que nous aurons l'occasion d'en danser quantité d'autres…

Il s'efforça de sourire, mais avait l'impression de grimacer.

Kilmartin le fixait comme s'il avait perdu l'esprit.

— Eh bien, voilà qui me semble un peu… inhabituel, murmura Constance en fronçant les sourcils. Mais je vous comprends, Gideon. S'il s'agissait de *ma maison*, je réagirais sans doute comme vous.

Elle avait sciemment appuyé sur le « ma maison », mais Gideon ne s'en aperçut même pas.

— Merveilleux, dit-il d'un air sinistre.

Il s'inclina, puis tourna les talons et fila… comme un voleur.

18

Gideon jeta une poignée de billets au cocher du fiacre, et sauta à terre. Il se rua vers la porte qu'il ouvrit à la volée. La maison était plongée dans l'obscurité. Sans attendre, il s'élança dans l'escalier.

— Lily ! appela-t-il en courant dans le couloir qui menait à la chambre des deux sœurs.

Il jeta un coup d'œil par la porte entrouverte. Il faisait froid, et la pièce était vide. Il remonta le couloir, grimpa un autre escalier qui menait à la chambre d'enfants. Une lueur filtrait sous la porte. Elles étaient là ! Doucement, il poussa le battant.

Lily contemplait fixement le feu. Elle portait encore sa robe de soirée, mais celle-ci était toute froissée. Une petite silhouette était allongée dans le lit. Alice ! D'où il était, il pouvait voir sa poitrine se soulever en rythme. Dieu soit loué !

Lily pivota lentement vers lui. Elle semblait un peu hébétée, mais nullement surprise. Elle avait dû entendre son pas dans l'escalier.

Il demeura sur le seuil, hésitant à entrer.

— Comment va-t-elle ? demanda-t-il.

— Le docteur a dit... que c'était très grave. Mais maintenant, elle...

La voix de Lily se brisa, et elle fit un effort pour se reprendre.

— C'est une petite fille solide. Sa fièvre est tombée dans la soirée, et elle va déjà mieux. Elle n'est plus agitée. Le docteur est rentré chez lui.

Gideon avait la gorge nouée. Ils se dévisagèrent un instant en silence, mais l'air vibrait de tout ce qu'ils n'osaient se dire.

— Elle est... elle est tout ce que j'ai, murmura Lily avec un pauvre sourire, comme pour s'excuser.

Gideon fut près d'elle en deux enjambées.

Il l'attira contre lui, et l'étreignit avec force, comme s'il avait failli la perdre à jamais. Ce qu'il ressentait à l'avoir de nouveau dans ses bras était au-delà des mots. Lily s'accrocha à lui en tremblant.

— Ce n'est pas vrai, Lily. Ma Lily! murmura-t-il. Tout ira bien, je suis là.

Il lui caressa tendrement le dos, déposa des baisers sur son front, ses tempes, ses paupières, ses pommettes en murmurant des paroles sans suite. Elle ne pleurait pas, mais tremblait de tout son corps, et il la serra contre lui pour lui transmettre sa chaleur.

Il n'aurait su dire combien de temps ils demeurèrent ainsi enlacés. Peu à peu, elle cessa de frissonner. Les paupières mi-closes, elle inclina la tête si bien que ses lèvres se posèrent au coin de sa bouche...

Il hésita, ses mains s'immobilisèrent.

C'est alors qu'il sentit les doigts de Lily tâtonner sous sa redingote. Comme dans un rêve, il la vit défaire un à un les boutons de sa chemise.

— *Lily*, chuchota-t-il. Vous ne devez pas...

— Chut! répliqua-t-elle en posant deux doigts sur ses lèvres pour le faire taire. Vous êtes toujours en train de me dire ce que je dois faire.

Il ne put s'empêcher de sourire. Elle continua à défaire les boutons sans hâte, et sans qu'il proteste, désormais. Puis elle écarta les pans de sa chemise, posa ses paumes fraîches à plat sur son torse et, avec une lenteur torturante, remonta doucement jusqu'à ses épaules. Le désir lui incendia les veines comme si la foudre venait de le frapper.

Lily s'inclina et déposa un baiser sur sa poitrine, là où son cœur battait à grands coups sourds.

— Je vous en prie, souffla-t-elle.

Et ce fut comme s'il avait attendu qu'elle prononce ces mots toute sa vie.

Cette fois, il n'eut plus la moindre hésitation. Il s'empara de sa bouche, leurs langues se rencontrèrent dans une explosion de sensations. Plus rien ne comptait que la magie de ce baiser. Il la caressait fiévreusement, son visage, sa gorge… Sa peau était si douce ! Un enchantement.

Il s'écarta abruptement, lui prit la main pour l'entraîner dans la petite chambre de bonne qui jouxtait la chambre d'enfants. La pièce n'était pas chauffée, mais ils s'en aperçurent à peine.

Gideon l'embrassa de nouveau, doucement presque chastement. Une caresse tendre pour qu'elle comprenne qu'il s'apprêtait à lui faire l'amour ici, dans cette chambre.

— Tournez-vous, Lily, ordonna-t-il à voix basse.

Elle obéit et il défit d'une main tremblante les liens de dentelles qui fermaient sa robe. L'étoffe glissa de ses épaules. Il se pencha, promena les lèvres sur sa peau satinée, la mordillant doucement. Lily renversa la tête en arrière et il referma les bras autour de sa taille avant d'effleurer de la langue la courbe gracile de son cou, s'arrêtant pour savourer les battements affolés de son pouls à la naissance de sa gorge. Il sentit son souffle s'accélérer.

Délicatement, il repoussa les manches de sa robe, jusqu'à ce que le corsage retombe sur ses hanches dans un froissement soyeux.

— Seigneur, Lily, si vous saviez à quel point je vous ai désirée ! lui chuchota-t-il à l'oreille.

Elle haletait maintenant, et l'excitation de Gideon atteignit des sommets. Du doigt, il suivit la ligne de sa colonne vertébrale, s'arrêtant au creux des reins. Doucement, il déploya les mains sur ses hanches, prenant le temps d'en savourer les rondeurs. D'instinct, Lily se cambra contre lui en murmurant son nom, et une bouffée de triomphe le submergea.

Il se débarrassa de sa redingote et de sa chemise d'un même mouvement, puis ce fut au tour des chaussures et du pantalon. Ses gestes étaient presque gauches à force d'impatience.

— Regardez-moi, Lily, demanda-t-il doucement.

Elle tourna lentement sur elle-même, couvrant ses seins de ses mains, sa robe retenue aux hanches. Ses yeux clairs brillaient dans la demi-pénombre, immenses. Elle enveloppa d'un regard émerveillé le corps nu de Gideon, s'attardant sur sa virilité.

Il tremblait tant il avait de mal à contenir son désir.

Il se pencha, captura la bouche de Lily, se repaissant de sa brûlante douceur tandis qu'il retirait une à une les épingles qui retenaient son chignon. Sa chevelure soyeuse cascada sur ses épaules, et il y enfouit les doigts. Son baiser se fit plus ardent, presque féroce.

En réponse, Lily noua les bras autour de son cou et se pressa contre lui avec fièvre. Sentant les douces rondeurs de ses seins contre son torse, son ventre souple contre son sexe dressé, il perdit patience et repoussa sa robe qui glissa sur ses hanches, et tomba sur le sol dans un frémissement. Il glissa alors les mains sous ses fesses et la hissa contre sa virilité.

— Vous me sentez, Lily ? murmura-t-il. Voulez-vous de moi ?

— Oui ! souffla-t-elle d'une voix vibrante.

Il l'écarta un instant, la dévorant des yeux. Elle était nue devant lui, vêtue seulement de ses bas et de ses jarretières. Sa peau pâle semblait irradier dans la pénombre. Elle était d'une beauté à couper le souffle.

— Mon Dieu ! murmura-t-il.

Il l'attira contre lui, leurs bouches se trouvèrent de nouveau tandis que leurs mains s'exploraient avec fièvre. Doucement, il la fit reculer jusqu'au lit. Ses genoux heurtèrent le matelas, et elle s'y laissa choir. Il la fit s'étendre, sa chevelure répandue autour d'elle tel un halo de feu, puis s'allongea à son côté. Là, il entreprit de caresser les globes parfaits de ses seins avant d'en taquiner la pointe de la langue. Avec un petit cri étouffé, elle plongea la main dans ses boucles brunes, et creusa les reins, réclamant davantage encore. Sans se faire prier, il suivit de la langue une ligne imaginaire allant de son nombril au triangle blond à la naissance de ses cuisses. Glissant les mains sous les fesses de la jeune fille, il la souleva légèrement pour goûter à son intimité. Sa langue allait et venait sans répit sur la fente délicieuse, lui arrachant des gémissements voluptueux.

Tremblant de délices, il se redressa et s'allongea sur elle pour reprendre sa bouche. Il insinua un doigt là où sa langue se trouvait peu avant, dans le secret de sa féminité. De la lave en fusion !

« Maintenant, songea-t-il. Sinon, je meurs ! »

Il lui écarta les genoux et s'introduisit en elle avec une lenteur calculée. Lily poussa une exclamation de surprise tout en se cambrant vers lui. Il s'enfonça en elle avec un gémissement âpre. Et sut alors, sans l'ombre d'un doute, qu'il était le premier homme qu'elle ait jamais connu.

— Lily, je suis désolé... chuchota-t-il.

— Ne soyez pas ridicule.

Dieu sait qu'il s'efforça de ne pas aller trop vite, mais il contenait son désir depuis tellement longtemps qu'il perdit tout contrôle et explosa en elle, vibrant d'une extase comme il n'en avait encore jamais éprouvée. Le cri rauque qui lui échappa lui sembla venir d'un autre.

Il roula sur le côté, hors d'haleine, et demeura un long moment immobile, le bras en travers du visage. Il était en nage et l'air frais de la pièce lui arracha un frisson.

— Vous ai-je fait mal ? risqua-t-il enfin.

Il y eut un silence avant qu'elle ne réponde :

— Non.

— Menteuse...

Elle rit doucement et il l'attira contre lui, écartant ses cheveux de son visage. Il lui caressa les lèvres, le front, le menton, émerveillé de la tenir enfin dans ses bras.

— Cela peut être vraiment merveilleux, Lily, je vous le promets.

— Mais ça l'était.

— Ah, oui ?

Il se sentait soudain comme un gamin, à la fois timide et fier.

— Mmm, confirma-t-elle d'une voix langoureuse.

— J'aurais dû me montrer plus doux, moins…

— Chut, Gideon. C'était… extraordinaire. Je n'étais pas certaine que… enfin…

Il sourit dans la pénombre. C'était *elle* qui était extraordinaire !

— Mais vous le suspectiez ? hasarda-t-il.

— Eh bien, j'ai lu le petit livre français, avoua-t-elle dans un rire.

— Ah ! Je savais que vous compreniez davantage cette langue que vous ne le prétendiez !

Elle rit de nouveau, s'agita entre ses bras, et la flèche du désir le transperça de nouveau, impérieuse. Il referma les mains sur ses seins dont les pointes se dressèrent contre ses paumes. Comme il les titillait, il sentit son souffle s'accélérer.

— Gideon…

C'était exactement ce qu'il craignait. Ne jamais se rassasier d'elle une fois qu'il aurait goûté à son corps…

Il eut beau faire, cette fois encore, il se montra impatient. Mais Lily l'était tout autant, qui le chevauchait à présent. Elle le guida en elle, puis se mit à onduler en rythme, faisant preuve d'un instinct sensuel si fabuleux qu'ils atteignirent la jouissance en quelques minutes.

Lorsqu'elle s'abattit sur lui en étouffant un cri, il la fit basculer sur le côté et enfouit le visage dans ses cheveux en murmurant éperdument son nom. Leurs corps semblaient n'avoir été créés que pour s'unir, et il avait l'impression de vivre un tel miracle qu'il en avait le vertige.

Ils demeurèrent un long moment silencieux tandis que leurs souffles s'apaisaient.

— Je n'ai pas volé le collier, murmura soudain Lily.

Gideon se crispa.

— Ça n'a pas d'importance, dit-il.

Elle s'écarta un peu de lui et s'appuya sur le coude.

— Gideon, je vous jure que...

— Ce que je veux dire, Lily, c'est que je sais que vous ne l'avez pas pris. Je crois que je l'ai toujours su. Mais... ça n'aurait pas eu d'importance si vous l'aviez pris. Je serais tout de même venu vous retrouver.

Sans un mot, Lily revint se lover contre lui. Il referma les bras autour d'elle et la garda ainsi, le long de son flanc, jusqu'à ce qu'elle s'écarte de nouveau. Il la laissa aller à regret. Elle s'assit au bord du lit, et il admira sa taille fine et la courbe de ses hanches tandis qu'elle tordait ses cheveux en un chignon bas. Puis elle ramassa sa robe sur le sol et l'enfila.

— Alice, souffla-t-elle, en guise d'explication, avant de se pencher pour effleurer les lèvres de Gideon.

— Je vais rester près d'elle, proposa-t-il. Reposez-vous un peu.

— Merci, Gideon, mais si elle se réveille, c'est moi qu'elle voudra.

Elle avait raison, bien sûr.

— Moi aussi, je vous veux, Lily, murmura-t-il. Je vous ai toujours voulue.

Elle ne dit rien, se contenta de le contempler un instant, une ombre de sourire aux lèvres. Puis elle l'embrassa une dernière fois et sortit dans un froissement de soie.

Il resta étendu longtemps sur le petit lit étroit, plongé dans ses pensées. Puis il se décida enfin à se lever, s'habilla et se rendit dans la chambre d'enfants. Lily était agenouillée près du lit d'Alice, la tête posée sur ses bras croisés. Les deux sœurs dormaient profondément.

Gideon posa doucement sa redingote sur les épaules de Lily, puis tâta le front d'Alice. Sa peau était fraîche, sa respiration régulière. Il se détourna, le cœur empli de gratitude, et ranima le feu dans l'âtre, avant de quitter la pièce sans bruit.

Jamais il n'avait été aussi heureux.

19

Lorsque Lily ouvrit les yeux, la pièce était baignée de soleil. Elle sentit des petits doigts lui tapoter la tête.

— Dieu soit loué, Lily ! J'ai cru que tu étais morte !

Alice était encore pâle, mais ses yeux brillaient de curiosité. Elle fronça les sourcils en dévisageant sa sœur.

— Tu as une mine affreuse, déclara-t-elle. Et pourquoi est-ce que tu portes une veste d'homme ?

Surprise, Lily posa la main sur son épaule. Aussitôt, l'odeur de Gideon l'enveloppa, étourdissante.

— Merci beaucoup, Alice, mais tu n'es pas exactement radieuse non plus, je te ferai remarquer ! Tu as été très malade, figure-toi, et moi très inquiète. Comment te sens-tu ?

Sa sœur réfléchit quelques secondes.

— J'ai faim.

— As-tu mal lorsque tu respires ? Inspire et souffle fort, pour voir.

Alice obéit.

— J'ai plus mal, c'est fini, assura-t-elle.

— Je vais demander à Mme Plunkett de t'apporter un peu de bouillon.

— Et des gâteaux.

— Peut-être, répondit Lily prudemment.

Elle se releva péniblement, le corps tout engourdi et raide. Comme elle s'étonnait de ressentir une légère douleur entre les cuisses, le souvenir de la nuit passée lui revint en force, la submergeant telle une vague brûlante. Elle revit Gideon la goûter au plus profond de sa chair, elle sentit sa peau nue sur la sienne… Ses lèvres expertes, son corps puissant, ses caresses voluptueuses, tout lui revenait en mémoire.

Elle se précipita dans la chambre contiguë, s'immobilisa sur le seuil, les yeux rivés sur le lit étroit, théâtre de tant d'émerveillements.

« S'il vous plaît », avait-elle dit pour la première fois de sa vie. Elle avait cherché à soulager ce désir qui la torturait depuis de longues semaines, et Gideon avait accepté volontiers de l'assouvir.

Les yeux de Lily s'emplirent soudain de larmes. Ce qu'ils avaient partagé durant cette nuit était au-delà des mots, d'une force et d'une beauté presque effrayantes. Dès que Gideon l'avait touchée, elle avait su qu'elle n'avait pas le choix, qu'elle irait jusqu'au bout. Mais elle ignorait à quel point ce serait grisant…

« Ne te mets de ton plein gré jamais à la merci d'un homme, Lily. » Sa mère savait à quel point ça pouvait être dangereux…

— M. Cole est passé, ce matin, dit Alice. Il ne sait pas que je l'ai vu.

Lily tressaillit.

— Il nous a regardées un long moment, et puis il est parti.

— Il t'aime beaucoup, Alice.

— Il t'aime aussi, Lily.

Elle disait peut-être vrai, mais cela ne changeait rien. L'heure était venue de laisser Gideon vivre sa vie avec lady Constance Clary.

Réveillé à l'aube, Gideon était allé jeter un coup d'œil aux deux sœurs encore endormies. Et avait résisté à la tentation de toucher Lily.

Pour l'heure, incapable de l'affronter, il avait gagné l'écurie. Il avait besoin d'y voir clair dans ses sentiments et dans ses pensées, et une promenade à cheval l'y aiderait. À peine dans l'allée, il avait éperonné Horatio.

Il avait traversé le parc au galop pour s'enfoncer dans les sous-bois, et avait fini par mettre pied à terre au bord du lac.

Il était bouleversé.

Pour la première fois de sa vie, il avait *vraiment* fait l'amour à une femme. Pour des raisons autres que l'assouvissement d'un désir, ou le plaisir brut, ou parce que la possibilité lui en était offerte. Il avait voulu ne faire qu'*un* avec elle.

Et ce qu'il ressentait à présent... quoi que ce soit... menaçait de lui faire perdre tout bon sens, tout contrôle. Lily était la vie même, songea-t-il. Et soudain, la confidence de son oncle lui revint en mémoire. Le vieil homme avait dit la même chose à propos de Thérèse. « Cela a failli me tuer », avait-il avoué, parlant de son départ. Gideon ne voulait pas endurer le même calvaire.

Tout était sa faute aussi. C'était lui qui avait offert les trente livres à la brute qui voulait conduire Lily en prison, lui qui avait eu l'idée de cette comédie pour conquérir Constance.

Évidemment, rien ne serait arrivé si elle n'avait pas tenté de lui voler sa montre...

Il sourit malgré lui. Quelle adorable voleuse !

En attendant, pour leur bien à tous deux, mieux valait qu'il garde ses distances. Après tout, cela faisait près de dix ans qu'il s'efforçait de ne pas céder à ses instincts bagarreurs pour se faire une place dans la société. Il pouvait bien contrôler ses autres instincts une ou deux semaines de plus, non ?

Lily resta toute la journée près de sa sœur. Les domestiques défilèrent pour saluer Mlle Alice et s'enquérir de sa santé. Même Boone, le jardinier, et Dawson, le porcher, leur firent une petite visite, au grand dam de Mme Plunkett.

Alice s'était fait des amis partout dans le domaine. « Elle s'en fera ailleurs », décréta Lily. C'était une enfant curieuse, affable, et forte. Elle supporterait le choc de leur départ. Elles le supporteraient toutes deux.

Le prix du voyage en diligence jusqu'à Londres devait s'élever à quatre shillings. Avec un peu de chance, elle gagnerait cette somme en jouant aux cartes avec lord Lindsey. Au lieu de donner ses gains à Gideon pour rembourser sa dette, elle les garderait et trouverait le moyen de réserver une place dans la diligence...

Les ombres mauves du crépuscule emplissaient la chambre, à présent, et Alice ronflait doucement. Le plateau contenant les restes de leur dîner était encore sur le sol. Mme Plunkett avait proposé de veiller Alice, cette nuit. Cette sollicitude était si agréable que Lily n'avait pas protesté.

Gideon n'était pas réapparu de la journée.

Lily soupira, déposa un baiser sur le front de sa sœur et, s'emparant de sa chandelle, regagna sa chambre. Une fois à l'intérieur, elle poussa le verrou et s'enroula dans les couvertures comme si cela suffisait à la protéger du monde extérieur. Du chagrin. Et de l'amour.

Le cognac ne lui avait été d'aucun secours. Il avait un instant songé à essayer le whisky, mais le mélange risquait d'avoir des effets désastreux – d'autant qu'il n'avait pas touché à la collation qu'il s'était fait monter dans sa chambre –, aussi y renonça-t-il.

Il était alors descendu chercher des livres dans la bibliothèque. Mais la poésie, qui d'ordinaire avait un effet apaisant, n'avait fait qu'exacerber sa nervosité.

Il avait fini par se coucher, mais s'était tourné et retourné inlassablement dans son lit, écoutant la pendule égrener les heures.

À bout, il s'était soudain levé, s'était habillé, puis, d'une main tremblante, avait pris sa chandelle avant de quitter sa chambre.

Il était près de minuit quand elle entendit frapper à sa porte. Le cœur de Lily bondit dans sa poitrine.

« N'ouvre pas ! s'ordonna-t-elle. N'ouvre surtout pas. »

On frappa de nouveau. Si doucement qu'elle aurait pu croire qu'elle avait rêvé.

C'était de la folie. Rien de bon ne pouvait sortir de tout cela.

Dans le silence, un nouveau coup.

Elle bondit du lit, se rua vers la porte avant qu'il ne change d'avis, et tira le verrou d'une main impatiente.

En chemise ouverte et pantalon, Gideon se tenait devant elle, une bougie à la main. Sans rien dire, elle s'effaça pour le laisser entrer.

Il pénétra dans la pièce, posa la bougie sur la coiffeuse. Elle referma la porte et s'y adossa après avoir poussé le verrou.

Elle se jeta dans ses bras à peine eut-il esquissé un pas vers elle, et leurs bouches s'unirent dans un baiser d'une enivrante tendresse. Puis elle recula et leva les bras pour que Gideon la débarrasse de sa chemise de nuit. Il laissa tomber le fin vêtement de batiste sur le sol, et attira Lily à lui tout en reprenant sa bouche avec fougue.

Ses mains parcouraient son corps avec une ardeur fiévreuse, glissant sur les rondeurs de ses seins, les courbes de ses hanches, lui empoignant les fesses pour la hisser contre son ventre. Leurs souffles haletants se mêlant dans le silence, il la caressa entre les cuisses jusqu'à ce qu'elle se cambre contre lui en gémissant, puis continua son exploration, se servant de ses doigts, de sa langue, de ses lèvres…

Ils n'avaient pas encore prononcé un seul mot.

Soudain, Gideon la fit pivoter face au miroir de sa coiffeuse et se tint derrière elle. Elle vit son reflet éclairé par la bougie, ses joues empourprées, ses paupières lourdes de désir, ses cheveux emmêlés. Gideon traça des lignes imaginaires sur le bout de ses seins, délicatement d'abord, puis plus rudement, tandis qu'elle tremblait de volupté. Elle creusa les reins, rejeta la tête en arrière. Il lui mordilla le cou avant de lui chuchoter à l'oreille :

— Regarde comme tu es belle, Lily…

Elle fixait le miroir, fascinée, tandis que les mains de Gideon prenaient ses seins en coupe, puis glissaient sur son ventre pour rejoindre le triangle soyeux entre ses cuisses entrouvertes. Son souffle s'accéléra, anticipant le plaisir à venir. Les doigts de Gideon jouèrent avec les boucles blondes de sa toison, les écartèrent… Elle crut défaillir.

Elle faillit protester lorsqu'il la lâcha pour déboutonner son pantalon et libérer son érection. Il respirait vite, à présent.

— Je te veux maintenant, Lily, murmura-t-il.

— Oui, souffla-t-elle.

D'une légère poussée, il la fit se courber en avant et du genou, lui écarta les jambes. Elle s'agrippa au bord de la coiffeuse, sentit son sexe jouer à l'entrée de sa fente, puis plonger en elle d'un mouvement fluide, l'emplissant tout entière. La main de Gideon revint entre ses cuisses et reprit sa lancinante caresse tandis qu'il commençait à aller et venir lentement en elle, les yeux rivés aux siens dans le miroir.

Elle gémit voluptueusement, les lèvres entrouvertes, et il accéléra le rythme sans cesser de la caresser. Emportée dans la spirale du désir, elle le supplia de… de… la combler, de faire cesser cette délicieuse torture. Accédant à sa demande, il l'entraîna à sa suite au bord de l'abîme, se démena pour la faire basculer avec lui dans le puits sans fond de l'extase. Elle sombra dans un cri qui fit écho à celui de Gideon, perdit pied avec lui.

Lorsqu'elle revint sur terre, elle haletait telle une noyée.

Gideon la souleva dans ses bras juste avant qu'elle ne s'effondre et la porta jusqu'au lit. Il l'y déposa, se déshabilla en hâte et l'y rejoignit. Ils s'étreignirent de nouveau, échangèrent un baiser plein de douceur.

— Nous irons lentement, cette fois, Lily ? Crois-tu que nous pourrons ? la taquina-t-il.

Elle se dégagea, s'agenouilla entre ses jambes.

— Ne bouge pas…

Il obéit, le souffle court, et la regarda explorer chaque centimètre carré de son corps, le goûtant au passage de la bouche et de la langue. Elle posa la joue sur son ventre, suivit du doigt une cicatrice sur sa hanche, caressa ses cuisses musclées.

Gideon poussa un gémissement.

— C'est bon ? demanda-t-elle.

Un petit rire étranglé fut sa seule réponse. Comme elle déposait un baiser au creux de son aine, il murmura son nom et ouvrit les cuisses. S'enhardissant, elle laissa sa langue glisser sur toute la longueur de son sexe qui s'était dressé vigoureusement.

— *Dieu tout-puissant !* grogna-t-il.

Ce fut au tour de Lily de rire. Elle recommença son implacable caresse, et il ne put s'empêcher d'onduler des hanches.

— Ne bouge pas ! ordonna-t-elle.

— Tu veux… ma mort… balbultia-t-il.

Elle exultait. C'était tellement extraordinaire de lui donner du plaisir ! Elle voulait que chacune de ses caresses soit une déclaration d'amour.

N'y tenant plus, Gideon l'attrapa à bras-le-corps et bascula sur le côté. Elle poussa un petit cri de surprise tandis qu'il s'allongeait sur elle, pesant de tout son poids.

— Tu es si incroyablement belle, articula-t-il, émerveillé.

Elle lui sourit, se perdit dans son regard sombre et ardent. Elle le sentait au creux de ses cuisses, dur, insistant, et bougea légèrement pour lui permettre de s'y nicher.

— Tu es prête ? demanda-t-il doucement. Je peux te prendre ?

— Oui, Gideon, souffla-t-elle en fermant les yeux. Prends-moi…

Il ne se fit pas prier.

Il la pénétra sans hâte, et commença à se mouvoir en elle avec une exquise quoique torturante lenteur. Le plaisir monta en eux, plus exigeant à chaque coup de reins, jusqu'à l'explosion finale, tempête de tous les sens qui les laissa haletants de bonheur.

— Lily, murmura Gideon d'une voix languide quelques instants plus tard, je crois que tu m'as mordu.

Elle se contenta de sourire…

— … treize, quatorze, *quinze* ! annonça Gideon d'un ton triomphant.

Il se sentait comblé. Idiot à force d'être heureux.

— Tant que ça ? s'étonna Lily.

— Quinze taches de rousseur, je suis formel. Sept d'un côté et huit de l'autre. J'ai eu envie de les compter la première fois que je t'ai vue. Et maintenant, c'est chose faite. Quinze petites larmes d'ange, reprit-il en lui effleurant la joue.

Lily éclata de rire et Gideon feignit d'être vexé.

— Quoi ? Ce sont les larmes d'ange qui t'amusent ?

— Tu es nourri de poésie, Gideon.

— Que veux-tu dire ? fit-il, se figeant.

— J'ai vu le livre que tu caches dans cet austère manuel de droit. Celui de John Keats. J'ai lu un passage magnifique où il était question d'une urne, de la vérité et de la beauté.

Gideon eut un sourire contrit.

— J'aime beaucoup Keats.

— « Faites comme si vous étiez… un oiseau, mademoiselle Masters, cita-t-elle. Comme si la musique était un courant qui vous porte, et moi… les ailes qui vous servent à voler. » C'est ainsi que tu m'as appris à valser…

— Tu t'en souviens ?

— Je ne l'oublierai jamais. Tu es un poète, Gideon.

— C'est toi qui fais de moi un poète, assura-t-il. J'apporterai le Keats, la prochaine fois, et nous le lirons ensemble.

Lily ne répondit pas. Il était vaguement conscient que ses paroles impliquaient un futur, mais il avait été incapable de se contrôler.

Il ne la laisserait pas partir. Cette seule idée lui paraissait maintenant complètement saugrenue. Mais consentirait-elle à être sa maîtresse ? À être reléguée au second plan ? À n'avoir droit qu'à des visites furtives, à des instants volés ? Accepterait-elle qu'il ait des enfants avec une autre femme ?

Et si Lily tombait enceinte de lui ? Une joie immense l'envahit à cette pensée. Garçon ou fille, peu importait, du moment que l'enfant ressemble à sa mère. Et cependant… quelle vie offrirait-il à ce petit être ? Et Alice ? Quelle sorte d'homme serait-il, s'il entretenait sa maîtresse et la sœur de celle-ci avec l'argent de sa femme ?

« Un homme comme les autres », songea-t-il avec une ironie désabusée.

Peut-être pourrait-il vivre la passion avec une femme, et avoir le statut social et la fortune avec une autre. Si seulement il pouvait faire comprendre à Lily que c'était là la solution la plus sage. La seule façon pour eux d'être ensemble. Il n'imaginait pas d'être séparé d'elle. C'était tout bonnement impensable. Cette seule pensée l'oppressait.

— Tu devrais me laisser prendre soin de toi, Lily, risqua-t-il. Cela n'a rien de honteux.

Elle ne répondit pas.

— Dis oui, Lily. Dis que tu ne me quitteras pas.

Il lui caressa la cuisse, et elle se cambra en réponse, l'invitant spontanément à continuer. Il sentit son propre sexe durcir.

— Dis oui, insista-t-il en glissant les doigts entre les pétales de sa féminité, lui arrachant un frémissement de plaisir.

— Oui, balbutia-t-elle d'une voix ténue.

Mais déjà leurs corps se tendaient l'un vers l'autre.

— Tu devrais retourner dans ta chambre, chuchota Lily.

— D'accord, acquiesça-t-il avant de sombrer dans un sommeil de plomb.

20

Toc, toc, toc.

Cette maudite gouttière, songea Lily, encore dans les brumes du sommeil. Mme Smythe ne l'avait toujours pas fait réparer. Il avait donc plu cette nuit ?

Toc, toc, toc.

C'était exaspérant, à la fin. Elle tendait la main pour se cacher la tête sous son oreiller quand elle entendit murmurer :

— Lily, quelqu'un frappe à la porte.

Elle ouvrit les yeux et se trouva nez à nez avec Gideon. Elle devait rêver… Mais son rêve lui effleura la bouche de ses lèvres, puis repoussa les boucles de son front.

— Tu ferais mieux d'aller ouvrir, mon amour, chuchota-t-il.

Tout à fait réveillée, à présent, elle sentit son cœur faire un bond dans sa poitrine. *Mon amour !* Aussitôt, elle se morigéna. C'était un terme affectueux. Le genre qu'un homme disait à une femme nue dans le livre érotique. Et pourtant…

Toc, toc, toc.

Lily se glissa hors du lit ; la main de Gideon lui caressa le dos au passage. Elle se hâta d'enfiler sa robe de chambre et jeta un coup d'œil dans le miroir. On aurait dit qu'une chouette avait fait son nid dans ses cheveux, ses lèvres étaient gonflées et ses joues toutes roses. À moins que la personne qui frappe ne soit un enfant, elle comprendrait au premier regard à quelle sorte d'activité elle s'était livrée cette nuit !

Derrière elle, Gideon rabattit la couverture sur sa tête.

Lily entrouvrit prudemment la porte. Mme Plunkett se tenait devant elle, le plateau du petit-déjeuner entre les mains. Étrangement, il comportait deux assiettes d'œufs brouillés, deux séries de toasts, et deux tasses de thé.

Pourtant, Mme Plunkett savait fort bien qu'Alice dormait dans la chambre du haut.

Lily se sentit devenir cramoisie.

— Bonjour, mademoiselle Masters, la salua la gouvernante.

Puis elle ajouta, haussa sensiblement la voix :

— J'ai pensé que vous aimeriez savoir que les invités de la partie de campagne de M. Cole sont arrivés. Une certaine lady Constance Clary a fait transporter ses malles à l'étage. Il y a d'autres dames, aussi. J'ai envoyé les bonnes préparer les chambres.

— Nom de…

Mme Plunkett feignit de ne pas avoir entendu l'exclamation étouffée provenant du lit de Lily.

— Merci, madame Plunkett, bredouilla la jeune femme en s'emparant du plateau. Je suis heureuse… de l'apprendre.

Mme Plunkett hocha la tête, et s'éloigna de son pas lourd.

Les mains de Lily tremblaient. Elle recula lentement dans la chambre, ferma la porte de la hanche et posa le plateau sur la coiffeuse.

Aussi immobile qu'une statue, elle croisa les bras sur la poitrine dans l'espoir vain d'apaiser la douleur qui lui transperçait le cœur.

Dieu qu'elle avait été sotte ! Elle s'était littéralement jetée dans les bras de Gideon, et il en avait profité sans retenue, comme tout homme normalement constitué. Tout en sachant que lady Constance Clary, qu'il espérait épouser, était attendue pour une partie de campagne.

Un gentleman digne de ce nom conduirait-il une dame dans une chambre de bonne pour lui faire passionnément l'amour ? Elle connaissait la réponse. Pas si c'était une *vraie* dame. En revanche, s'il s'agissait d'une petite voleuse de Saint-Giles…

« Dis oui, Lily. Dis que tu ne me quitteras pas. »

Qu'avait-elle cru ? Qu'elle était dans l'un de ses contes où le prince épousait la voleuse ? Cet homme voulait faire d'elle sa maîtresse, rien de plus.

— Lily ?

Gideon semblait mal à l'aise. Elle entendit le froissement des draps lorsqu'il se leva, le bruit sourd de la couverture qui glissait à terre, le bruit mat de ses pieds nus sur le tapis. Il s'approcha d'elle, noua les bras autour de sa taille et elle ferma les yeux pour tenter de résister à sa chaleur délicieuse. Comme elle était faible ! En dépit de tout, elle le désirait encore.

— Lily, je t'assure que j'avais complètement oublié cette partie de campagne. Je donnerai n'importe quoi pour qu'ils rentrent tous chez eux.

— *Tous* ? demanda-t-elle d'un ton cassant.

Il ne répondit pas, et son silence acheva de l'accabler.

Elle s'écarta de Gideon, et il laissa retomber ses bras comme s'il n'était qu'une marionnette.

— Ne t'inquiète pas, reprit-elle, étonnée d'être encore capable de parler, de respirer même, je tiendrai ma promesse.

Elle pivota lentement pour lui faire face. Il était aussi pâle qu'elle devait l'être. Ils s'étudièrent en silence pendant un horrible moment, puis Gideon alla ramasser son pantalon. Il l'enfila rapidement, ainsi que sa chemise, et, ses bottes à la main, se dirigea vers la porte d'un pas mécanique.

Il s'arrêta un instant, se tourna vers elle.

— Lily… supplia-t-il.

Elle secoua doucement la tête, refusant de croiser son regard

Une seconde plus tard, elle entendit la porte se refermer sur lui.

— Le marbre est tellement démodé ! Je mettrai une mosaïque, c'est du dernier chic.

Constance ne parlait pas fort, mais l'acoustique de la vieille demeure était telle que sa voix montait jusqu'au palier où se tenait Gideon. Il attendit sans bouger, curieux de connaître son avis sur la décoration d'Aster Park.

— Et cette pendule ! s'exclama-t-elle. Elle est horrible, de même que ces meubles recouverts de velours poussiéreux. Un bon coup de balai, voilà ce qu'il faut.

Un chœur de voix féminines l'approuva. Il apparut soudain à Gideon que Constance avait toujours jaugé Aster Park avec les yeux d'une voleuse ; elle ne voyait que sa valeur, pas sa beauté.

Lily, en revanche, l'avait toujours considéré comme le trésor qu'il était.

Gideon se frotta la joue. Il s'était rasé si rapidement qu'il avait eu de la chance de ne pas se décapiter. Quoique, en y réfléchissant, cela aurait peut-être mieux valu que de se dévouer à des invités dont il n'avait que faire alors que tout son être ne rêvait que de rejoindre Lily.

Plus tard, ce soir, il apaiserait sa fierté blessée par des baisers. Il avait *hâte* que la nuit vienne.

Il se tâta de nouveau la joue, redressa sa cravate et descendit l'escalier.

Constance se tourna vers lui, radieuse.

— Gideon ! s'écria-t-elle. Merci infiniment de nous avoir invitées !

Deux jeunes femmes au sourire béat et la tante de Constance, qui se tenait en retrait comme une servante, lui firent une révérence.

— Bienvenue, mesdames, fit-il en s'inclinant. Vos chambres seront bientôt prêtes. Peut-être aimeriez-vous prendre le petit-déjeuner dans le solarium ?

Kilmartin arriva sur ces entrefaites, en compagnie de l'impressionnante tante Hester, qui décida d'aller saluer le baron sans attendre.

— Comment va Mlle Masters, lord Kilmartin ? s'enquit Constance.

Embarrassé, Kilmartin échangea un coup d'œil avec Gideon. Et tous deux déclarèrent en même temps :

— Elle…

— Elle vient d'arriver.

Les deux amis se regardèrent de nouveau, et Gideon haussa un sourcil. Dieu merci, Kilmartin comprit qu'il valait mieux lui laisser la parole.

— Oui, reprit Gideon, la sœur de Mlle Masters allant beaucoup mieux, Mlle Masters est revenue à Aster Park. Elle est en train de se rafraîchir après son voyage. Elle devrait nous rejoindre sous peu.

— Ah, fit Constance. J'aimerais me rafraîchir aussi. Et vous, mesdemoiselles ?

Les trois donzelles acquiescèrent docilement.

— Les chambres sont prêtes, monsieur Cole, annonça Mme Plunkett, apparaissant à point nommé. Je vais y conduire ces dames.

— Merci, madame Plunkett. Nous nous retrouverons donc dans le solarium dans une demi-heure.

Les jeunes femmes prirent congé de Gideon et de Kilmartin dans une succession de révérences, puis gravirent l'escalier, la tante de Constance ouvrant la marche telle une mère canard entraînant ses canetons.

— Comment va Alice ? demanda Kilmartin à voix basse.

— Elle va bien, Dieu merci.

— Tu l'aimes beaucoup, remarqua-t-il.

— Oui, répondit Gideon après un bref silence. Quand aurons-nous le plaisir de voir lady Anne Clapham ?

— Bientôt… J'ai hâte qu'elle arrive.

Autrefois, Gideon aurait levé les yeux au ciel. Mais aujourd'hui, il enviait son ami à un point tel que c'en était physiquement douloureux. Et il comprenait si bien ce qu'il ressentait qu'il n'imaginait plus se moquer de lui.

Kilmartin en fut visiblement étonné, ouvrit la bouche, mais n'eut pas le temps d'émettre le moindre commentaire, car Gideon lança en remontant l'escalier :

— Je te vois tout à l'heure, Lawrence ! J'ai à faire.

Lily hésitait à descendre. Et si elle prétextait une migraine ? Ou une indisposition féminine ? Elle pourrait prendre ses repas dans sa chambre et attendre que les invités s'en aillent. Après tout, elle souffrait, ce ne serait qu'un demi-mensonge.

Mais Constance ne manquerait pas de se réjouir de son absence, et elle avait promis à Gideon de l'aider. Elle reprit courage. Elle avait une tâche à accomplir : mettre lady Constance Clary aussi mal à l'aise que possible. Et aujourd'hui, plus que jamais, elle s'en délecterait.

Elle soupira, enfila l'une de ses adorables robes du matin, se contorsionnant pour fermer les petits boutons dans le dos. Puis elle se brossa soigneusement les cheveux et allait les attacher en chignon lorsqu'un parfum la submergea, musqué, masculin. Le parfum de Gideon. Le souvenir de son corps et de leurs étreintes l'inonda, si puissant qu'elle en oublia sa colère et sa peine. Elle enfouit le visage dans sa chevelure, et ferma les yeux.

Parviendrait-elle à donner le change devant les autres alors que les odeurs de leur nuit d'amour s'accrochaient encore à ses cheveux ? Seigneur, sa promesse s'annonçait particulièrement dure à tenir !

Le cœur serré, elle se coiffa comme Mme Marceau le lui avait appris, et examina d'un œil critique le résultat dans le miroir.

Loin de révéler les émotions contradictoires qui la taraudaient, son visage était encore empourpré de la chaleur du lit, et ses lèvres légèrement gonflées à force de baisers. Elle était positivement splendide.

Rassemblant son courage, elle quitta la chambre. Une fois dans le couloir, elle se laissa guider par les pépiements qui montaient du rez-de-chaussée, et devina que les invitées de Gideon se trouvaient dans le solarium. Luttant contre l'envie de rebrousser chemin, elle se dirigea d'un pas ferme vers ce dernier. Et s'immobilisa sur le seuil, stupéfaite. Constance et ses amies portaient toutes des robes garnies de jabots de dentelle. Et au bout de leurs longues manches pendaient de minuscules livres de toile.

Lily voyait pour la première fois la matérialisation de son invention : les robes de lecture !

— Eh bien, Alice, je suis content de constater que vous allez mieux. Que lisez-vous donc ?

La fillette était assise dans son lit, un grand livre ouvert sur les genoux.

— C'est un ouvrage sur les cochons, expliqua-t-elle avec entrain. Mme Plunkett l'a trouvé dans la bibliothèque. Je ne connais pas tous les mots, mais il y a beaucoup de belles images.

— Les bibliothèques sont des lieux merveilleux, observa Gideon avec gravité.

— Les cochons aussi sont merveilleux. Je me sens assez bien pour me lever, mais Lily me l'a interdit.

— Elle a raison. Je crains de ne pas pouvoir m'attarder, Alice. Je dois aller retrouver mes invités.

— Vous reviendrez me voir plus tard, monsieur Cole ?

— Oui, je reviendrai, promit-il en souriant. Et je vous lirai une histoire.

— Une histoire avec une bataille ? hasarda-t-elle avec espoir.

— Je verrai ce que je peux faire ! répondit-il prudemment.

De manière assez prévisible, Constance avait insisté pour faire une séance de tir à l'arc tout de suite après leur collation. Le petit groupe s'était donc transporté dans le parc. Jarvis, qui était arrivé peu après Constance, s'apprêtait à débuter la compétition, lorsque l'attention de tous fut attirée par deux silhouettes à quelque distance.

Drapée de bombasin noir, et transperçant l'herbe tendre de sa canne, tante Hester s'avançait d'une démarche solennelle. Son compagnon n'était autre que lord Lindsey en personne ! Il lui donnait le bras comme s'il se promenait ainsi plusieurs fois par jour, lui qui n'avait pas quitté sa chambre depuis cinq ans. Une véritable résurrection !

Des valets les suivaient, transportant deux chaises, au cas où l'un ou l'autre des vieillards venait à s'effondrer.

— Hester et moi avons envie de jouer au tennis, expliqua lord Lindsey en passant près de son neveu.

C'était Lily, songea Gideon, médusé, qui lui avait redonné goût à la vie au point qu'il sorte de sa tanière à la première occasion.

La voix de tante Hester lui parvint tandis qu'ils s'éloignaient :

— Je n'aime pas cette Constance. Elle est grosse. Je préfère la petite. C'est une invitée charmante.

— Voyons, Hester, elle n'est pas grosse ! Elle est grande, c'est différent. Et c'est la fille d'un marquis, expliqua patiemment le baron.

Gideon sourit de la loyauté de son oncle qui s'efforçait de défendre Constance en reprenant ses propres propos sur elle !

— Elle est grosse, s'entêta tante Hester. Trop grande et trop grosse. Trop tout, d'ailleurs.

— Écoute ça, chuchota Kilmartin à l'oreille de son ami.

— Chut ! siffla Gideon.

Il se tourna vers Lily. Elle suivait tante Hester des yeux, une expression de gratitude amusée peinte sur les traits. Il savait que son orgueil avait été blessé, et ne pouvait décemment lui en vouloir de refuser de croiser son regard. Il n'empêche que, pour quelque égoïste raison, il aurait aimé qu'elle le regarde.

— Hester, reprit lord Lindsey, je sais que vous croyez parler doucement, mais je crains que ce ne soit pas le cas.

Hester lui adressa un regard étonné.

— Pourquoi voudrais-je parler doucement ?

Gideon jeta un coup d'œil à Constance, qui brandissait son arc d'un air féroce, comme si elle envisageait de prendre tante Hester pour cible.

— Constance, vous me rappelez Diane dans les tableaux de la Renaissance, déclara-t-il, s'efforçant de couvrir la voix de la vieille dame. Une vraie déesse de la chasse.

Lily leva les yeux au ciel, et Jarvis parut désolé de ne pas avoir pris de vitesse son concurrent. Car Constance avait retrouvé son expression triomphante. Le compliment de Gideon avait porté ses fruits…

— Merci, Gideon, dit-elle avec majesté. Et quel sera le prix de notre petit tournoi ? ajouta-t-elle en lui adressant un regard faussement innocent.

— Je vous laisserais bien décider, répondit-il. Mais vous êtes sûre de gagner, et ce ne serait guère juste pour nous autres, non ?

Il sourit pour lui faire comprendre qu'il plaisantait.

Constance était aux anges.

— Oh, eh bien, je vais me montrer juste. Je suggère que le gagnant… ou la gagnante…

Elle se tapota le menton d'un air songeur.

— … ait droit à une promenade seul avec la personne de son choix ! acheva-t-elle en dévisageant une à une les personnes présentes, s'attardant particulièrement sur Gideon et Jarvis.

Ce dernier affichait l'expression pleine d'espoir d'un chien de chasse devant une table remplie de gibier.

— Voilà qui paraît juste, déclara Gideon d'un ton neutre. Y a-t-il une objection ?

Silence. Il risqua un regard du côté de Lily, dont le visage demeura indéchiffrable.

— Je trouve, dit Constance en installant son arc au creux de l'épaule, que le tir à l'arc est une activité idéale pour les jeunes femmes. Vous n'êtes pas de mon avis ?

Le chœur des suivantes l'était, et unanimement.

— C'est surtout utile si on a besoin de gibier pour le dîner, déclara tante Hester de sa voix tonitruante.

Lily toussa pour dissimuler son rire tandis que Constance se figeait.

Elle tira lentement la corde de son arc et ferma un œil. C'était un spectacle en soi : sa silhouette aux formes pleines, son beau visage concentré, sa pose héroïque. Gideon savait qu'elle ne ratait jamais sa cible.

Constance attendit un instant, s'offrant à l'admiration de tous. Mais au moment où elle s'apprêtait à lâcher sa flèche, tante Hester se racla la gorge avec force gargouillements.

La flèche de Constance partit à l'oblique, dans la direction des valets qui se jetèrent sur le sol dans un bel ensemble. Tout le monde leva frénétiquement les bras pour se protéger.

— Doux Jésus ! s'exclama tante Hester. Elle essaye d'empaler les valets, maintenant !

— Raté, marmonna Constance, écarlate.

Et Gideon se demanda si elle parlait de sa cible ou de tante Hester.

L'un des valets releva la tête avec précaution, puis voyant qu'il ne risquait plus rien, se remit debout et alla aider son compagnon d'infortune à se relever à son tour.

Constance se tourna abruptement vers Lily, qui avait admirablement réussi à ne pas éclater de rire.

— Et si vous nous montriez de quoi vous êtes capable, mademoiselle Masters ? Cela rendrait le tournoi tellement plus intéressant !

Lily afficha une expression grave, mais l'étincelle dans son regard n'échappa pas à Gideon, qui ne put s'empêcher d'être inquiet.

— Oh ! Lady Clary, je crains que… Voyez-vous, j'adorais le tir à l'arc, moi aussi, mais malheureusement… j'ai dû cesser de le pratiquer.

— À cause d'une blessure ? s'enquit Constance avec avidité.

Elle aurait sans doute adoré apprendre que Mlle Masters dissimulait d'horribles cicatrices sous sa jolie robe de mousseline.

— Oh, non, lady Clary, il ne s'agit pas de moi, la rassura Lily en hâte. Mais vous n'êtes pas au courant de ce qui est arrivé à ces jeunes filles, en France ? ajouta-t-elle d'un ton confidentiel.

Spontanément, Constance et ses suivantes se rapprochèrent.

— Ces filles en France ? répéta Constance.

Lily hocha la tête.

— Elles étaient toutes très douées pour le tir à l'arc, gagnaient des prix, et s'entraînaient le plus souvent possible. Et puis, un jour…

Lily s'interrompit et se mordit la lèvre inférieure.

Tous se penchèrent vers elle, Kilmartin et Gideon compris, car ils brûlaient d'envie de découvrir ce qui était arrivé aux jeunes Françaises imaginaires.

— Eh bien, il semble qu'elles aient développé…

Lily baissa les yeux et la voix, comme si elle allait, bien malgré elle, proférer la dernière des insanités.

— Des bosses, acheva-t-elle dans un souffle.

— Des bosses ? répéta un chœur de quatre sopranos.

Les jeunes filles portèrent instinctivement la main à l'épaule comme pour vérifier qu'elles n'étaient pas déjà affectées par le syndrome du tir à l'arc.

Lily ferma les yeux et hocha la tête d'un air abattu.

— Oui, de très grosses bosses, répondit-elle. Elles se réveillèrent un matin et… et voilà. En une nuit ! Les médecins français ont prétendu que c'était en raison de l'anatomie du corps féminin, qui ne serait pas adaptée à l'exercice. À force de tirer sur la corde, leur dos s'est déformé. Désormais, ces pauvres jeunes filles ne peuvent plus dormir sur le dos, et il est fort difficile de les habiller, si bien qu'elles doivent se contenter d'une ou deux toilettes par an. C'est tellement triste.

Constance en lâcha son arc, qui tomba sur le sol telle une branche cassée.

Gideon aurait voulu se rouler dans l'herbe comme un jeune poulain. Lily était sensationnelle ! Même la pauvre lady Anne Clapham se tâtait discrètement le dos pour s'assurer qu'il était encore normal. Gideon jeta un coup d'œil à Kilmartin, qui contemplait lui aussi Lily avec une admiration sans bornes.

— Qu'est-ce qu'elle a dit ? hurla tante Hester, la main en cornet à l'oreille. Je n'ai rien entendu !

Dommage, songea Gideon. Elle aurait sûrement adoré cette histoire !

— Pas de tir à l'arc, résuma lord Lindsey d'un ton aimable.

— Tout cela est mortellement ennuyeux, Edward, décréta la vieille dame. Mieux vaut faire un somme.

Sur quoi, elle ferma les yeux.

Fidèle à son habitude, Constance se ressaisit rapidement.

— Eh bien, puisque j'ai été la seule à tirer à l'arc, je me déclare vainqueur de ce tournoi, annonça-t-elle. À moins que quelqu'un ne veuille essayer ?

Un silence empli de bosses imaginaires lui répondit.

— Bien, reprit Constance. Et maintenant, qui vais-je choisir pour ma promenade ? Voyons… Je vais vous laisser deviner à quel nombre je pense, et le vainqueur m'accompagnera. D'accord ? Bien… je pense à un nombre entre zéro et dix.

— Cinq ! s'écria joyeusement une suivante, qui n'avait pas encore compris l'objectif de Constance.

— Oh, je suis désolée, dit Constance, feignant d'être déçue. Voulez-vous essayer, Malcom ? demanda-t-elle à Jarvis.

— Trois ? hasarda-t-il.

— Hélas, non ! minauda-t-elle. Gideon ?

Le cœur battant, il soutint son regard impérieux. Quoi qu'il dise, il serait choisi.

— Un, lâcha-t-il.

— Gideon ! Comment avez-vous fait ? C'est exact. Ce sera donc vous qui m'accompagnerez. Mademoiselle

Masters, ajouta-t-elle, je suis navrée que vous n'ayez pas eu l'occasion de... *choisir*.

— Ne le soyez pas, lady Clary. C'était si intéressant de vous voir... *choisir*, répliqua Lily d'une voix suave.

Constance faillit répliquer, puis se ravisa et se tourna vers Gideon. Il lui offrit le bras, incapable de regarder Lily. Le moment était venu, songea-t-il. Le moment qu'il attendait depuis si longtemps. Il répéta mentalement la phrase qu'il prononcerait : « Constance, me ferez-vous l'honneur d'accepter... »

— Vous comprenez, Gideon ? Ces arbres américains sont une catastrophe.

Constance désigna le grand chêne entouré de jeunes arbres.

— Les arbres sont faits pour être alignés, expliqua-t-elle. Afin de mettre en valeur les limites d'une propriété.

Gideon n'avait jamais rien entendu de plus ridicule.

— Je les trouve très bien, protesta-t-il faiblement.

Il jeta un coup d'œil par-dessus son épaule et aperçut Lily qui discutait avec Kilmartin, un peu à l'écart du groupe. Ce dernier semblait l'écouter avec la plus grande attention.

— Gideon ?

De quoi parlaient-ils ? s'interrogea-t-il, soudain absurdement jaloux. Et où diable était lady Anne Clapham ?

Il la chercha des yeux, l'aperçut en train de bavarder avec le baron tandis que tante Hester somnolait, la tête renversée sur le dossier de sa chaise.

— Gideon ! insista Constance.

— Oui ?

— Vous ne croyez pas qu'il est temps d'annoncer nos fiançailles ?

Il tourna si brusquement la tête vers elle qu'il faillit se déboîter les cervicales.

— Nos fiançailles ? répéta-t-il, abasourdi.

— Merveilleux ! Je suis si heureuse que vous soyez d'accord, s'écria-t-elle avec un sourire radieux, comme si la flèche qu'elle venait de décocher avait touché sa cible en plein cœur.

Il la dévisagea avec stupeur. Jamais il n'aurait imaginé qu'elle ferait tout le travail à sa place. Il fut un instant frappé d'admiration devant la beauté de la manœuvre.

— Puisque nous sommes fiancés, Gideon, vous pouvez m'embrasser.

Il la regarda comme s'il la voyait pour la première fois. Ses sourcils pâles dessinaient deux arcs parfaits au-dessus de ses beaux yeux gris. Ses lèvres au dessin harmonieux s'étiraient en un sourire plein de grâce. C'était là un visage qu'un peintre apprécierait pour la pureté de ses traits, et qu'il serait infiniment agréable de contempler dans le jardin de sculptures de son oncle.

C'était peut-être pour cela que l'embrasser lui semblait aussi dénué de sens que d'embrasser une statue.

Devait-il la toucher ? L'enlacer ? Avec Lily, il se laissait aller à ses impulsions. Ses mains savaient précisément quoi faire. Mais aucun instinct ne le guidait quand il s'agissait de Constance. Il se tourna brièvement vers Kilmartin et Lily. Ils étaient toujours en train de parler.

Il regarda de nouveau Constance. S'il la laissait attendre davantage, ce serait irrattrapable. Les bras le long du corps, il se pencha lentement vers elle. Les pores de sa peau, le léger duvet au-dessus de ses lèvres… tout cela lui deviendrait familier au fil des années. Lorsqu'elle serait sa *femme*.

Il appuya suffisamment ses lèvres sur les siennes pour que cela passe pour un baiser, puis se redressa. Constance semblait pleinement satisfaite.

— Eh bien, mon cher fiancé, s'exclama-t-elle joyeusement, je vais commencer à préparer notre mariage sur-le-champ ! Papa sera tellement content. Ce sera la plus grandiose des cérémonies jamais célébrées à Londres – en dehors du couronnement, bien sûr.

— Mais ne devrais-je pas parler à votre père d'abord ? Lui demander officiellement votre main ? hasarda Gideon, surpris de chercher ainsi une raison de retarder son engagement.

— Je suppose que si, si vous le souhaitez. Mais ce n'est qu'une formalité. Papa m'a déjà dit qu'il n'était pas contre notre union. Il vous aime beaucoup.

— Si vous le dites, murmura Gideon, à court d'arguments.

— J'imagine que vous n'allez pas tarder à décrocher le poste de ministre des Finances, à présent.

— Je suis un homme comblé, Constance, balbutia-t-il.

— Nous allons l'annoncer aux autres ? proposa-t-elle en glissant son bras sous le sien d'un air possessif.

— C'est peut-être un peu tôt. J'aimerais que cela reste notre secret à tous les deux pendant quelque temps, proposa-t-il avec un sourire forcé.

Il avait vraiment besoin d'être seul, ce qui paraissait bizarre. Il venait tout juste de se *fiancer*, non ? Il aurait dû souhaiter rester seul *avec* Constance !

Heureusement, l'idée de partager un secret avec lui sembla la séduire.

— D'accord, dit-elle.

— Dans ce cas, nous ne devrions pas nous donner le bras, ce n'est pas convenable.

Constance s'écarta à contrecœur, et tandis qu'ils rejoignaient le petit groupe, ne cessa de babiller à propos de leurs noces. Il la soupçonnait d'y songer depuis des années, n'attendant que l'homme prêt à endosser le costume de l'époux.

De son côté, il se demandait quand il éprouverait ce sentiment de triomphe légitime qui aurait dû le submerger. N'attendait-il pas ce moment depuis des années, lui aussi ?

Les invités les regardèrent arriver. Gideon, lui, n'avait d'yeux que pour Lily. Il savait qu'il n'aurait pas dû la dévisager ainsi, mais il ne pouvait s'en empêcher.

« Un jeune homme de bonne famille n'épouse pas sa maîtresse », avait déclaré son oncle.

Il lutta de nouveau contre l'envie de fuir, de s'isoler pour réfléchir.

Trop tard, il remarqua le regard de Constance sur lui, puis sur Lily. Elle avait un étrange sourire aux lèvres.

— Écoutez, vous tous, lança-t-elle tout à trac. Nous avons une merveilleuse nouvelle à vous annoncer. Gideon et moi sommes fiancés.

Gideon eut l'impression que sa vue se brouillait.

— Il va *épouser* la grosse blonde ? s'enquit tante Hester, sidérée.

— Apparemment, répondit lord Lindsey. Et c'est une grande et jolie blonde, en effet.

Gideon regardait Constance avec stupeur. Elle lui souriait d'un air indulgent, comme si elle n'avait agi que pour son bien.

Et c'était peut-être le cas.

Les compliments fusèrent, comme chaque fois qu'une union convenable se nouait dans la bonne société. Mais Gideon n'entendit qu'une seule de ces voix, basse, un peu rauque, et infiniment sensuelle.

— Félicitations, Gideon, dit Lily.

Et il aurait juré qu'elle était sincère.

Il fut décidé, ou plutôt, Constance décida que l'on célébrerait l'événement au déjeuner. Gideon demanda donc à la cuisinière d'ajouter quelques mets de choix au menu. Puis les dames regagnèrent leur chambre pour se changer. Une fois de plus.

Lily était fière d'elle. Elle avait réussi à afficher une parfaite indifférente à l'annonce des fiançailles de Gideon. Pas question de laisser ne serait-ce que deviner à lady Constance à quel point ce mariage lui brisait le cœur.

Elle commençait à entrevoir les contradictions de l'amour, notamment qu'on pouvait aimer un être dépourvu d'intelligence. Car seul un parfait idiot pouvait se condamner à passer sa vie au côté de lady Constance Clary, si belle, si riche, si titrée soit-elle.

Jarvis, qui ne perdait pas le nord, avait reporté son attention sur Lily, qui avait dû résister à la tentation de le gifler tant il l'agaçait. En fait, pour l'heure, elle ne ressentait que du mépris pour la gent masculine dans son entier.

À l'exception de lord Kilmartin.

Pour la deuxième fois de sa vie, elle s'était abaissée à demander. Elle avait besoin d'argent pour partir loin d'ici, n'importe où, et Kilmartin avait accepté de lui en donner sans poser de questions, par pure bonté. Elle avait lu de la compréhension sur son visage. Elle avait pris sa décision à l'instant où Constance avait planté son hameçon dans Gideon pour l'entraîner dans le parc, car l'issue de cette promenade lui avait paru inéluctable.

« Je ne fuis pas, avait-elle tenté de se convaincre. Je pars, c'est différent. »

Kilmartin s'était chargé de tout. Il avait envoyé sans attendre un domestique au relais de poste. Dans trois heures, une voiture stationnerait derrière le manoir et un valet descendrait leur malle en passant par la cuisine. Lily et sa sœur sortiraient discrètement par le même chemin si bien que personne ne les verrait quitter Aster Park.

Il ne restait plus à Lily qu'à prétendre avoir la migraine pour regagner sa chambre et préparer leurs bagages.

Elle était pressée de quitter le petit groupe, mais s'efforça de n'en rien faire sachant que Constance exulterait. Or, voir Constance se rengorger davantage était au-delà du supportable.

Et puis, il y avait un point qu'elle désirait éclaircir avant son départ.

— Lady Clary, demanda-t-elle d'un air soucieux, avez-vous fini par retrouver votre collier ?

Constance posa sur Lily des yeux aussi froids que des diamants.

— Oh, mais oui, mademoiselle Masters ! Il était dans une urne, figurez-vous ! Il a dû glisser de mon cou et tomber dedans sans que je m'en rende compte.

Elle partit d'un petit rire cristallin et ses suivantes l'imitèrent.

Lily sentait les yeux de Gideon sur elle, mais elle refusa de le regarder. Elle en était tout bonnement incapable.

Après le déjeuner, Lily prétexta un mal de tête et s'éclipsa tandis que les autres invités gagnaient le salon pour jouer aux cartes, ou lire.

Gideon se joignit à eux, mais très vite, il eut l'impression d'étouffer. Ces jeux de cartes l'ennuyaient profondément. De même que la conversation, du reste. Et s'il allait se promener ? Avec Constance ?

Non, ce n'était pas une bonne idée. Il aurait pourtant dû être heureux et savourer son succès. Son plan avait marché. Ses ambitions seraient satisfaites. L'amour viendrait après, comme pour son oncle Edward.

Mais en attendant, il passerait le plus de temps possible avec Lily. Il l'installerait dans un appartement à Londres.

Et ce soir, l'accueillerait-elle dans son lit ? Il la consolerait par des baisers, des caresses, la promesse de vivre non loin de lui. Son mariage avec Constance ne changerait rien. Ils continueraient à rire ensemble, à lire de la poésie, à faire l'amour…

Il se risqua à regarder Constance. Combien de temps lui faudrait-il pour l'aimer. Dix ans ? Vingt ? Davantage ? Et si l'amour ne venait jamais ? Elle était magnifique, aristocrate jusqu'au bout des ongles, pourtant, il n'avait aucune envie de la toucher. Rien. Pas la moindre curiosité. Elle avait cessé d'être un défi, et il s'en désintéressait. Exactement comme lorsqu'il gagnait un procès.

Cette pensée l'affola. D'un seul coup, la vérité lui apparut dans toute son horreur : il n'aimerait jamais Constance.

Il avait commis une terrible erreur.

Il s'agita dans son fauteuil, atrocement mal à l'aise.

Peut-être avait-il besoin d'une bonne plaidoirie pour se ressaisir. Ou d'une longue course à travers le parc.

Brusquement, il eut une inspiration.

Il se leva si abruptement qu'il fit grincer sa chaise.

— Excusez-moi un instant, je vous prie, Constance.

Il aurait dû dire « Constance chérie », mais le mot refusa de sortir de sa bouche.

— Je reviens tout de suite.

Elle lui sourit et acquiesça d'un air magnanime.

Gideon s'obligea à ne pas sortir en courant.

Il alla prendre quelques gâteaux dans le garde-manger et fit un crochet par la bibliothèque afin de prendre un livre sur les reptiles. Puis il grimpa dans l'escalier en hâte et entra dans la nursery, un grand sourire aux lèvres.

— Petite Alice j'ai un livre plein de monstres à vous montrer ! lança-t-il gaiement.

Il s'attendait à un cri de joie enfantin, mais la pièce était vide. Le lit aussi. Il fronça les sourcils. Alice avait donc regagné la chambre qu'elle partageait avec sa sœur ? Il jeta un coup d'œil dans la pièce contiguë. Vide elle aussi... Gideon rebroussa chemin, pressé soudain de retrouver Lily, et Alice peut-être.

Ces quelques instants volés lui permettraient de supporter ses invités. Il allait toucher au but, mais sans elles, ce dernier effort lui paraissait insoutenable.

— Arrête de me toucher le front ! protesta Alice en écartant la main de sa sœur avec humeur. Je n'ai plus de fièvre. Pourquoi on ne retourne pas à Aster Park ? Je veux voir M. Cole.

Ils avaient roulé étonnamment vite, et avaient déjà atteint les faubourgs de Londres ; Lily le savait, car l'odeur des docks s'infiltrait dans l'habitacle.

— Tu te souviens, Alice, que je t'avais dit que je travaillais pour M. Cole provisoirement ? Eh bien, mon travail est terminé. Le moment est venu de vivre de nouvelles aventures. Il paraît qu'il y a de superbes palais en Italie, et des villes où les rues sont des rivières...

Alice se mit à pleurer en silence, et, à la grande stupéfaction de Lily, marmonna : « Mme Smythe, est-ce que je dois balayer, maintenant ? »

La porte de la chambre de Lily était entrouverte, et Gideon eut un brusque pressentiment. Il poussa lentement le battant. Tout semblait normal à première vue. Puis son regard se posa sur la table de chevet. Les livres avaient disparu, sauf *Raison et Sentiment*.

Lily avait abandonné le collier de sa mère sur le volume.

Ce fut comme si on lui enfonçait un poignard dans le cœur. En trois enjambées, il gagna la penderie et ouvrit les portes en grand. Il ne restait que les robes de bal sur leurs cintres.

Il frôla de la main la robe de satin vert qu'elle portait la nuit où ils étaient devenus amants. Elle était froissée, irrémédiablement abîmée. Il serra l'étoffe entre ses doigts comme si, en pressant suffisamment fort, Lily pouvait apparaître. Puis il la porta à son visage pour en respirer l'odeur.

Tel un automate, il alla s'asseoir sur le lit et fixa le vide. Un grand froid l'avait envahi. Loin, très loin, au centre même de son être, une douleur sourde palpitait, qu'il n'aurait su nommer. Rage, chagrin, incrédulité...

Elle avait pourtant *promis* de ne pas le quitter !

Non ! En réalité, il l'avait contrainte à faire cette promesse dans un moment où elle ne pouvait rien lui refuser.

Pourquoi serait-elle restée, au fond ? Elle était dotée d'un orgueil aussi farouche que le sien. Pourtant, elle était restée parfaitement maîtresse d'elle-même lorsque Constance avait annoncé leurs fiançailles. Elle n'avait fait aucun scandale.

Lui n'aurait consenti un tel sacrifice, ne se serait montré si stoïque que parce qu'il aimait. Aucune autre raison au monde ne l'aurait poussé à ravaler sa fierté.

Et si Lily l'aimait… elle avait dû vivre un enfer.

Il se sentait honteux et ridicule, soudain. Les objectifs qu'il avait poursuivis toute sa vie lui semblaient tellement absurdes. Rien de tout cela n'avait de valeur comparé au véritable amour.

Il se leva d'un bond.

Au diable tout ça ! Ce qu'il voulait, c'était Lily.

21

Comparée à la pension de Mme Smythe, l'auberge du *Tigre des Indes* était un palais. Un palais mal fréquenté, certes, mais prospère.

Intriguée, Alice avait cessé de pleurer. Les navires se balançaient sur l'eau sombre et huileuse du port, et Lily sentit un faible espoir renaître en elle. Tous ces bateaux étaient censés faire bientôt voile vers des terres nouvelles. Ils étaient sans doute infestés de rats, manœuvrés par des brutes épaisses et bourrés de nourriture avariée, mais peu lui importait ; ces périls lui apparaissaient moins difficiles à affronter que l'amour.

— Merci, monsieur, dit-elle au cocher, qui toucha respectueusement le bord de son chapeau.

Elle le gratifia d'un pourboire si bien qu'il se sentit obligé de porter leur malle dans l'auberge. Lily prit Alice par la main. Il y a peu, vêtue de guenilles, personne n'aurait fait attention à elle. À présent, elle avait l'air d'une dame voyageant seule avec une petite fille, ce qui faisait d'elle une cible idéale, pour les voleurs comme pour les galants.

Il fallait qu'elle s'invente une histoire.

Cela ne devrait pas être très difficile...

Le brouhaha dans la salle ne diminua pas vraiment lorsqu'elle y entra, mais elle sentit des regards avides se poser sur elle, et quelques conversations cessèrent.

Elle s'immobilisa et pivota vers la porte.

— Je vous avais bien dit, mon cher, qu'il était inutile d'être armé, ici...

Puis elle regarda les deux hommes assis à quelques pas, qui la détaillaient avec intérêt, et confia d'un ton exaspéré :

— Ah ! Les maris ! Il a beau être grand et fort, il ne peut se passer de son pistolet. Enfin, j'espère qu'il le réparera, cette chose a tendance à faire feu pour un rien.

Elle se tourna vers l'aubergiste, qui surveillait la porte d'entrée d'un air ennuyé comme si l'époux en question allait faire irruption d'une seconde à l'autre.

— Je voudrais une chambre, fit-elle, péremptoire. Mon mari ne va pas tarder à me rejoindre.

— Euh… oui, m'dame.

— Oh… pourriez-vous monter ma malle ? s'enquit-elle avec un sourire suave.

— Bien sûr, m'dame. C'est par là.

Il chargea la malle sur son dos et gravit l'escalier en soufflant bruyamment.

— Lawrence, puis-je te parler un instant ?

Kilmartin leva la tête de son jeu de cartes.

— Bien sûr, mon vieux.

Il attendit, puis, voyant que Gideon lui adressait un regard noir, il comprit et se leva.

Il suivit son ami dans un salon adjacent et, à peine entré, ce dernier se mit à arpenter la pièce tel un lion en cage.

— Elle est partie, Lawrence, déclara-t-il tout de go en se passant une main nerveuse dans les cheveux. Partie ! Alice et Lily ne sont plus là.

— Oui, je sais.

— Je suis monté voir Alice et…

Gideon se figea, tel un homme qui vient de recevoir une balle mortelle, puis pivota lentement.

— Tu sais ? répéta-t-il d'un ton neutre.

Kilmartin hocha tristement la tête.

Gideon ferma les yeux et les rouvrit aussitôt.

— Lawrence… Comment… Pourquoi ?

— Elle était affreusement malheureuse. Elle est venue me demander de l'aider et… eh bien, j'ai accepté.

Gideon ouvrit la bouche, mais aucun son n'en sortit.

— Je l'aime beaucoup, moi aussi, Gideon, poursuivit Kilmartin. Pas comme j'aime lady Anne, bien sûr, ajouta-t-il en hâte. Mais je ne suis pas aveugle, tu sais. J'ai bien vu ce qui se… passait entre vous. Et je t'avoue que je m'inquiétais. Alors quand elle est venue me trouver, je lui ai donné de l'argent et j'ai fait porter un message à l'hôtel de poste. Ils ont envoyé un cocher il y a une heure.

— Une heure ! s'exclama Gideon en étouffant un rire nerveux.

Puis il se laissa tomber sur le divan.

Les deux hommes demeurèrent silencieux un long moment. Dans le salon voisin, un rire cristallin résonna.

— Lawrence, je… j'y suis très attaché.

Comme ces mots semblaient dérisoires pour décrire ce qu'il éprouvait !

Kilmartin s'assit dans le siège face à Gideon et se pencha vers lui.

— Tu es mon ami, Gideon. Dieu sait pourquoi j'ai tant d'affection pour toi, ajouta-t-il avec humour. Mais Lily voulait vraiment partir sans attendre, pour t'éviter, ainsi qu'à Alice, des adieux pénibles. Elle pensait avoir accompli sa mission et payé sa dette. Je suis désolé. Si j'avais su…

— Tu ne pouvais pas savoir, Lawrence. Moi-même, j'ignorais mes sentiments.

— Si tu avais vu son visage, tu ne lui aurais pas refusé ton aide, je t'assure. Et comme tu avais annoncé tes fiançailles, eh bien, sa décision m'a semblé sage.

— Lawrence, souffla Gideon, au bord de la nausée, elle porte peut-être mon enfant…

Kilmartin devint d'une pâleur de cendres.

— Mon Dieu, Gideon ! Je ne savais pas que vous en étiez arrivés là…

Il se tut, accusant le coup.
— As-tu honte de moi ? demanda Gideon, désespéré.
Kilmartin secoua la tête.
— Qui aurait cru que Gideon Cole n'était qu'un être humain ? Tu t'es conduit comme un véritable aristocrate, tu sais, observa-t-il avec un faible sourire. Souverainement égoïste.
— Quel gâchis, pas vrai ?
— Tu peux le dire.
Gideon releva la tête. Le sourire triste de Kilmartin le rassura. Il ne le jugeait pas.
— Tu es un véritable ami, Lawrence. Jamais je ne te remercierai assez pour tout ce que tu as fait pour moi. Et cependant…
— Cependant ? murmura Kilmartin.
— Je l'aime, Lawrence. J'ai besoin d'elle.
Kilmartin écarquilla les yeux, se redressa, et poussa un profond soupir. Des rires fusèrent dans la pièce d'à côté.
— Cela change-t-il ton plan de carrière ? risqua-t-il.
Gideon hocha la tête.
— Complètement.
Il songea à Helen. Il ne l'abandonnerait pas, même s'il n'épousait pas Constance. Il trouverait un moyen de l'aider, mais il fallait que Lily soit à ses côtés.
Ce fut au tour de Kilmartin de se lever pour faire les cent pas.
— Tu te rends compte de ce que cela signifie, Gideon ? Des conséquences sur ta carrière d'avocat, ta carrière politique, ta position dans la société ?
— Lawrence, personne n'en est plus conscient que moi. Mais tout cela m'importe peu désormais. Je me débrouillerai autrement. Je survivrai, du moment que je suis avec Lily.
Quelle serait son existence, au juste ? Une vie simple, sans demeure luxueuse ni vêtements coûteux, sans réceptions ni bals. Il pouvait s'en passer. Un avocat n'était pas obligé de faire partie de la haute société. Il

n'aurait qu'à emménager près de chez Dodge. Cette pensée lui arracha presque un sourire.

Mais il était trop tôt pour envisager l'avenir. Une fois qu'il aurait retrouvé Lily, les solutions s'imposeraient d'elles-mêmes.

Kilmartin paraissait de plus en plus agité. Soudain, il s'arrêta et fixa son ami d'un air résigné.

— Elle m'a demandé de ne pas te le dire, Gideon, mais elle pensait prendre un bateau pour l'Italie demain matin.

— *L'Italie ?*

— Tu ne croyais tout de même pas qu'elle allait retourner à Saint-Giles ?

— Non… bien sûr… mais pourquoi si loin ?

— C'était mon idée. Elle passe la nuit dans une auberge des docks, *Le Tigre des Indes*.

Gideon bondit du canapé et faillit renverser Kilmartin en l'étreignant. La seconde d'après, il fonçait vers la porte.

Mais Constance se tenait dans l'embrasure, une main sur la hanche, lui bloquant le passage.

— Nous nous demandions où vous étiez passés tous les deux ! Nous songions à aller nous promener au clair de lune dans mon… notre… enfin, le jardin de sculptures de votre oncle.

Les suivantes et lord Jarvis se pressèrent derrière elle, et tous finirent par entrer dans le salon. Seule lady Anne demeura poliment en retrait.

Et soudain, c'en fut trop.

— Constance, ce n'est pas possible. Je suis désolé. Je ne peux pas vous épouser.

La jeune femme se raidit, tandis que les autres invités semblaient tansformés en statues de sel.

À dire vrai, Gideon était tout aussi stupéfait qu'eux. Il aurait sans doute dû s'exprimer moins brutalement. Ou au moins en privé. Mais son cœur avait parlé, et il n'avait aucun contrôle sur son cœur.

— Ne soyez pas stupide, Gideon, déclara Constance, retrouvant sa légendaire assurance. Bien sûr que vous pouvez m'épouser. Cela m'est absolument égal que vous n'ayez pas de titre, ne vous inquiétez pas. Papa est convaincu que vous ferez une très belle carrière politique, et j'ai plus d'argent que je ne pourrais en désirer. Et puis, nous aurons Aster Park. À présent, allons nous promener au clair de lune, tous ensemble.

Gideon lui sourit, un sourire d'autant plus radieux qu'il se sentait enfin libéré.

— Non, Constance, vous ne comprenez pas. Je ne suis pas amoureux de vous.

Le sourire de la jeune fille se changea en grimace d'irritation.

— Oh ! Gideon ! Cela n'a guère d'importance, voyons ! Cessez de dire des absurdités, je vous en prie.

« Cela n'a guère d'importance » ? Aux oreilles de Gideon, cette phrase sonnait comme un blasphème. Et dire que quelques semaines auparavant, il aurait probablement été de son avis !

— Constance, ce n'était qu'un jeu. Vous ne voulez pas vraiment m'épouser, vous non plus. Vous vouliez me conquérir. Il est temps d'ouvrir les yeux.

— Mais enfin, Gideon, c'est décidé, maintenant ! s'exclama-t-elle, incrédule. Je ne comprends pas. Nous allons avoir un splendide mariage. *Tout le monde* y assistera !

Gideon éprouva soudain de la pitié pour Constance. Il n'était pas très fier de lui, en cet instant, mais l'orgueil n'entrait guère en ligne de compte quand il s'agissait d'amour.

— Je suis profondément désolé, Constance. Mais vous n'êtes pas amoureuse de moi, et quant à moi… je suis amoureux d'une autre. J'ignore si elle m'aime aussi, mais je compte le lui demander. Si c'est le cas, j'ai l'intention de l'épouser. Je suis navré.

— Mlle Masters ? fit Constance, stupéfaite. Elle n'a pas pu gagner, c'est impossible !

— Non, elle n'a pas gagné.

Constance se détendit visiblement

— Elle n'a pas gagné, continua Gideon, parce qu'en réalité, il n'y a jamais eu de compétition. Ç'a *toujours* été Lily.

Constance parut se dilater de colère. Elle se redressa avec majesté et fusilla Gideon du regard. Les souverains d'autrefois devaient afficher cette même expression lorsqu'ils ordonnaient l'exécution d'un paysan rebelle, devina-t-il.

— Gideon, si vous ne cessez pas immédiatement de vous conduire comme un imbécile, je ne vous pardonnerai jamais. Et papa ne voudra plus entendre parler de vous. Vous serez ruiné.

— Je ne m'attends pas que vous me pardonniez, Constance, dit-il doucement. Mais, étrangement, cela m'est égal. Je vous prie de transmettre mes salutations à votre père.

La jeune fille le fixa d'un air plus contrarié qu'abattu – au temps pour sa fierté masculine ! De toute évidence, elle avait du mal à admettre que, pour la première fois de sa vie, elle n'obtiendrait pas ce qu'elle souhaitait.

— Si vous voulez bien m'excuser ? reprit Gideon.

Les invités pétrifiés s'écartèrent tandis qu'il se dirigeait vers la porte à grands pas.

Une fois le seuil franchi, il courut comme un fou, traversa le grand hall et sortit de la maison, attrapant au passage la redingote qu'un Gregson radieux lui tendait.

22

À peine dans leur chambre, Lily ferma le verrou et poussa la malle devant la porte. Juste au cas où.

De son côté, Alice alla tester le matelas.

— Ce n'est pas du tout confortable, annonça-t-elle.

Merveilleux ! Voilà que sa sœur faisait la difficile, maintenant !

— Nous connaîtrons beaucoup de chambres et de lits au cours de notre vie, Lily. Il faut t'habituer.

Elle s'efforçait de garder un ton enjoué pour donner le change, mais le doute s'était insinué en elle.

Avait-elle bien fait de quitter Aster Park ? N'aurait-elle pas dû rester pour Alice ? Ou pour elle-même ?

— Est-ce que M. Cole va venir aussi ? s'enquit sa sœur, le visage plein d'espoir. Pour vivre nos aventures ?

Alice remuait le couteau dans la plaie.

— Malheureusement, non, ma chérie.

La fillette afficha une expression stoïque, mais Lily n'était pas dupe. Elle avait du chagrin, elle aussi. Elle la serra dans ses bras en retenant ses larmes.

— Alice, il faut que tu saches que je ne te quitterai jamais, quoi qu'il arrive, murmura-t-elle d'une voix rauque.

Elle se redressa, et tâta le front de sa sœur, qui s'écarta vivement.

— Je t'ai dit que…

— Tu tousses encore, mon cœur. J'irai chercher quelque chose de chaud à la cuisine dans cinq minutes.

— Et des gâteaux ? suggéra timidement Alice, comme si elle avait déjà deviné qu'il n'y aurait plus de gâteaux dans leur nouvelle vie.

— Du thé, en tout cas, répondit Lily. À moins qu'il n'y ait du bouillon, ou du ragoût. Mets-toi au lit, je vais te raconter une histoire.

Laquelle ? s'interrogea-t-elle soudain. Elles avaient déjà vécu celle de leur rêve, avec la grande demeure, les paons, les repas somptueux… et le prince. Quelle meilleure histoire pourrait-elle inventer ? Celle d'une femme amoureuse qui fuyait… comme une voleuse ?

Non, se dit-elle. Cette fois, elle fuyait parce qu'elle avait peur. Par orgueil aussi, bien sûr. Mais maintenant que l'impulsion qui l'avait poussée à partir était retombée, elle se sentait ridicule. Le destin lui avait donné l'occasion d'aimer un homme merveilleux, et de se délecter de son corps comme il se délectait du sien. Le plaisir qu'elle avait connu avec lui était unique, elle le savait en dépit de son inexpérience. Pour la première fois de sa vie, elle s'était sentie protégée, aimée. Elle s'était sentie belle.

Jamais elle n'aurait imaginé connaître un sort pareil. Elle avait en outre la certitude que, quoi qu'il arrive, Gideon se serait débrouillé pour veiller sur Alice et elle.

Et pourtant, elle avait fui. Juste parce que les choses ne s'étaient pas passées comme elle l'aurait souhaité. Parce qu'elle n'avait pas eu le courage, en vérité, de faire confiance à Gideon. D'abdiquer son indépendance, d'oser croire qu'il ne cherchait pas à la piéger… juste à l'aimer.

Mais elle devrait le partager avec une autre.

C'était une torture que de l'imaginer avec Constance, de se les représenter enlacés dans un lit…

Était-elle capable de faire abstraction de cette partie de sa vie ?

Une chose était sûre : une part de lui-même lui appartiendrait toujours. Et Constance n'y pouvait rien.

Elle se figea, submergée par une certitude.

— Lily ? fit la petite voix inquiète d'Alice.

Lily se tourna vers sa sœur. Sa décision était prise… Mais une fois qu'elle en aurait avisé la fillette, elle ne pourrait plus changer d'avis. Elle ne pouvait lui imposer pareil chagrin une fois encore.

— Alice, nous rentrons à Aster Park.

— Hourra ! s'écria la fillette en bondissant sur le lit. Pour de bon ?

Lily soupira.

— Je l'espère.

Environ une heure plus tard, Lily descendit chercher du thé, et crut être la proie d'une hallucination.

Gideon se tenait au centre de la grande salle, l'air déconcerté, balayant les lieux du regard. Tous les clients de l'auberge semblaient s'être volatilisés. Puis Lily découvrit qu'ils se cachaient sous les tables.

Quant au patron, elle n'apercevait de lui que le sommet de son crâne dégarni qui dépassait de derrière le bar. Lentement, il se redressa. Ses yeux apparurent, puis son nez. Prudent, il s'arrêta là.

— M'dame, risqua-t-il poliment, ce serait pas votre mari, par hasard ?

— Oh, mais si ! répondit-elle sans hésiter. C'est l'homme au gros… pistolet.

— Pistolet ? répéta Gideon, le regard brûlant, mais les lèvres retroussées dans un demi-sourire.

Ils se dévisagèrent interminablement, oublieux des clients accroupis sous les tables.

— Oui, vous savez… mon ami… votre pistolet, qui se décharge si facilement.

Quantité d'émotions passèrent sur le visage de Gideon.

— Ah, oui… répliqua-t-il, dissimulant à peine son amusement. Celui-là… Lily, puis-je vous parler en privé ? ajouta-t-il, soudain guindé.

— Alice est en haut.

— Dans ce cas, voulez-vous que nous sortions ?

— Je ne veux pas la laisser seule trop longtemps.

— Cela ne prendra que quelques minutes, assura-t-il d'une voix où perçait le désespoir. Je vous en prie.

Elle hocha la tête, le cœur battant, les oreilles bourdonnantes.

Dès qu'ils eurent franchi le seuil, les clients sortirent de leur abri et s'empressèrent d'étancher leur soif. Ils avaient le sentiment de l'avoir échappé belle.

Gideon contempla le port dans les eaux duquel se reflétait la lune. L'odeur de poisson était forte, écœurante, et pourtant, il la trouvait follement romantique. Mais n'importe quel lieu lui aurait paru romantique dès lors que Lily s'y trouvait.

— C'est un coupe-gorge, ici, l'avertit-elle. Méfie-toi.

— N'aie crainte, j'ai mon gros pistolet.

Elle ne put s'empêcher de sourire et il soupira de soulagement. Il se sentait si gauche, soudain. Seigneur, il mourait d'envie de la toucher ! Se déroberait-elle ? Probablement pas. Ils oublieraient tout au premier contact, il le savait. Mais il refrénerait ses ardeurs tant qu'il n'aurait pas obtenu la réponse qu'il était venu chercher.

— Tu dois te demander ce que je fais ici, reprit-il après s'être raclé la gorge.

Elle le regarda pensivement.

— Et toi, te demandes-tu ce que *je* fais ici ?

— Non, je le sais, dit-il doucement.

Le clapotis de l'eau contre les piliers de la jetée ajoutait à la magie du moment. Lily dut détourner les yeux pour rompre le charme.

— Lily… j'ai parlé à Constance, en présence de tous mes invités… Ce n'était pas facile.

— Je ne comprends pas, murmura-t-elle en fronçant les sourcils.

— Ma conduite a été affreuse.

Elle le fixa, déconcertée.

— Je me suis comporté comme un idiot ! Je suis venu te dire…

Dieu que c'était difficile ! Si ses collègues le voyaient, en ce moment, comme ils se moqueraient de lui ! Où était passée son éloquence ?

— Je t'aime, Lily.

Elle se figea, les yeux comme des soucoupes.

Maintenant qu'il l'avait dit, il avait envie de le répéter encore et encore.

— Je t'aime, reprit-il, et je l'ai dit à Constance. J'ai scellé mon sort, je le crains. Tu aurais dû voir son expression ! Elle était contrariée, mais elle n'éprouvait pas le moindre chagrin. Je ne lui ai infligé qu'un affront.

Lily fut prise d'un fou rire irrépressible. Elle n'en croyait pas ses oreilles !

— Soit dit en passant, je ne lui ai jamais demandé sa main, poursuivit Gideon. Mais je te raconterai cela plus tard. L'important, c'est qu'elle sache que je ne l'épouserai pas. C'est avec toi que je veux vivre. J'ignore si tu me pardonneras ma cruauté – je ne me la pardonne pas moi-même. Je veux t'épouser, Lily, et passer le restant de mes jours avec toi, avoir des enfants de toi… Rien d'autre ne compte. Je bénis le jour où tu as tenté de me voler ma montre, je bénis ces trente livres et…

— Gideon ?

— Oui ?

— J'étais sur le point de retourner à Aster Park.

Ce fut au tour de Gideon d'être interloqué. Puis un sourire émerveillé illumina son visage.

— Tu… tu aurais fait cela pour moi ? Même si… je veux dire, malgré Constance ?

Elle hocha la tête, les yeux brillants de larmes.

— Dans ce cas, murmura-t-il, il se peut que tu m'aimes.

— C'est probable, souffla-t-elle.

— Alors dis-le-moi.

— Je t'aime, Gideon.

— Encore… la pressa-t-il.

— Je t'aime, je t'aime, je t'aime !

Il l'attira contre lui et Lily noua les bras autour de son cou.

— Que les choses soient claires, déclara-t-il. Cela signifie-t-il que tu acceptes de m'épouser ?

— Mmm… si tu te montres suffisamment persuasif.

Gideon s'empara de sa bouche avec une telle tendresse qu'elle en frémit de la tête aux pieds.

— Alors ? demanda-t-il dans un souffle.

— Alors, j'accepte, répondit-elle avant de se blottir contre lui. Nous allons l'annoncer à Alice ?

— Quand j'aurai terminé ce baiser, décréta-t-il.

23

Un fiacre les ramena à Aster Park au petit jour. À la grande surprise de Gideon, Kilmartin se redressa en bâillant du canapé lorsqu'il pénétra dans le salon en compagnie de Lily et de sa sœur.

— Félicite-nous, Lawrence ! Je crois que tu connais ma fiancée, Mlle Lily Masters ?

— Félicitations, Lily, sourit Kilmartin. Et à vous aussi, mademoiselle Alice. Vous avez un beau-frère, désormais.

Alice se contenta de bâiller et de se frotter les yeux d'un air endormi.

Lily, en revanche, s'empourpra de bonheur.

— Merci, lord Kilmartin, fit-elle en esquissant une révérence.

Ce dernier l'arrêta en hâte et l'embrassa sur les joues.

— Désormais, c'est Lawrence !

Gideon se tourna vers sa fiancée.

— Lily, puis-je m'entretenir une minute avec Kilmartin ? Tu devrais peut-être aller te reposer dans ta chambre ?

Elle acquiesça et quitta la pièce avec sa sœur, non sans lui avoir jeté un regard qui lui fit bouillonner les sangs.

Il tourna vers Kilmartin un visage fort troublé.

— Ils sont partis tout de suite après toi, expliqua son ami, l'air amusé. Constance, ses suivantes, et Jarvis.

— Et lady Anne ?

— Elle est ici. Ainsi que tante Hester. Je lui ai raconté ta petite... scène et elle s'est montrée très déçue de l'avoir manquée.

Gideon eut un demi-sourire.

— Tu crois que je suis fichu ? demanda-t-il.

— Eh bien... en ce qui me concerne, tu restes mon ami, Gideon. Quant à la bonne société, difficile de prévoir comment elle va réagir. Et puis, il y a ton oncle.

— Ah, oui, mon oncle. Il est au courant ?

Lawrence acquiesça. Gideon se sentait aussi inquiet qu'un enfant pris en faute. Il gardait le souvenir de quelques sévères coups de canne que son oncle lui avait appliqués en guise de châtiment, quelques années auparavant.

— En fait, reprit Lawrence, il t'attend dans sa chambre. D'où ma présence ici. J'ai pensé qu'il valait mieux te prévenir dès ton retour.

— Je te revaudrai ça, Lawrence.

Kilmartin sourit.

— Tu es heureux, mon vieux ?

— Tu n'imagines pas à quel point.

— Alors tout ira bien, assura Lawrence en lui donnant une tape amicale sur l'épaule.

Les deux hommes s'étreignirent brièvement.

— Bonne chance avec lord Lindsey, lança Kilmartin comme Gideon quittait le salon.

— J'en aurai besoin !

— Ah ! Gideon ! s'écria lord Lindsey, déjà installé dans son fauteuil en dépit de l'heure matinale.

— Bonjour, oncle Edward.

— On dirait que tu n'as pas fermé l'œil de la nuit, mon garçon.

— En effet, mon oncle.

Lord Lindsey contempla son neveu d'un air songeur. Gideon soutint son regard.

— Bouh ! s'exclama soudain le vieil homme.

Gideon tressaillit et dut s'appuyer à la table pour ne pas tomber.

Lord Lindsey riait à gorge déployée.

— Tu n'as plus l'âge de recevoir une correction, alors détends-toi, mon garçon. Ah ! voici Mme Plunkett avec le thé.

La gouvernante posa le plateau sur la table, puis quitta la pièce aussi silencieusement qu'elle y était entrée.

— Sers-nous, Gideon. Il faut que nous parlions, toi et moi.

Gideon s'installa en face de son oncle et versa le thé. Dieu merci, ses mains ne tremblaient pas. Enfin, pas trop…

— Donc, reprit lord Lindsey, tu avais une fiancée hier soir, et ce matin, tu en as une autre ?

— C'est exact.

— Mlle Lily Masters ?

— Oui, mon oncle.

Le vieil homme hocha la tête.

— Ce n'est pas la fille d'un marquis, remarqua-t-il.

— En effet.

— Et tu as publiquement rejeté la fille d'un marquis, hier soir.

— Oui, mon oncle.

Lord Lindsey parut réfléchir.

— Tu lui avais vraiment demandé sa main ?

Gideon lui adressa un regard étonné. Comment avait-il deviné ? L'honneur l'avait empêché de révéler la manœuvre de Constance, hier soir. Et l'obligeait à se taire encore aujourd'hui.

— Je te demande cela, dit lord Lindsey, à cause de ton expression, hier, lorsqu'elle a annoncé vos fiançailles.

Gideon demeura silencieux. Mais apparemment, son silence était éloquent.

— Mlle Lily Masters est-elle réellement apparentée à Kilmartin ? reprit le baron.

Gideon hésita un instant.

— Non, mon oncle, avoua-t-il.

— C'est bien ce que je pensais, murmura lord Lindsey d'un air satisfait. Elle a trop de cran. Qui est-elle, alors ? Connais-tu ses parents ?

— Non, mon oncle. Elle n'a plus que sa sœur. Elle est orpheline… originaire de Londres.

Lord Lindsey n'insista pas.

— Je suppose que savoir qui est sa famille n'a pas grande importance, mon garçon, n'est-ce pas ?

Gideon ne put s'empêcher de sourire.

— Non, mon oncle. En effet.

— Tu as réussi à créer une belle pagaille, pas vrai ? déclara le vieil homme.

— Oui, reconnut Gideon.

— Il était grand temps !

Gideon lui jeta un regard interloqué.

— Pardon ?

— Il arrive que les meilleures décisions soient les plus spontanées, mon neveu. On ne peut pas tout planifier, la preuve. Tu as réussi à être un homme heureux, par accident. Et du même coup, tu me rends heureux, ainsi que tous ceux qui t'aiment. Ton père n'avait pas complètement tort, tu sais. Il faut savoir prendre des risques, parfois.

Gideon en demeura sans voix.

— J'ai un cadeau de mariage pour toi, continua lord Lindsey.

— Oncle Edward, c'est très aimable à vous, mais ce n'est pas nécessaire, je vous assure. Nous irons…

— Je t'offre Aster Park.

Gideon reposa lentement sa tasse sur la table.

— A… Aster Park ! bredouilla-t-il. Mais mon oncle, vous ne pouvez pas…

— Bien sûr que si ! Le domaine est à toi. Oui, je sais, tu en aurais hérité de toute façon, mais permets-moi ce geste grandiose, veux-tu ? Je te laisse tout, le manoir, la terre, les troupeaux, les domestiques, fais-en ce que bon te semble, car j'ai, quant à moi, envie de voyager un peu pour rattraper le temps perdu. L'Égypte. Le Devonshire. Je verrai... Tout est à toi et à Mme Cole. Tu pourras partager ton temps entre ici et Londres. Qui sait ? Tu réussiras peut-être à obtenir un meilleur rendement du domaine. Tu n'avais pas des idées sur les moutons ?

— Je pensais introduire l'espèce Leicester Longwool, répondit Gideon d'une voix à peine audible.

— Parfait. Achète ces moutons. Allons, mon garçon, tu ne vas pas pleurer, tout de même ? s'inquiéta oncle Edward.

— Euh... non, mon oncle.

— Penses-tu que la future Mme Gideon Cole saura s'occuper d'une aussi grande maison ?

Gideon retrouva le sourire. S'il y avait une chose que Lily savait faire, c'était s'adapter. Et elle apprenait vite.

— Parfaitement, mon oncle.

— Elle m'a guéri, tu sais, révéla lord Lindsey. J'ai beaucoup d'affection pour elle.

« Elle m'a guéri aussi », faillit dire Gideon.

— Vous vous êtes guéri tout seul, oncle Edward.

— Peut-être, mais c'est elle qui m'a redonné goût à la vie... Tu ferais bien de te marier sans attendre. Pour l'honneur de cette jeune fille.

Gideon lui jeta un regard coupable. Son oncle soupçonnait-il... ?

— Non, mon garçon, pas un mot de plus ! déclara le vieil homme. Et pour l'amour du ciel, ne va pas me remercier. Je sais déjà ce que tu ressens.

Gideon se contenta donc de serrer la main de son oncle, qui serra la sienne avec force en réponse. C'était au tour du vieil homme d'avoir les larmes aux yeux.

Il relâcha la main de son neveu en la tapotant avec affection.

Ému, Gideon décida que cela suffisait en matière de marques d'affection viriles. C'était d'affection *féminine* qu'il avait besoin, à présent.

Lily lui en voudrait-elle de la réveiller ?

Oh, il s'excuserait plus tard…

Le mariage en soi n'avait sans doute rien d'exceptionnel, en revanche, les invités l'étaient à coup sûr. Une prostituée, un apothicaire, un notaire, une couturière, un baron, une gouvernante, un majordome, un médecin et ses cinq filles remplissaient presque la petite église près d'Aster Park. Devant eux, Gideon Cole et Lily Masters se jurèrent amour et fidélité jusqu'à ce que la mort les sépare.

En cadeau de noces, Lily offrit à Gideon la montre qu'elle avait tenté de lui voler. Ils décidèrent d'en faire une tradition. Elle la lui offrirait à son anniversaire, et à toutes les fêtes. Ainsi, ils célébreraient régulièrement le miracle de leur rencontre.

Kilmartin était le témoin de Gideon, et Alice jeta des fleurs sur le passage des mariés avec beaucoup d'enthousiasme.

Une jeune femme brune, portant une épaisse voilette, était assise au fond de l'église. C'était Helen Turner, la sœur de Gideon. Il l'avait persuadée de venir vivre à Aster Park, maintenant qu'il en était le maître. Tout n'était certes pas parfait, car même si son mari acceptait de divorcer, son statut la mettrait au ban de la société. Mais elle aimait Lily et Alice, et elle s'était réconciliée avec son oncle. Et ici, elle était enfin en sécurité.

À présent que les trois femmes qu'il aimait – Lily, Alice, et Helen – vivaient enfin sous son toit, Gideon pourrait se consacrer à son nouveau plan de carrière : les chérir et les protéger.

Découvrez les prochaines nouveautés de nos différentes collections J'ai lu pour elle

AVENTURES & PASSIONS

Le 5 mai :

Les amants secrets ☙ Virginia Henley (n° 3641)

Simon de Montfort est subjugué par la belle Aliénor et il est bien décidé à faire de cette femme au visage angélique son épouse. Aliénor est inaccessible car elle aussi a pris une décision : elle deviendra nonne pour expier un crime qu'elle croit avoir commis. Troublée par Simon, elle est incapable de le chasser de ses pensées… Une bataille perdue d'avance ?

Un ravisseur sans scrupules ☙ Julie Garwood (n° 4548)

Le baron Haynesworth ne se soucie pas de l'avis de ses filles lorsqu'il s'agit de les marier. C'est ainsi que la jeune Brenna est promise au riche MacNare afin de conforter les alliances du père en Écosse. Mais rien ne se passe comme prévu et, une fois en route, Brenna est enlevée par Connor MacAlistair, un seigneur écossais qui a prévu de l'épouser sur-le-champ...

Les demoiselles de Swan Park — Le bâtard ☙
Sabrina Jeffries (n° 8674)

Griff Knighton pense avoir trouvé la solution parfaite pour éviter le mariage avec une des filles de Swan Park tout en prouvant qu'il en est l'héritier légitime : il doit donc changer d'identité et retrouver le certificat de mariage de ses parents ! Mais Rosalinde, la deuxième fille du comte, est bien décidée à contrecarrer ses plans…

Nouveau ! 2 rendez-vous mensuels aux alentours du 1er et du 15 de chaque mois.

Le 23 mai :

Passion dans le bayou — Patricia Hagan (n° 5807)

La jeune Angela Sinclair ne sait plus quoi faire : elle doit partir pour La Nouvelle-Orléans afin d'épouser Raymond Duval, un homme choisi par son père, maître de BelleClair. Quitter sa ville impliquerait de quitter Brett Cody, ce fils d'ouvrier agricole au regard brûlant. Tout les sépare mais, la nuit, ils se retrouvent pour échanger des baisers passionnés dans le bayou voisin...

Un mari pour enjeu — Christina Dodd (n° 7309)

Madeline apprend que son père, joueur invétéré, a de très grosses dettes. Il tente même de la gager pour participer à un championnat de jeux de hasard. Lors du tournoi, elle revoit Gabriel... et est désespérée de constater que le seul homme qu'elle ait jamais aimé a, lui aussi, la passion du jeu.

Les sœurs Essex–3, Le duc apprivoisé —
Eloïsa James (n° 8675)

Un an après la mort subite de son mari, Imogen Maitland réfléchit sérieusement à prendre un amant. C'est alors qu'elle rencontre Gabriel Spenser, le demi-frère illégitime de son ancien gardien, Rafe, duc de Holbrook. Si les deux frères se ressemblent, ils sont très différents. Gabriel semble beaucoup moins accaparant, mais cela sera-t-il suffisant pour la séduire ?

Si vous aimez Aventures & Passions,
laissez-vous tenter par :

Passion intense

Quand l'amour vous plonge dans un monde de sensualité

Le 23 mai :

Sex and Co — Joan Elizabeth Lloyd (n° 8676)

Dans une banlieue typique de New York, quatre femmes se retrouvent régulièrement dans leurs petites maisons pittoresques avec jardin toutes semblables. Elles parlent de leurs escapades et se font des confidences. Ainsi Cait, Monica, Eve et Angie révèlent leurs plus grands secrets...

Nouveau ! 1 rendez-vous mensuel
aux alentours du 15 de chaque mois.

Et toujours la reine du roman sentimental :

Barbara Cartland

Le 5 mai :
Un mariage de raison (n° 4446)
Tant de mystère (n° 8673)

Le 23 mai :
Une couronne pour un cœur (n° 1372)

Nouveau ! 2 rendez-vous mensuels aux alentours du 1er et du 15 de chaque mois.

QUESTIONNAIRE À RETOURNER CHEZ J'AI LU

« J'ai lu pour elle » mène une grande enquête sur ses lectrices. Vos réponses nous seront précieuses pour satisfaire au mieux vos attentes (titres proposés, couvertures, éditions limitées, etc.).
Les 100 premières réponses recevront un **city bag J'ai lu.**

Où avez-vous acheté ce livre ?

❒ En hyper/supermarché ❒ En librairie

❒ Sur Internet ❒ Dans une enseigne type Fnac/Virgin

❒ Autres

Combien de livres de la collection « Aventures et Passions » lisez-vous par an ?

❒ 1 tous les deux mois ❒ 1 par mois

❒ 2 à 3 par mois ❒ Je lis tous les titres de la collection

Combien de livres des collections Harlequin lisez-vous par an ?

❒ 1 tous les deux mois ❒ 1 par mois

❒ 2 à 3 par mois ❒ + de 4 par mois

Quelle époque préférez-vous dans les romans historiques ?

....

Appréciez-vous les couvertures de la collection « Aventures et Passions » :
❒ pas du tout ❒ moyennement ❒ beaucoup

Pourquoi ?

....

....

Seriez-vous d'accord pour télécharger directement sur Internet des titres « J'ai lu pour elle » ?

❒ Oui ❒ Non

Si oui, à quel prix ?

....

Quels sont les magazines que vous lisez régulièrement :

....

....

....

Seriez-vous d'accord pour recevoir par mail ou par courrier des informations exclusives sur la collection « Aventures et passions » ?

❒ Oui ❒ Non

Pour recevoir votre city bag, merci de compléter vos coordonnées :

Nom : ....

Prénom : ....

Adresse : ....

CP : .... Ville : ....

E-mail : ....

Merci de détacher cette page et de la retourner à :

Éditions J'ai lu
Questionnaire Aventures et Passions
87 quai Panhard et Levassor
75013 Paris

8631

Composition Chesteroc Ltd
Achevé d'imprimer en France (La Flèche)
par Brodard et Taupin
le 18 mars 2008 - 46246.
Dépôt légal mars 2008. EAN 9782290004869

Éditions J'ai lu
87, quai Panhard-et-Levassor, 75013 Paris
Diffusion France et étranger : Flammarion